GRITOS NO SILÊNCIO

ANGELA MARSONS

GRITOS NO SILÊNCIO

TRADUÇÃO DE **Marcelo Hauck**

1ª REIMPRESSÃO

Título original: *Silent Scream*

EDITORA
Silvia Tocci Masini

EDITORAS ASSISTENTES
Carol Christo
Nilce Xavier

ASSISTENTE EDITORIAL
Andresa Vidal Vilchenski

PREPARAÇÃO
Luiz Pereira

REVISÃO
Nilce Xavier
Rejane Dias dos Santos
Silvia Tocci Masini

REVISÃO FINAL
Sabrina Inserra

CAPA
Diogo Droschi (sobre imagens de Shutterstock)

DIAGRAMAÇÃO
Guilherme Fagundes

Dados Internacionais de Catalogação na Publicação (CIP)
(Câmara Brasileira do Livro, SP, Brasil)

Marsons, Angela

Gritos no silêncio / Angela Marsons ; tradução de Marcelo Hauck. -- 1. ed.; 1. reimp. -- Belo Horizonte : Gutenberg Editora, 2018.

Título original: Silent Scream.

ISBN 978-85-8235-521-3

1. Ficção inglesa I. Título.

18-16618 CDD-823

Índices para catálogo sistemático:
1. Ficção : Literatura inglesa 823

Maria Paula C. Riyuzo - Bibliotecária - CRwB-8/7639

A **GUTENBERG** É UMA EDITORA DO **GRUPO AUTÊNTICA** 

São Paulo
Av. Paulista, 2.073,
Conjunto Nacional, Horsa I
23º andar . Conj. 2310-2312 .
Cerqueira César . 01311-940
São Paulo . SP
Tel.: (55 11) 3034 4468

Belo Horizonte
Rua Carlos Turner, 420
Silveira . 31140-520
Belo Horizonte . MG
Tel.: (55 31) 3465 4500

Rio de Janeiro
Rua Debret, 23, sala 401
Centro . 20030-080
Rio de Janeiro . RJ
Tel.: (55 21) 3179 1975

www.editoragutenberg.com.br

Este livro é dedicado à minha parceira, Julie Forrest,
que jamais deixou de acreditar e nunca permitiu
que eu esquecesse meu sonho.

PRÓLOGO

Rowley Regis, Black Country
2004

CINCO FIGURAS FORMAVAM um pentagrama ao redor de um buraco recentemente coberto. Os únicos que sabiam que era uma cova.

Cavar a terra congelada debaixo das camadas de neve e gelo tinha sido como tentar talhar na pedra, mas eles se revezaram. Todos eles.

Um buraco do tamanho de um adulto teria demorado mais tempo.

A pá tinha passado de mão em mão. Alguns hesitaram, vacilaram... outros estavam mais confiantes. Mas ninguém se opôs, ninguém disse nada.

Todos tinham conhecimento daquela vida inocente que havia sido tirada, mas o pacto estava feito. O segredo deles seria enterrado.

Cinco cabeças inclinaram-se na direção da terra, visualizando o corpo debaixo do solo que já brilhava por causa da camada de gelo fresco.

Quando os primeiros flocos de neve polvilharam a superfície da cova, um arrepio atravessou o grupo.

As cinco figuras se dispersaram e suas pegadas deixaram o formato de uma estrela na neve fresca e quebradiça.

Estava feito.

CAPÍTULO 1

Black Country
Presente

TERESA WYATT tinha a inexplicável sensação de que essa era sua última noite.

Desligou a televisão e a casa emudeceu. Não era o silêncio normal que descia toda noite quando ela e o seu lar delicadamente encerravam o dia e se preparavam para a hora de dormir.

Não tinha certeza do que esperava ver no jornal do fim de noite. O anúncio já tinha sido feito no noticiário local noturno. Talvez estivesse esperando um milagre, algum indulto de última hora.

Desde o primeiro pedido, dois anos atrás, imaginava-se como uma prisioneira no corredor da morte. Os guardas vinham, levavam-na para a cadeira e em seguida o destino a carregava de volta para a segurança da cela. Mas essa seria a última vez. Teresa sabia que não haveria mais objeções nem adiamentos.

Perguntava-se se os outros tinham assistido ao jornal. Será que se sentiam da mesma maneira que ela? Admitiam para si mesmos que o primeiro sentimento não era remorso, mas autopreservação?

Se fosse uma pessoa melhor, talvez tivesse um vestígio de peso na consciência enterrado debaixo da preocupação egoísta – mas não havia.

Se não tivesse seguido o plano, disse a si mesma, *estaria arruinada*. O nome Teresa Wyatt teria sido mencionado com aversão, e não com o respeito de que ela atualmente gozava.

Teresa não tinha dúvidas de que a denúncia teria sido levada a sério. A fonte era desonesta, porém crível. Mas fora silenciada para sempre – e isso era algo de que ela jamais se arrependeria. Porém, às vezes, nos anos após o que aconteceu em Crestwood, seu estômago revirava quando via um modo de andar, uma cor de cabelo ou uma inclinação de cabeça similares.

Teresa se levantou e tentou se livrar da melancolia que a assombrava. Dirigiu-se à cozinha com passos largos e pôs um prato e uma taça de vinho na lava-louças. Não tinha cachorro para colocar para fora nem gato para deixar entrar. Restava somente a checagem noturna das fechaduras.

Novamente, foi tomada por um sentimento de que conferir que tudo estava trancado era inútil, pois nada poderia deter o passado. Afastou esse pensamento. Não havia o que temer. Todos tinham feito um pacto e ele se sustentava firme havia 10 anos. Somente os cinco sabiam a verdade.

Ela sabia que estava tensa demais para pegar logo no sono, mas tinha marcado uma reunião com os funcionários às 7 horas da manhã e não podia se atrasar.

Teresa entrou no banheiro, abriu a torneira e acrescentou uma generosa quantidade de espuma de banho com aroma de lavanda na banheira. O perfume preencheu o lugar instantaneamente. Um longo banho, depois da taça de vinho que havia tomado mais cedo, deveria induzir ao sono.

O roupão e o pijama de cetim estavam bem dobrados em cima do cesto de roupa suja quando entrou na banheira. Ela fechou os olhos e se rendeu à água que a envolvia. Sorriu ao sentir que a ansiedade começava a retroceder. Estava hipersensível, só isso.

Teresa sentia que sua vida havia sido separada em dois momentos. Foram 37 anos A.C., *Antes de Crestwood*. Aqueles anos tinham sido fascinantes. Solteira e ambiciosa, tomava todas as decisões sozinha e não dava satisfação a ninguém.

No entanto, os anos posteriores foram diferentes. Uma sombra de medo a seguia por toda parte, ditava suas ações e influenciava suas decisões. Lembrava de ter lido em algum lugar que *consciência* não era nada mais do que o medo de ser pego. Teresa era honesta o bastante para admitir que, para ela, essa afirmação era verdadeira. Porém o segredo deles estava seguro. Tinha que estar.

De repente, ouviu o barulho de uma vidraça quebrando. E o som não foi distante. Foi na porta da cozinha.

Teresa permaneceu imóvel com os ouvidos atentos a outros sons. Ninguém mais poderia ouvir o barulho. A casa vizinha ficava a 60 metros, do outro lado de uma cerca-viva de cipreste de seis metros de altura. O silêncio na casa tornou-se pesado ao redor dela. A quietude que se seguiu após o barulho alto estava carregada de ameaça. Talvez não passasse de um ato gratuito de vandalismo. Quem sabe alguns alunos da Saint Joseph's University tivessem descoberto seu endereço. Por Deus, como desejava que fosse isso.

O sangue trovejava em suas veias e vibrava nas têmporas. Ela engoliu em seco, numa tentativa de limpar os tímpanos. Seu corpo começou a reagir à sensação de que não estava mais sozinha. Teresa sentou-se. O som da água balançando e resvalando da banheira era alto. Sua mão escorregou na porcelana e a lateral direita do corpo caiu de volta na água.

Um barulho na parte de baixo da escada destruiu qualquer vaga esperança de vandalismo gratuito.

Teresa sabia que seu tempo tinha se esgotado. Em um universo paralelo, os músculos do corpo reagiam à ameaça iminente, mas, no momento em que se encontrava, corpo e mente estavam imobilizados pelo inevitável. Sabia que não restava nenhum lugar para se esconder.

Ao ouvir o rangido da escada, fechou brevemente os olhos e desejou que seu corpo permanecesse calmo. Havia uma sensação de liberdade ao finalmente ser confrontada pelos medos que a assombravam. Quando sentiu o ar frio, abriu os olhos.

A figura que entrou no banheiro era tão escura e inexpressiva quanto uma sombra. Calça cargo e blusa de lã preta sob um comprido sobretudo. Um capuz de elastano cobria o rosto, deixando apenas os olhos à mostra. *Mas por que eu?* A mente de Teresa se enfureceu. Ela não era o elo mais fraco.

– Eu não falei nada – disse, negando com a cabeça. As palavras saíram quase inaudíveis. Todos os seus sentidos estavam começando a se dissipar, era o corpo preparando-se para a morte.

A figura deu dois passos na direção dela. Teresa procurou uma pista, mas não encontrou nenhuma. Só podia ser um dos outros quatro. Ela sentiu seu corpo lhe trair quando a urina saiu por entre as pernas na água aromatizada.

– Eu juro... eu não...

As palavras de Teresa desapareceram enquanto tentava se sentar. A espuma de banho havia deixado a banheira escorregadia. Respirava ofegante e ruidosamente, enquanto decidia a melhor maneira de implorar por sua vida. Não, não queria morrer. Não estava na hora. Não estava pronta. Havia coisas que queria fazer.

De repente veio-lhe a imagem da água enchendo seus pulmões, inflando-os como balões de festa. Estendeu a mão de modo suplicante, finalmente encontrando a voz:

– Por favor... por favor... não... não quero morrer...

A figura inclinou-se sobre a banheira e pôs as mãos enluvadas sobre os dois seios de Teresa, que sentiu a pressão forçando-a para debaixo d'água e lutou para ficar sentada. Tinha que tentar explicar, mas a força daquelas mãos aumentou. Tentou mais uma vez levantar-se e sair de sua posição inerte, mas sem sucesso. Gravidade e força bruta tornavam impossível resistir. Quando a água emoldurou seu rosto, Teresa abriu a boca. Um pequeno gemido escapuliu de seus lábios antes de ela fazer uma última tentativa:

– Eu juro...

As palavras foram interrompidas e Teresa observou as bolhas de ar lhe escaparem pelo nariz e chegarem à superfície. Seu cabelo boiava ao redor do rosto.

A figura cintilava do outro lado da barreira d'água.

Seu corpo estava reagindo à falta de oxigênio e ela tentou sufocar o pânico que aumentava dentro de si. Começou a agitar os braços e a mão com luva deu uma escorregada rápida sobre seu peito. Com isso, Teresa conseguiu erguer a cabeça para fora d'água e viu com mais atenção aqueles olhos frios e penetrantes. Reconhecê-los minou seu último suspiro.

O breve segundo de perplexidade foi suficiente para o agressor se reposicionar. As duas mãos forçaram o corpo para baixo d'água e a seguraram firme.

Teresa não conseguia acreditar no que estava vendo, mesmo quando sua consciência começou a minguar.

Ela se deu conta de que seus parceiros conspiradores não podiam nem sequer imaginar quem eles deveriam temer.

CAPÍTULO
2

KIM STONE deu a volta na moto, uma Kawasaki Ninja, para ajustar o volume do iPod. Os alto-falantes vibravam às notas prateadas do concerto Verão, de Vivaldi, que se encaminhava para sua parte favorita, o final, chamado "Tempestade".

Pôs a chave soquete na bancada e limpou as mãos com um pedaço de pano. Olhou para a Triumph Thunderbird que estava restaurando havia sete meses e se perguntou por que, nessa noite, a motocicleta não tinha lhe cativado.

Checou o relógio. Quase 11 horas da noite. Naquele momento, o resto de sua equipe devia estar saindo do The Dog trançando as pernas. Embora nem encostasse em álcool, ela acompanhava os colegas quando achava que merecia.

Kim pegou novamente a chave soquete e ajoelhou-se na joelheira ao lado da Triumph. Não era uma comemoração para ela.

O rosto aterrorizado de Laura Yates flutuou diante de seus olhos quando alcançou as entranhas da moto e encontrou a ponta traseira do virabrequim. Posicionou o soquete na porca e começou a girar a chave com um movimento de ida e volta.

Três vereditos de culpado por estupro manteriam Terence Hunt trancafiado por um bom tempo.

– Mas não o suficiente – Kim falou consigo mesma.

Porque havia uma quarta vítima.

Girou a chave novamente, mas a porca se recusava a ficar presa. Ela já tinha montado o rolamento, a engrenagem, a arruela de fixação e o retentor. A porca era a última peça do quebra-cabeça, mas a porcaria se recusava a ficar presa na arruela.

Kim olhou fixamente para a porca e em silêncio desejou que ela se movesse sozinha. Nada. Concentrou sua raiva no braço da chave soquete e deu um empurrão fortíssimo. A rosca quebrou e a porca girou livremente.

– Droga! – gritou, jogando a chave do outro lado da garagem.

Laura Yates tremia ao contar, no banco das testemunhas, o suplício de ter sido arrastada até os fundos de uma igreja e violentada brutalmente várias vezes por mais de duas horas. Eles viram com os próprios olhos como tinha sido difícil para ela se sentar. Três meses depois da agressão.

A garota de 19 anos estava sentada no tribunal quando cada um dos vereditos de culpado foi lido. Então, quando chegou a vez dela, a palavra que mudaria sua vida para sempre foi dita.

Inocente.

E por quê? Porque a garota havia bebido. Esqueça os 11 pontos que se estendiam de cima a baixo, a costela quebrada, o olho roxo. Ela devia ter pedido por aquilo, afinal tinha tomado aqueles malditos drinques.

Kim estava ciente de que suas mãos tinham começado a tremer de raiva. Sua equipe achava que três condenações em quatro não era algo ruim. E não era mesmo. Mas não era bom o suficiente. Não para Kim.

Ela se inclinou para inspecionar o estrago na moto. Havia demorado quase seis semanas para encontrar aqueles malditos parafusos.

Assim que pôs o soquete no lugar e voltou a girar a chave entre o polegar e o indicador, o celular tocou. Soltou a porca e levantou-se num pulo. Uma ligação tão perto da meia-noite nunca era boa notícia.

– Detetive Inspetora Stone.

– Temos um corpo, senhora.

É claro, o que mais poderia ser?

– Onde?

– Hagley Road, Stourbridge.

Kim conhecia a área. Era bem na fronteira com a vizinha West Mercia.

– Devemos chamar o Detetive Sargento Bryant, senhora?

Kim estremeceu. Odiava o termo "senhora". Aos 34 anos, não estava preparada para ser chamada de "senhora".

Uma imagem do colega cambaleando para dentro de um táxi lhe veio à cabeça.

– Não, vou atender a esse chamado sozinha – respondeu antes de desligar.

Kim fez uma pausa enquanto silenciava o iPod. Sabia que precisava esquecer a acusação – real ou imaginada – que vira nos olhos de Laura Yates. E não conseguia tirar aquilo da cabeça.

Jamais se esqueceria de que a justiça na qual acreditava tinha fracassado com uma pessoa que ela havia sido designada para proteger. Kim tinha persuadido Laura Yates a confiar tanto nela quanto no sistema que ela representava, mas não conseguia se livrar da sensação de que ambos haviam desapontado a garota.

CAPÍTULO 3

QUATRO MINUTOS DEPOIS de receber a ligação, Kim engatava a marcha no Golf GTI que usava somente quando as ruas estavam com gelo ou quando ligar a Ninja seria um ato antissocial.

Substituiu o jeans rasgado manchado de óleo, graxa e poeira por calça social preta e uma camisa branca sem estampa. Os pés estavam enfiados em botas de couro lustrado de salto baixo. O cabelo preto curto não dava muito trabalho. Uma ajeitada rápida com os dedos e ela estava pronta.

O cliente dela não se importaria. Levou o carro até o final da rua. Aquela máquina motorizada parecia não obedecer ao controle dela. Embora fosse pequeno, Kim tinha que se concentrar para passar longe dos carros estacionados. Tanto metal ao seu redor era incômodo.

A um quilômetro e meio do destino, o cheiro de queimado entrou no carro pelos respiradouros. À medida que avançava, o cheiro ficava mais forte. A menos de um quilômetro, ela enxergou uma coluna de fumaça erguendo-se acima das Clent Hills. A 500 metros, Kim teve certeza de que estava na direção certa.

Atrás somente da Polícia Metropolitana, a Polícia de West Midlands era responsável por quase 2,6 milhões de habitantes. Black Country ficava ao noroeste de Birmingham e havia se tornado uma das regiões mais industrializadas do país no período vitoriano. O nome veio dos afloramentos de carvão, que deixavam escuras grandes áreas do terreno. A camada de carvão e minério era a mais abundante do Reino Unido.

Contudo, o nível atual de desemprego na área é o terceiro mais elevado do país. Pequenos delitos, bem como comportamentos antissociais, estavam em alta.

O local do crime ficava logo após a estrada principal que ligava Stourbridge a Hagley, uma área que geralmente não apresentava níveis altos de infrações. As casas mais próximas da estrada eram propriedades novas, com janelas de armação preta dos dois lados da porta e colunas branquíssimas. Um pouco adiante na estrada, as casas ficavam mais distantes umas das outras e eram consideravelmente mais antigas.

Kim parou junto ao cordão de isolamento, estacionando entre dois carros de bombeiro. Sem falar nada, mostrou o distintivo ao policial que vigiava o perímetro de isolamento. Ele fez que sim com a cabeça e ergueu o cordão para a detetive passar.

– O que aconteceu? – Kim perguntou ao primeiro bombeiro que encontrou.

Ele apontou para os restos mortais do primeiro pinheiro na beirada da propriedade e respondeu:

– O fogo começou ali e se espalhou por todas as árvores antes de chegarmos.

Kim viu que das 13 árvores que formavam os limites da propriedade, somente as duas mais próximas da casa estavam intactas.

– Foram vocês que encontraram o corpo?

– Quase todas as outras pessoas estavam observando a agitação, mas esta casa estava escura. Os vizinhos nos asseguraram que a Range Rover preta era da moradora e que ela vivia sozinha. – respondeu o bombeiro, apontando para um colega que, sentado no chão, conversava com um policial.

Kim cumprimentou com um gesto de cabeça e se aproximou do bombeiro no chão. Ele estava pálido e a detetive notou que sua mão direita tremia um pouco. Encontrar um cadáver nunca era prazeroso, não importa quanto treinamento uma pessoa teve.

– Você encostou em alguma coisa? – perguntou ela.

O bombeiro pensou por um segundo, depois negou com a cabeça.

– A porta do banheiro estava aberta, mas eu não entrei.

Kim parou diante da porta da frente, esticou a mão na direção da caixa de papelão à esquerda e pegou uma proteção de plástico azul para seus pés.

Subiu a escada dois degraus de cada vez e entrou no banheiro. Imediatamente localizou Keats, o patologista. Ele era um sujeito baixinho, completamente calvo e tinha o rosto adornado por um bigode e uma barba que terminava em um ponto debaixo do queixo. Ele tivera a honra de orientá-la em sua primeira autópsia oito anos antes.

– Ei, detetive – cumprimentou-a, virando o rosto para ela. – Cadê o Bryant?

– Jesus, não somos gêmeos siameses.

– Tá, mas são iguais a um prato chinês. Porco agridoce... só que sem o Bryant sobra só o azedo...

– Keats, você acha mesmo que vou achar graça em alguma coisa a esta hora da noite?

– Para ser franco, seu senso de humor não é muito evidente em hora nenhuma.

Oh, como ela queria retaliar. Se estivesse com disposição, poderia comentar que o vinco na calça preta dele não estava muito bem-feito. Ou poderia falar que o colarinho da camisa estava levemente puído. Poderia até mencionar uma pequena mancha de sangue na parte de trás do casaco. Porém, naquele momento, havia um cadáver nu deitado entre eles, exigindo atenção total.

Kim aproximou-se lentamente, com cuidado para não escorregar na água que caía da banheira ao movimento de dois peritos vestidos de branco que trabalhavam na cena do crime.

O corpo da vítima estava parcialmente submerso, os olhos abertos e o cabelo tingido de louro boiava na água, emoldurando-lhe o rosto. O cadáver flutuava e os seios despontavam na superfície da água.

Kim calculou que a mulher devia ter entre 45 e 50 anos, mas era bem conservada. Tinha os braços firmes, mas a carne frouxa pairava na água. As unhas do pé estavam pintadas de rosa-claro e as pernas estavam depiladas.

O volume de água no chão indicava que tinha ocorrido briga e que a mulher tinha lutado por sua vida. Kim escutou passos firmes escada acima.

– Detetive Inspetora Stone, que surpresa agradável.

Kim gemeu ao reconhecer a voz e o sarcasmo que pingava das palavras.

– Detetive Inspetor Wharton, o prazer é todo meu.

Os dois já tinham trabalhado juntos algumas vezes e Kim nunca escondeu seu desprezo. Ele era um policial carreirista que só pensava em ascender o mais rápido possível. Não tinha o menor interesse em solucionar os casos, queria apenas levar vantagem.

A maior humilhação ocorreu quando ela foi promovida a detetive inspetora antes dele. A promoção precoce de Kim o motivou a pedir transferência para West Mercia, um departamento de polícia menor e com menos competição.

– O que está fazendo aqui? Acho que você vai descobrir que este caso é de West Mercia.

– Já eu acho que você vai descobrir que ele está bem na fronteira e, como cheguei primeiro, sou eu quem dá as cartas.

Inconscientemente, ela tinha se posicionado em frente à banheira. A vítima não precisava de mais olhos curiosos vagueando por seu corpo nu.

– O caso é meu, Stone.

Kim negou com a cabeça e cruzou os braços.

– Não vou arredar o pé daqui, Tom – disse ela meneando a cabeça. – A gente pode até fazer uma investigação conjunta. Mas como cheguei primeiro, eu estou no comando.

O rosto medíocre de Tom ficou muito vermelho. Só se subordinaria a ela depois de arrancar os próprios olhos com uma colher enferrujada. Kim o mediu da cabeça aos pés e disse:

– E a minha primeira ordem é: entre na cena do crime com a proteção adequada.

Tom olhou para os pés dela e depois para os próprios sapatos, que estavam sem proteção. *Quem tem pressa come cru*, pensou consigo mesma. Kim baixou a voz:

– Não transforme esta discussão numa queda de braço idiota.

Ele a encarou com o rosto cheio de desprezo antes de se virar e sair furioso do banheiro. Kim voltou sua atenção novamente para o corpo.

– Você teria ganhado – comentou Keats com a voz baixa.

– Hein?

Os olhos dele brilharam entretidos antes de responder:

– A queda de braço.

Kim concordou com um gesto de cabeça. Ela sabia disso.

– Já podemos tirá-la daqui?

– Só mais algumas fotos do osso do peito.

Enquanto ele falava, um dos peritos apontou uma câmera com as lentes compridas como um cano de descarga para os seios da mulher.

Kim se abaixou e viu duas marcas acima de cada um dos seios.

– Foi empurrada para baixo?

– Estou achando que foi. Os exames preliminares não demostraram nenhum outro ferimento. Te dou mais informações depois da autópsia.

– Algum palpite sobre há quanto tempo foi?

Kim não viu nem sinal do instrumento para medição da temperatura do fígado, então supôs que Keats tinha usado um termômetro retal antes de ela chegar. A detetive sabia que a temperatura do corpo caía 1,5 grau centígrado na primeira hora. E entre 1,5 e 1,0 grau a cada hora a partir de então. Logo, sabia que esse número podia ser afetado por outros fatores. Sobretudo se a vítima estivesse nua e submersa em água, naquele momento, fria.

– Vou fazer outros cálculos mais tarde, mas diria que não mais do que duas horas – ele deu de ombros.

– Quando você…

– Tenho uma senhora de 96 anos que faleceu depois de pegar no sono na poltrona de casa e um homem de 26 com a agulha ainda espetada no braço.

– Nada urgente, então?

Ele olhou o relógio e disse:

– Meio-dia?

– Oito? – ela revidou.

– Dez e nem um minuto mais cedo – resmungou ele. – Sou humano e preciso descansar de vez em quando.

– Perfeito – concordou. Era exatamente o horário que tinha em mente. Daria tempo de se reunir com a equipe e escalar alguém para o serviço.

Kim ouviu mais passos na escada. O som da respiração ofegante se aproximando.

– Sargento Travis – disse ela sem se virar. – O que temos?

– Colocamos policiais para investigar a área. O primeiro policial a chegar ao local reuniu alguns vizinhos, mas a primeira coisa que perceberam foi o corpo de bombeiros chegando. Alguém passando de carro por aqui foi quem ligou para eles.

Kim virou-se e agradeceu com um gesto de cabeça. O primeiro policial a chegar ao local havia feito um bom trabalho de isolamento da cena para a equipe forense e abordado potenciais testemunhas, mas as casas ficavam afastadas da rua e separadas umas das outras por mil metros quadrados. Não era exatamente a meca para vizinhos enxeridos.

– Prossiga – disse ela.

– O ponto de entrada foi uma vidraça na porta de trás e o bombeiro afirmou que a porta da frente estava destrancada.

– Hummm… interessante.

Ela agradeceu com um aceno antes de descer a escada. Um perito estava inspecionando o corredor e outro trabalhava na porta de trás em busca de impressões digitais. Havia uma bolsa de grife no balcão da cozinha. Kim não fazia ideia do que o monograma dourado no fecho significava. Nunca usava bolsa, mas aquela ali parecia cara.

Um terceiro perito veio da sala de jantar ao lado. Apontou a cabeça na direção da bolsa e disse:

– Não levaram nada. Cartões de crédito e dinheiro continuam intactos.

Kim agradeceu e saiu da casa. À porta, retirou a capa do sapato e a colocou em uma caixa. Todas as roupas protetoras seriam retiradas do local e, mais tarde, examinadas em busca de vestígios.

Ela passou por baixo da fita de isolamento. Um carro de bombeiro permaneceu no local para assegurar que o incêndio estava completamente extinto. O fogo era ágil e uma simples brasa que passasse despercebida poderia incendiar o lugar em minutos. Ficou parada ao lado do carro, inspecionando a cena diante de si de modo mais abrangente.

Teresa Wyatt morava sozinha. Não havia indícios de que algo tinha sido levado nem de que bagunçaram o lugar em busca de alguma coisa.

A pessoa que a matou podia ter saído em segurança com a certeza de que o corpo não seria descoberto pelo menos até a manhã seguinte, ainda assim tinha iniciado um incêndio para chamar a atenção da polícia mais depressa.

Só restava a Kim descobrir o porquê.

CAPÍTULO 4

ÀS 7H30 DA MANHÃ, Kim estacionou a Ninja na delegacia Halesowen, próxima ao anel rodoviário que circundava a cidade, onde havia um pequeno centro comercial e uma faculdade. A delegacia ficava bem perto do tribunal, o que era conveniente, apesar de ser um inferno para o reembolso de despesas.

O prédio de três andares era banal e nada convidativo, igual a qualquer outro imóvel governamental que precisava se justificar junto aos contribuintes.

Ela caminhou até a sala dos detetives sem cumprimentar ninguém e sem que ninguém a cumprimentasse. Kim sabia que tinha a reputação de ser fria, inepta socialmente e impassível. Isso a mantinha longe da conversa fiada banal, e era assim que ela gostava.

Como de costume, foi a primeira a chegar à sala dos detetives e ligou a máquina de café. O local tinha quatro mesas, organizadas em duplas, uma de frente para a outra. Elas espelhavam a mesa do parceiro, tinham uma tela de computador e bandejas de documentos em lados opostos.

Três das mesas acomodavam ocupantes permanentes, mas a quarta estava vazia desde que reduziram a equipe alguns meses atrás. Era onde ela normalmente ficava, em vez de na sua sala.

Geralmente se referiam ao espaço com o nome de Kim na porta como "O Aquário". Não passava de uma área no canto direito superior do cômodo feita com divisórias de gesso e vidro. Era um espaço que ela usava para dar "diretivas sobre desempenho individual", também conhecidas como a boa e velha comida de rabo.

– Bom dia, chefe – cumprimentou a Detetive Wood quando se sentou na cadeira. Embora sua família fosse meio inglesa, meio nigeriana, Stacey jamais tinha colocado os pés fora do Reino Unido. Seu cabelo preto tinha sido cortado bem curtinho depois que ela decidiu tirar o último aplique. A pele macia e cor de caramelo combinava bem com o corte.

A área de trabalho de Stacey era organizada e limpa. Qualquer papel que não estivesse nas bandejas etiquetadas encontrava-se em pilhas meticulosas ao longo das extremidades de sua mesa.

Não muito depois, chegou o Detetive Sargento Bryant, que murmurou um "Bom dia, chefe" e olhou para o Aquário. Parecia imaculado do alto de seu 1,82 metro de altura, embora estivesse vestido como se a mãe dele o tivesse arrumado para a catequese.

O blazer foi parar imediatamente no encosto da cadeira. Ao fim do dia, a gravata teria despencado uns dois andares, o colarinho estaria desabotoado e as mangas da camisa, dobradas pouco abaixo do cotovelo.

Kim o viu olhar para a mesa dela em busca da caneca de café. Ao ver que já estava cheia, ele serviu a sua, em que estava escrito "Melhor Taxista do Mundo", presente da filha de 19 anos.

Ninguém entendia o sistema de arquivamento dele, mas Kim ainda não havia pedido um documento sequer que não estivesse em suas mãos em questão de segundos. Em cima da mesa, havia um porta-retratos com uma foto dele com a esposa tirada no aniversário de 25 anos de casamento. Aconchegada em sua carteira, ele carregava uma foto da filha.

O Detetive Sargento Kevin Dawson, o terceiro integrante da equipe, não tinha fotos de ninguém especial sobre a mesa. Se quisesse mostrar uma foto da pessoa pela qual sentia mais afeição, ficaria olhando um retrato dele mesmo durante todo o expediente.

– Desculpe pelo atraso, chefe – disse Dawson ao sentar-se à sua mesa, que ficava em frente a Wood, completando a equipe.

Oficialmente, não estava atrasado. O turno só começava às oito da manhã, mas ela gostava que todos chegassem cedo para uma breve reunião de diretrizes, especialmente no início de um caso novo. Kim não ficava presa a uma escala de serviço e as pessoas que gostavam disso não duravam em sua equipe.

– E aí, Stacey, não foi buscar meu café ainda por quê? – falou Dawson, mexendo no celular.

– Já tô indo, Kevin. Como vai querer: leite, duas colheres de açúcar e derramado no colo? – brincou ela, com seu carregado sotaque de Black Country.

– Stacey, você quer um café? – ele perguntou, levantando-se, sabendo muito bem que ela não encostava na bebida. – Você deve estar cansada depois de lutar com bruxos a noite inteira – provocou ele, referindo-se ao vício de Stacey no jogo on-line *World of Warcraft*.

– Na verdade, Kevin, recebi um feitiço poderoso de uma suma sacerdotisa que transforma homens crescidos em Zé Manés, mas parece que alguém já fez isso com você.

Dawson segurou a barriga e soltou uma gargalhada falsa de escárnio.

– Chefe – chamou Bryant, olhando por cima do ombro. – As crianças estão dando trabalho de novo. – Ele se virou para os dois novamente e balançou o indicador na direção deles. – Vão ver só quando a mãe de vocês chegar em casa.

Kim revirou os olhos e sentou à mesa que estava sobrando, ansiosa para começar.

– Ok, Bryant, distribua os relatórios. Kevin, vá para o quadro.

Dawson pegou o pincel atômico e ficou ao lado do quadro branco que ocupava toda a parede dos fundos. Enquanto Bryant distribuía a documentação, Kim falou sobre o que tinha acontecido mais cedo naquela manhã.

– A nossa vítima é Teresa Wyatt, 47 anos, diretora muito respeitada de uma escola particular para meninos em Stourbridge. Não era casada e não tinha filhos. Morava confortavelmente, porém sem luxo e, ao que se sabe, não tinha inimigos.

Kevin anotou as informações uma embaixo da outra sob a palavra "Vítima".

O telefone de Bryant tocou. Ele falou pouco antes de recolocá-lo no gancho, olhar para Kim e falar:

– Woody quer falar com você.

Ela o ignorou.

– Kevin, abra uma segunda coluna, "Crime". Não encontraram uma arma do crime, nada foi roubado, até agora não chegou nada da perícia e não temos pistas. Próxima coluna, "Motivação". As pessoas normalmente são assassinadas por causa de algo que fizeram, algo que estão fazendo ou algo que vão fazer. Até onde sabemos, nossa vítima não estava envolvida em nenhuma atividade perigosa.

– Err... chefe, o Detetive Inspetor Chefe quer falar com você.

Kim deu mais um gole em seu café fresco.

– Confie em mim, Bryant, ele gosta mais de mim depois de eu ter tomado meu café. Kevin, o resultado da autópsia sai às dez. Stacey, descubra tudo que puder sobre a vítima. Bryant, entre em contato com a escola e avise que passaremos lá.

– Chefe...

Kim terminou de beber o café.

– Calma, mamãe, já estou indo.

Ela subiu a escada de dois em dois degraus até o terceiro andar e bateu de leve na porta antes de entrar. O Detetive Inspetor Chefe Woodward era um homem careca e corpulento na faixa dos 50 e poucos, cujas origens mestiças presentearam-no com uma pele marrom praticamente sem rugas. A calça preta e a camisa branca estavam muitíssimo bem passadas e vincadas. Os óculos para leitura na ponta do nariz não ajudavam a disfarçar os olhos cansados atrás deles.

Gesticulou para que ela entrasse e apontou para uma cadeira, dando a Kim total visão do armário de vidro em que expunha sua coleção de carros em miniatura. A prateleira de baixo continha uma seleção de modelos britânicos clássicos, mas a do alto exibia uma história dos veículos policiais usados ao longo do tempo. Havia um MG TC dos anos 1940, um Ford Anglia, um Black Maria e um Jaguar XJ40 que se exibia orgulhoso no centro.

À direita do armário, presa com firmeza à parede, havia uma foto de Woody dando um aperto de mão em Tony Blair. À direita dela, uma foto de seu filho mais velho, Patrick, totalmente uniformizado, logo antes de ser enviado ao Afeganistão. Ele vestia exatamente o mesmo uniforme em seu enterro 15 meses depois.

Woody desligou o telefone e imediatamente pegou a bolinha antiestresse na ponta da mesa. Com a mão direita, apertava e soltava o aglomerado de massa. Kim percebeu que o chefe a usava muito quanto ela estava por perto.

– O que temos até agora?

– Muito pouco, senhor. Estávamos delineando a investigação quando o senhor me chamou.

Os nós dos dedos dele ficaram brancos ao redor da bola, mas ele ignorou a indireta. Kim desviou os olhos para o projeto atual dele sobre o peitoril da janela. Era um Rolls Royce Phantom e a montagem não progredia há dias.

– Ouvi dizer que você teve um bate-boca com o Detetive Inspetor Wharton.

Nossa! A rádio-peão era mesmo eficiente.

– Trocamos elogios em frente ao corpo.

Alguma coisa no carro em miniatura não estava certa. Aos olhos dela, a base da roda parecia longa demais. Woodward apertou a bola com mais força.

– O detetive inspetor chefe dele entrou em contato. Fizeram uma reclamação formal contra você e querem o caso.

Kim revirou os olhos. Aquele imprestável não era capaz nem de lutar as próprias batalhas?

Ela lutou contra a vontade de dar a volta na mesa e pegar o Rolls Royce para corrigir o problema, mas conseguiu se conter.

Kim virou o rosto de volta e seus olhos se encontraram com os do oficial superior.

– Mas eles não vão pegar o caso, vão, senhor?

Woody a encarou por um longo minuto.

– Não, Stone, não vão. No entanto, uma reclamação formal não fica nada bem na sua ficha e, para ser sincero, já estou um pouco cansado de recebê-las – passou a bola para a mão esquerda. – Então, estou curioso para ver quem você vai escolher para ser seu parceiro neste caso.

Kim sentiu-se como uma criança a quem pedem para escolher o novo melhor amigo. Sua última avaliação de desempenho apontava necessidade de melhora em apenas uma área: lidar melhor com as pessoas.

– Tenho escolha?

– Quem você escolheria?

– Bryant.

O fantasma de um sorriso pairou nos lábios dele.

– Então tem, sim, pode escolher.

Então não havia escolha afinal, pensou ela. A atuação de Bryant seria uma espécie de controle de danos e, com a força policial vizinha fungando no cangote dela, Woody não estava disposto a assumir nenhum risco; ele a queria sob a supervisão de um adulto responsável.

Ela esteve prestes a dar ao chefe uma dica que o faria economizar horas ao desmontar o eixo traseiro do Rolls, mas logo mudou de ideia.

– Mais alguma coisa, senhor?

Woody pôs a bola antiestresse de volta na mesa e tirou os óculos.

– Me mantenha informado.

– É claro.

– Ah, Stone…

Ela se virou, à porta.

– Deixe a sua equipe dormir de vez em quando. Nem todos são carregados via entrada USB como você.

Kim saiu da sala, se perguntando quanto tempo Woody tinha levado para inventar aquela pérola.

CAPÍTULO 5

A CAMINHO DA SALA do diretor interino, Kim acompanhava Courtney, a recepcionista da escola, pelos corredores da Saint Joseph's. Caminhando um pouco atrás, maravilhava-se com a habilidade da mulher de se movimentar de forma tão ligeira com saltos de 10 centímetros.

Bryant suspirava diante de cada sala que passavam e por fim perguntou:

– Esses não foram os melhores dias da sua vida?

– Não.

Viraram em um corredor comprido no segundo andar e foram levados a uma sala cuja porta tinha uma marca oval que denunciava que já haviam retirado dela uma placa com nome. O homem atrás da mesa levantou-se. Seu terno era caro e a gravata, de seda azul-celeste. O preto retinto de seu cabelo indicava que havia sido recentemente tingido.

Ele estendeu a mão. Kim se virou e começou a analisar o conteúdo das paredes. Todos os certificados e as recordações com o nome de Teresa Wyatt já haviam sido removidos. Bryant aceitou a mão estendida.

– Obrigado por atender à nossa solicitação, sr. Whitehouse.

– Você é o diretor *substituto*, creio eu – enfatizou Kim.

Ele confirmou com um gesto de cabeça e sentou-se.

– Estou assumindo o cargo de diretor interino e se puder ser de alguma valia à investigação...

– Oh, tenho certeza de que será – interrompeu Kim. Havia algo falso no jeito dele. Muito bem ensaiado. O fato de ele já ter se mudado para a sala de Teresa Wyatt e retirado todos os indícios da existência dela era, no mínimo, repugnante. A mulher tinha morrido há menos de 24 horas. Podia apostar que ele já tinha atualizado o currículo. – Gostaríamos que nos fornecesse uma lista com todos os funcionários. Por favor, organize-os em ordem alfabética para conversar com a gente.

O maxilar contraído de Whitehouse revelava que não havia recebido aquilo muito bem. Kim se perguntou se aquela era a postura dele em relação a todas as mulheres ou só com ela. Ele baixou os olhos.

– É claro. Pedirei à Courtney que providencie isso imediatamente. Reservei uma sala no final do corredor que será mais do que suficiente para conduzirem os interrogatórios.

Kim olhou ao redor e negou com a cabeça.

– Não, acho que aqui está ótimo para nós.

Ele abriu a boca para responder, mas as boas maneiras evitaram que ele reivindicasse poder total do escritório tão cedo. Whitehouse recolheu alguns pertences de cima da mesa e seguiu em direção à porta.

– Daqui a pouco Courtney estará aqui.

Quando a porta fechou depois que o diretor interino saiu, Bryant deu uma risadinha.

– O quê? – perguntou Kim, puxando a cadeira atrás da mesa.

– Nada, Chefe.

Ele arrastou uma das cadeiras para o lado da mesa e se sentou. Kim analisou a posição da cadeira na qual os interrogados se sentariam.

– Empurre aquela ali um pouco mais para trás.

Bryant arrastou a cadeira de modo que ela ficasse mais perto da porta. Não havia nada em que as pessoas pudessem se apoiar nem algo diante do qual pudessem se sentar. Assim, Kim podia observar a linguagem corporal.

Bateram de leve na porta. Os dois falaram "entre" em voz alta ao mesmo tempo. Courtney entrou com um papel e um sorriso que estava tentando saltar de sua boca. Então o sr. Whitehouse não era assim tão popular.

– O sr. Addlington está aqui fora e pode entrar assim que estiverem prontos.

– Por favor, mande-o entrar – pediu Kim.

– Gostariam de mais alguma coisa? Café, chá?

– Com certeza, gostaríamos, sim. Café para nós dois.

Courtney foi até a porta e, quando estendeu a mão para abri-la, Kim se lembrou:

– Obrigada, Courtney.

A recepcionista respondeu com um gesto de cabeça e segurou a porta aberta para o primeiro a ser interrogado.

CAPÍTULO 6

ÀS 16H15, após 12 conversas idênticas, Kim bateu a cabeça na mesa. Havia algo de satisfatório no barulho do crânio contra a madeira.

– Sei o que está pensando, chefe – expressou Bryant. – Parece que estamos com uma verdadeira santa lá no necrotério.

Ele tirou uma pastilha para tosse do bolso. Pelas contas de Kim, era a quinta. Dois anos antes, uma infecção no peito tinha feito o médico orientá-lo a abandonar o hábito de fumar 30 cigarros por dia. Para tentar se livrar da tosse forte, Bryant disparou a chupar as balas sem parar. O tabagismo tinha acabado, mas o vício em pastilhas para tosse permaneceu.

– Você sabe que precisa parar com isso aí, não sabe?

– Este é um dia daqueles, chefe.

E como um fumante experiente, ele cedia mais quando estressado ou entediado.

– Quem é o próximo?

Bryant consultou a lista.

– Joanna Wade, Língua Inglesa.

Kim revirou os olhos quando a porta foi aberta. Quem entrou foi uma mulher vestida com camisa lilás e calça preta feita sob medida. Seu cabelo louro comprido estava preso num rabo de cavalo, revelando um maxilar quadrado forte e pouca maquiagem. Sentou-se sem estender a mão e cruzou o tornozelo direito sobre o esquerdo. Pousou as mãos no colo.

– Não tomaremos muito do seu tempo, sra. Wade. Só queremos fazer algumas perguntas.

– Senhorita.

– Como?

– É senhorita, detetive, não senhora, mas por favor me chame de Joanna. – A voz dela era baixa e controlada, com um *quê* de sotaque da região norte.

– Obrigada srta. Wade. Há quanto tempo conhecia a diretora Wyatt?

A professora sorriu.

– Fui contratada pela diretora Wyatt há quase três anos.

– Como era a relação de trabalho entre vocês duas?

A srta. Wade fixou o olhar em Kim e inclinou levemente a cabeça.

– É sério, detetive? Nenhuma preliminar?

Kim ignorou a insinuação e a encarou de volta.

– Por favor, responda à pergunta.

– É claro. Tínhamos uma relação de trabalho razoável. Não sem altos e baixos, o que acontece com a maioria das mulheres, creio eu. Teresa era uma diretora muito centrada, muito apegada às suas crenças e convicções.

– Em que sentido?

– Os métodos de ensino evoluíram desde a época da Teresa em sala de aula. Geralmente, é preciso criatividade para se inculcar conhecimento em mentes jovens e férteis. Nós todos tentamos nos adaptar a uma cultura em mudança, mas Teresa acreditava que o aprendizado silencioso e disciplinado com o livro era a única maneira de se ensinar, e qualquer um que tentava algo diferente era *adequadamente* advertido.

Enquanto Joanna Wade falava, Kim concluiu que sua linguagem corporal era aberta e honesta. Também notou que a mulher não olhou para Bryant nenhuma vez.

– Pode me dar um exemplo?

– Há alguns meses, um aluno entregou um trabalho em que metade do texto estava escrito com abreviações usadas com mais frequência em mensagens de texto ou no Facebook. Mandei todos os 23 alunos pegarem seus celulares no escaninho. Depois os instiguei a enviar mensagens uns aos outros durante 10 minutos usando inglês gramaticalmente correto, inclusive pontuação adequada. Esse processo foi completamente estranho para eles e todos entenderam o recado.

– Que era?

– Que os métodos de comunicação são diferentes. Desde então, essa confusão não voltou a acontecer.

– E Teresa não ficou feliz com isso?

A srta. Wade balançou a cabeça.

– Nem um pouco. Na opinião dela, o garoto deveria ter ficado de castigo, o que teria dado um recado ainda mais claro. Ousei discordar e Teresa registrou um ato de insubordinação na minha ficha.

– Não é essa a imagem que os outros funcionários daqui estão nos passando, srta. Wade.

– Não posso falar pelos outros. – A mulher deu de ombros. – Contudo, posso dizer que há professores aqui que desistiram. Seus métodos de alcançar as mentes jovens não funcionam mais e eles só estão esperando o momento de se aposentarem. Contentam-se em não se sentirem inspirados e em não inspirar. Eu, entretanto, não desisti. – Novamente ela inclinou a cabeça e um sorrisinho repuxou sua boca. – Ensinar aos adolescentes de hoje a beleza e o requinte da língua inglesa é um verdadeiro desafio. Porém, tenho convicção de que não se deve jamais evitar um desafio. Não concorda, detetive?

Bryant tossiu. Kim respondeu com um pequeno sorriso. A confiança da mulher e seu diálogo aberto era uma lufada de ar fresco depois de 12 respostas idênticas. O flerte descarado era divertido. Kim recostou-se na cadeira.

– O que sabe me dizer sobre Teresa, a mulher?

– Quer que eu cumpra o protocolo e lhe dê o epitáfio politicamente correto para os recém-falecidos... ou devo ser franca?

– Sua honestidade seria bem-vinda.

A srta. Wade recruzou as pernas.

– Como diretora de escola, Teresa era determinada e centrada. Como mulher, julgo que era uma pessoa bem egoísta. Como tomarão conhecimento, na mesa dela não havia fotos de nada nem ninguém importante. Não se importava nem um pouco em manter funcionários aqui até as 20, 21 horas. Passava boa parte do tempo em spas, comprando roupas de grife e planejando viagens caras.

Bryant anotou algumas coisas.

– Algo mais que ache que possa ajudar na investigação?

A mulher negou com um gesto de cabeça.

– Obrigada pelo seu tempo, srta. Wade.

A mulher inclinou-se para a frente na cadeira.

– Se quiser um álibi, detetive, eu estava na Liberty Gym praticando meus movimentos de ioga. Excelentes para a flexibilidade dos músculos. Caso esteja interessada, vou lá toda quinta à noite.

O olhar de Kim se encontrou com o dela. Os olhos azuis claros cintilaram em um desafio evidente. Com passos relaxados, aproximou-se da mesa e tirou um cartão.

Kim não teve o que fazer a não ser esticar o braço. A mulher pôs o cartão na mão da detetive e transformou o contato em um aperto de mão.

O toque dela era frio e firme. Seus dedos demoraram-se na palma de Kim à medida que ela puxava o braço.

– Meu telefone está aí. Sinta-se à vontade para ligar caso eu possa ajudar com mais alguma coisa.

– Obrigada, srta. Wade, você ajudou muito.

– Jesus Cristo, chefe – disse Bryant depois que a porta foi fechada. – Ninguém precisa de livro para ler aqueles sinais.

Kim deu de ombros antes de dizer:

– Isso é para quem pode, não para quem quer. – Ela pôs o cartão no bolso da jaqueta. – Mais alguém?

– Não, ela era a última.

Os dois se levantaram.

– Por hoje é só. Vá para casa e descanse um pouco – disse Kim.

Estava com a sensação de que precisariam desse descanso.

CAPÍTULO
7

– OK, PESSOAL, espero que vocês todos tenham descansado e dado um beijo de despedida nos entes queridos.

– É, nada de vida social no futuro próximo – grunhiu Dawson. – Ou seja, nenhuma mudança para Stacey, mas o restante de nós tem vida real.

Kim o ignorou. Por enquanto.

– Os OTIs querem isso solucionado até o final da semana.

Todos sabiam que aquele era o acrônimo para Oficiais Totalmente Irracionais. A substituição da última palavra era opcional, dependendo do humor. Dawson suspirou e disse:

– E se o assassino não tiver recebido o memorando, chefe? – perguntou ele, mexendo no celular.

– Aí vai chegar sexta-feira e vou prender você! Acredite em mim, consigo convencer o pessoal a fazer isso.

Dawson riu. Kim permaneceu séria.

– Continue a me torrar o saco, Kevin, e isso não vai ser uma piada. Então, qual foram os resultados da autópsia?

Ele pegou o notebook.

– Pulmões cheios d'água, com certeza foi afogamento. Dois hematomas logo acima dos seios. Nenhum sinal de agressão sexual, mas é difícil dizer.

– Tem mais alguma coisa?

– Tem, ela comeu frango korma no jantar.

– Ótimo, isso vai ajudar demais a solucionar o caso.

– Os resultados da autópsia não revelam muita coisa, chefe – Dawson deu de ombros.

– Bryant?

Ele mexeu em alguns papéis, mas Kim sabia que toda informação já estava na cabeça dele.

– Investigamos a área ontem de novo, mas nenhum dos vizinhos viu nem ouviu nada. Alguns deles a conheciam de vista, mas parece que ela não era de bater na porta para pedir açúcar emprestado. Não era uma vizinha das mais sociáveis.

– Ah, bom! Aí está a motivação. Morta por falta de espírito comunitário.

– Tem gente que já foi morta por menos, chefe – respondeu Bryant, e Kim teve que concordar. Três meses antes tinham investigado o assassinato de um enfermeiro que foi morto por causa de duas latas de cerveja e uns trocados no bolso.

– Mais alguma coisa?

Bryant pegou outro papel.

– A perícia ainda não apresentou um relatório final. Obviamente não há pegadas e a análise de fibras acabou de começar.

Kim pensou no princípio da troca, de Locard. De acordo com essa teoria, o culpado deixa algo na cena do crime e leva algo dela. Pode ser qualquer coisa, desde cabelo até uma simples fibra. A arte era encontrar esse material. E com o local do crime pisoteado por oito bombeiros e um banheiro encharcado, os indícios não levantariam a mão voluntariamente.

– Digitais?

Bryant negou com a cabeça.

– E todo mundo aqui sabe que a arma do crime foram duas mãos, então é improvável que a encontremos jogada em algum arbusto por aí.

– Nossa, chefe, no *CSI* não é assim, não – comentou Stacey. – Também não tem nada no telefone dela. Os números registrados são da Saint Joseph's e de restaurantes daqui, tanto as ligações feitas quanto as recebidas. A lista de contatos dela também não é muito grande.

– Nenhum amigo nem parente?

– Com certeza ninguém com quem ela se preocupava em manter contato. Solicitei o registro do telefone fixo e o notebook dela está chegando por aqui. Talvez a gente consiga mais alguma informação.

Kim grunhiu antes de resumir:

– Então, basicamente, 36 horas se passaram e a gente não tem nadica de nada. Não sabemos nada sobre essa mulher.

– Me dá só um minuto, chefe – Bryant se levantou e saiu da sala.

Ela revirou os olhos.

– Ok, enquanto o Bryant retoca a maquiagem, vamos recapitular. – Ela olhou para o quadro, que continha pouquíssimos dados a mais do que no dia anterior. – Temos uma mulher beirando os 50 anos, ambiciosa e dedicada ao trabalho. Não era tão sociável nem popular assim. Morava sozinha, não tinha animal de estimação nem ligação com familiares.

Não estava envolvida em nenhuma atividade perigosa e, ao que tudo indica, não tinha nenhum hobby nem se interessava por nada em particular.

– Não necessariamente – disse Bryant, voltando para a sala. – Parece que ela estava bem interessada em uma escavação arqueológica que tinha acabado de ser autorizada e que aconteceria ali em Rowley Regis.

– E como ficou sabendo disso?

– Acabei de falar com a Courtney.

– Que Courtney?

– A Courtney que levou café para nós ontem o dia inteiro. Perguntei se a nossa vítima tinha falado com alguém diferente nas últimas semanas. Teresa tinha pedido à recepcionista para conseguir o telefone de um tal professor Milton, da Worcester College.

– Vi alguma coisa sobre isso no jornal regional – comentou Stacey. – O professor tenta conseguir permissão para trabalhar nesse local há séculos. Virou um campo desde que o antigo orfanato pegou fogo, mas rolam uns boatos de que há moedas antigas enterradas lá. Há dois anos ele vem enfrentando resistências, mas, na semana passada, finalmente conseguiu a autorização. Virou notícia nacional porque foi uma verdadeira batalha no tribunal.

Finalmente, Kim sentiu algum indício de empolgação. Expressar interesse em uma atividade local estava longe de ser uma prova irrefutável de qualquer coisa, porém já era mais do que tinham 10 minutos antes.

– Ok, vocês dois continuem cavando essa história, com o perdão do trocadilho. Bryant, pega o Batmóvel.

Dawson soltou um longo suspiro. Kim pegou a jaqueta e parou à mesa dele.

– Stacey, você não está precisando ir ao banheiro agora?

– Não, chefe, estou bem...

– Stacey, sai da sala.

Tato e diplomacia tinham sido inventados por alguém com tempo de sobra.

– Kevin, larga esse telefone um minuto e escuta. Sei que você está passando por um momento difícil, mas a culpa foi toda sua. Se tivesse conseguido manter o pau dentro da calça mais umas duas semanas, estaria nos braços amorosos da sua namorada e da sua filha recém-nascida, e não no quarto de hóspedes da casa da sua mãe.

Kim não tinha o hábito de empregar sensibilidade no trato com os integrantes de sua equipe. Já tinha que se esforçar demais para conseguir fazer isso ao lidar com o público em geral.

– Foi um erro burro e bêbado em uma despedida de solteiro…

– Kevin, sem ofensa, isso é problema seu, não meu. Só que se você não parar de ficar todo amuado igual a uma criancinha toda vez que não conseguir o que quer do jeito que quer, aquela mesa ali não vai ser a única a ficar vaga. Estamos entendidos?

Kim o encarou de cara fechada. Ele engoliu em seco e fez que sim com um gesto de cabeça. Sem mais nenhuma palavra, ela saiu da sala e desceu a escada.

Dawson era um detetive talentoso, mas tinha que ficar esperto, pois estava na corda bamba.

CAPÍTULO 8

PELA SEGUNDA VEZ EM DIAS, Kim estava em meio àquele ar de inocente expectativa presente em todas as instituições de ensino.

Bryant foi à recepção e ela ficou aguardando mais atrás. Um bando de rapazes à direita dela ria de algo no celular. Um deles se virou para Kim. Seu olhar percorreu o corpo dela de cima a baixo e parou nos seios. O sujeito apontou o queixo para ela e sorriu.

Kim espelhou seus movimentos e foi constatando: calça jeans *skinny*, camiseta com gola V e cabelo estilo Justin Bieber. Seus olhos se encontraram com os dele e ela retribuiu o sorriso. Então disparou:

– Nunca vai rolar, amorzinho.

Na mesma hora, o rapaz se voltou para o grupo, rezando para que os amigos não tivessem testemunhado aquele fora.

– Tem alguma coisa errada aqui – disse Bryant. – Tive a impressão de que a recepcionista achou esquisito quando pedi para ver o professor. Tem alguém vindo aí, mas não acho que será ele.

De repente, os grupos começaram a se separar como o mar Vermelho quando uma baixinha de salto alto apareceu. Era pequenininha, mas movimentava-se como uma bala, sem diminuir a velocidade por nada. Seus olhos ávidos vasculharam a área e pararam nos detetives.

– Puta merda – disse Bryant, quando ela começou a vir bem na direção deles.

– Detetives? – falou ela, estendendo a mão.

O nariz de Kim foi agredido pelo aroma de um perfume muito adocicado. A mulher tinha cachos grisalhos rentes à cabeça e seu nariz servia de apoio para óculos que fariam inveja a Elton John.

Bryant deu-lhe um aperto de mão. Kim, não.

– E você é?

– Sra. Pearson. Assistente do professor Milton.

Ok, era óbvio que o professor estava ocupado demais para vê-los. Se não descobrissem nada com a assistente, seriam obrigados a insistir.

– Podemos fazer algumas perguntas sobre um projeto no qual o professor Milton está trabalhando? – perguntou Bryant.

– Bem depressa – ela respondeu, sem convidá-los para acompanharem-na a outro lugar onde pudessem conversar com mais privacidade. Era óbvio que a mulher lhes daria pouco tempo.

– O professor está envolvido em uma escavação arqueológica?

A sra. Pearson confirmou com um gesto de cabeça e completou:

– Sim, a permissão foi concedida alguns dias atrás.

– O que exatamente ele está procurando? – questionou Bryant.

– Moedas valiosas, detetive.

Kim ergueu uma sobrancelha.

– Em um campo nos arredores de Rowley Regis?

A sra. Pearson suspirou como se estivesse conversando com uma criança que não sabia de nada.

– Parece que você ignora completamente a riqueza desta região. Nunca ouviu falar do tesouro de Staffordshire?

Kim olhou para Bryant. Os dois negaram com a cabeça. A sra. Pearson nem sequer tentou esconder seu desdém. Nitidamente, não acadêmicos eram bárbaros para ela.

– Uma das mais substanciais descobertas do nosso tempo aconteceu em um campo em Lichfield alguns anos atrás. Mais de 3.500 peças em ouro avaliadas em três milhões de libras. Recentemente, um tesouro de moedas de prata de denário que datam de 31 a.C. foi descoberto em Stoke-on-Trent.

– E quem fica com o dinheiro? – Kim ficou intrigada.

– Por exemplo, houve uma descoberta recente em Brendon Hill, Worcestershire. Um homem com um detector de metais encontrou ouro romano, inclusive moedas, e os dois, ele e o fazendeiro, receberam mais de um milhão cada.

– O que faz o professor achar que há algo em Rowley?

A sra. Pearson deu de ombros.

– Uma lenda local, um mito sobre uma batalha que aconteceu naquela área.

– Há pouco tempo ele recebeu uma ligação de uma mulher chamada Teresa Wyatt?

A mulher pensou um momento.

– Acho que recebeu, sim. Ela ligou algumas vezes, insistindo para falar com o professor Milton. Acho que ele retornou a ligação um dia no final da tarde.

Ok, aquilo era o bastante para Kim. Havia algo estranho ali e ela não se contentaria em falar com o papagaio. Precisava conversar com o tocador de realejo para que ele relatasse o conteúdo da conversa.

– Obrigada pela sua ajuda, sra. Pearson, mas creio que, independentemente do quanto o professor possa estar ocupado, precisamos falar com ele agora mesmo.

A sra. Pearson ficou intrigada e então com raiva.

– Agora sou eu que tenho uma pergunta para você, detetive. Vocês não conversam uns com os outros?

– Como? – questionou Bryant.

– Bom, é óbvio que vocês não são da Unidade de Pessoas Desaparecidas, caso contrário saberiam.

– Saberiam o quê, sra. Pearson?

Ela limpou a garganta ruidosamente e cruzou os braços diante do peito.

– De que não se tem notícia nenhuma do professor Milton há mais de 48 horas.

CAPÍTULO
9

NICOLA ADAMSON fechou os olhos ao sentir o mau presságio que se apoderou dela quando enfiou a chave na fechadura do apartamento de cobertura. Mesmo com o movimento cauteloso, o som pareceu reverberar pelo corredor, o que acontecia com qualquer gesto mínimo às 2h30 da manhã.

Myra Downs do apartamento 4C sairia a qualquer segundo para ver quem estava fazendo todo aquele barulho. Nicola podia jurar que a contadora aposentada dormia encostada na porta do apartamento.

Como esperado, ouviu o som familiar da tranca da vizinha deslizando na parte de baixo da porta, mas conseguiu se esgueirar para dentro do próprio apartamento antes de ser flagrada pelo grupo de vigilantes do bairro composto de uma mulher só.

Antes mesmo de acender a luz, Nicola sentiu a diferença em sua casa. Haviam entrado ali, invadido seu refúgio. Embora o espaço ainda fosse dela, estava tendo que compartilhá-lo inteiramente. De novo.

Tirou os sapatos e caminhou silenciosamente pela sala na direção da cozinha. Apesar da visita no quarto de hóspedes, Nicola tentava manter os próprios hábitos, a própria rotina, a própria vida.

Tirou uma lasanha da geladeira e a colocou no micro-ondas. O trabalho sempre a deixava com fome e essa era sua rotina: voltar da boate, esquentar uma refeição enquanto tomava banho e comer um pouquinho tomando uma taça de vinho tinto antes de ir para a cama. Ter que dividir o apartamento não mudaria isso. Contudo, foi até o banheiro na ponta dos pés. Estava cansada e sem disposição nenhuma para drama.

No banheiro, Nicola suspirou aliviada. Cada porta que fechava depois de entrar era uma batalha travada e ganha. Imaginou-se em um jogo de computador em que o objetivo era transpor cada cômodo, escapando do inimigo. Aquilo não era justo, reclamou enquanto tirava a roupa e a empilhava ao lado do boxe do chuveiro. Tinha que ajustar o botão da temperatura, o que a irritou. Até uma semana atrás, nenhum ajuste era necessário. O botão da temperatura estaria exatamente na posição em que o havia deixado.

Fechou os olhos e levantou o rosto na água fumegante. As agulhadas na pele lhe faziam bem. Afastou-se da água e tombou o pescoço para trás. Em segundos, o poderoso chuveiro havia encharcado seu comprido cabelo louro. Esticou a mão na direção do rack de metal, mas encontrou o espaço vazio. Droga, o frasco tinha sido colocado no chão de novo.

Ela se abaixou e o pegou. A força com que o apertou jorrou xampu no vidro do boxe. Novamente, engoliu a irritação. Compartilhar seu espaço não devia ser tão difícil, mas, putz, como era. Foi o que teve que fazer a vida inteira.

Podia sentir a tensão nos ombros. Sua noite não tinha sido boa.

Nicola trabalhava na Roxburgh há cinco anos, desde seu aniversário de 20 anos e amava cada minuto. Não estava nem aí se as pessoas achassem seu trabalho sórdido e degradante. Adorava dançar, gostava de mostrar o corpo e os homens pagavam muito dinheiro para vê-la. Não tirava a roupa e ninguém encostava nela. Não era esse tipo de boate.

Havia outras boates no centro de Birmingham e as dançarinas de todas elas almejavam ir para a Roxburgh. Era a única boate em que Nicola aceitaria trabalhar. Tinha a intenção de se aposentar da dança quando fizesse 30 anos e correr atrás de outros interesses. Seu saldo bancário amparava esse plano.

Ao longo dos últimos cinco anos, tinha se tornado a dançarina mais famosa da casa. Fazia uma média de três danças particulares por noite a 200 libras cada – não era algo para o qual se torcer o nariz.

Sabia que era o Anticristo para algumas feministas e estava pronta para levantar o dedo do meio para quem viesse lhe dizer qualquer merda. Liberdade das mulheres para ela era ter o direito de escolha, e escolheu dançar, não porque era uma viciada em crack vazia que precisava de dinheiro, mas porque gostava.

Desde criança, gostava de se apresentar. Tinha se empenhado para conseguir essa individualidade, essa singularidade que a diferenciava, que fazia as pessoas a notarem.

Porém nessa noite tinha ficado insatisfeita com seu desempenho. Não houve reclamação dos clientes, mandaram descer muito champanhe Cristal e o último cliente comprou duas garrafas de Dom Pérignon, fazendo de seu patrão um sujeito muito feliz.

Mas Nicola sabia que sua cabeça não estava totalmente no trabalho. Não tinha sentido aquela entrega total de si, mente e corpo, às apresentações. Para ela, aquilo era a diferença entre a Melhor Atriz ou Melhor Coadjuvante.

Tirou o condicionador do cabelo e saiu do chuveiro. Enxugou-se com a toalha e aconchegou-se no roupão, apreciando a sensação do tecido quente em sua pele. Amarrou o cinto e saiu do banheiro.

Parou de supetão. Por um momento, havia se esquecido. Só um momento.

– Beth – suspirou.

– Quem mais?

– Desculpa se te acordei – disse Nicola, indo à cozinha e tirando a lasanha do micro-ondas. Pegou dois pratos e dividiu a refeição ao meio. Colocou um prato diante de sua cadeira e o outro em frente.

– Não tô com fome – disse Beth.

Nicola tentou não fazer careta para o sotaque pesado de Black Country de Beth. Era um hábito que ela mesma tinha se esforçado muito para superar. Quando crianças, as duas falavam daquele jeito, porém Beth não fez esforço nenhum para mudar.

– Você comeu alguma coisa hoje? – perguntou Nicola, e em seguida se repreendeu silenciosamente. Será que algum dia se livraria do hábito de ser a gêmea mais velha? Ainda que só por uma questão de minutos.

– Você não me quer aqui, né?

Nicola baixou o olhar para a massa. Perdeu o apetite de repente. A franqueza da pergunta da irmã não a surpreendeu, era inútil mentir. Beth a conhecia quase tão bem quanto a si mesma.

– Não é que eu não queira você aqui, só que já faz tanto tempo.

– E de quem é a culpa disso, maninha querida?

Nicola engoliu em seco e levou o prato para a pia. Não ousou olhar. Não conseguia encarar a acusação e a mágoa.

– Você tem planos para amanhã? – perguntou, conduzindo a conversa para algo menos explosivo.

– É claro. Você vai trabalhar de novo amanhã à noite?

Nicola não disse nada. Era óbvio que Beth desaprovava seu estilo de vida.

– Por que se rebaixa desse jeito?

– Gosto do que faço – defendeu-se Nicola. Odiou que sua voz tivesse subido uma oitava.

– Mas você é formada em Sociologia. Que baita desperdício.

– Pelo menos sou formada – disparou Nicola, se arrependendo instantaneamente. Instaurou-se silêncio entre elas.

– Pois é, você tirou esse sonho de mim, não tirou?

Nicola sabia que Beth a culpava pelo afastamento das duas, mas jamais perguntou por quê. Olhou para dentro da pia e apertou com força a ponta da bancada.

– Por que você voltou?

Beth suspirou profundamente e respondeu:

– Para onde mais podia ir?

Nicola concordou com um gesto de cabeça silencioso e o ar entre elas se acalmou.

– Vai começar tudo de novo, não vai? – perguntou Beth baixinho.

Nicola ouviu a vulnerabilidade na voz da irmã, o que a fez sentir uma fisgada no coração. Alguns laços não podiam ser desfeitos.

O prato sujo embaçou diante de seus olhos e os anos sem a irmã abateram-se sobre ela.

– E como você vai me proteger desta vez, maninha?

Nicola enxugou os olhos e se virou, abrindo os braços para abraçar a irmã gêmea, mas a porta do quarto já tinha sido fechada. Esvaziou o conteúdo do segundo prato. Falou baixinho na direção do quarto de hóspedes:

– Beth, seja lá qual for a razão pela qual você me odeia, eu sinto muito. Sinto muito mesmo.

CAPÍTULO 10

ÀS SETE DA MANHÃ, Kim estava de pé diante da lápide e puxou a jaqueta para que ficasse mais apertada em volta de si. No topo da colina Rowley, dominada pelo cemitério Powke Lane, o vento uivava ao seu redor. Era sábado e sempre arranjava tempo para a família, estivesse ou não com um caso novo.

As sepulturas ainda ostentavam os detritos dos presentes de Natal deixados pelos vivos que se sentiam culpados: coroas de flores reduzidas a galhos esqueléticos, poinsétias murchas e maltratadas pela sujeição ao clima. Uma camada de geada brilhava no topo da lápide de granito vermelho. Desde o momento em que viu uma simples cruz de madeira demarcando o espaço, Kim começou a economizar dinheiro dos dois empregos que tinha e comprou a lápide. Havia sido instalada dois dias depois de seu aniversário de 18 anos.

Olhou para as poucas letras douradas, tudo o que pôde pagar na época, apenas o nome e duas datas. Como de costume, ficou perplexa pelo intervalo entre os dois anos entalhados, pouco mais de um piscar de olhos. Beijou os dedos e os pôs com firmeza na pedra fria.

– Boa noite, querido Mikey, durma bem.

As lágrimas ferroavam seus olhos, mas Kim lutou contra elas. Eram as mesmas palavras que tinha dito um pouco antes do último suspiro ter deixado o corpo frágil e derrotado.

Guardou com cuidado a lembrança de volta na caixa de memórias e colocou o capacete. Empurrou a Kawasaki Ninja até o portão de saída. Havia algo de desrespeitoso em ligar o urro das 1.400 cilindradas do motor dentro dos confins do cemitério. Um metro depois da saída, botou a máquina em ação.

Após descer toda a colina, parou em uma área industrial abarrotada de placas de "Aluga-se" – uma prova categórica da história industrial do local e um lugar ermo o bastante para fazer a ligação.

Kim pegou seu telefone. Era uma conversa que não podia acontecer perto do túmulo de Mikey. Não permitiria que seu último local de descanso fosse contaminado pelo mal. Tinha que protegê-lo, até hoje.

Atenderam no terceiro toque.

– Enfermeira Taylor, por favor.

O telefone ficou mudo durante alguns segundos antes de ela escutar a conhecida voz.

– Oi, Lily! É Kim Stone.

A voz da enfermeira era cordial.

– Oi, Kim, que bom que ligou. Achei mesmo que ligaria hoje.

A enfermeira falava a mesma frase todas as vezes, nunca mudava. Kim fez essa ligação todos os meses no dia 20 dos últimos 16 anos.

– Como ela está?

– Teve um Natal tranquilo e parece que gostou do coral que nos visitou.

– Algum episódio violento?

– Não, isso já não acontece há algum tempo. A medicação está estável.

– Mais alguma coisa?

– Ontem ela perguntou por você de novo. Apesar de não ter noção de datas, parece que ela sabe quando você está prestes a ligar – a enfermeira fez um silêncio. – Quem sabe você não queira dar uma passada…

– Obrigada pelo seu tempo, Lily.

Kim nunca a tinha visitado e jamais faria isso. A clínica psiquiátrica Grantely era a casa de sua mãe desde que Kim tinha 6 anos e era àquele lugar que ela pertencia.

– Vou dizer que você ligou.

Kim agradeceu novamente e apertou o botão para finalizar a chamada. A enfermeira tratava os telefonemas como uma checagem mensal do estado de saúde da mãe e Kim nunca lhe disse o contrário.

Apenas Kim sabia que fazia a ligação para se assegurar de que a vadia diabólica e assassina continuava presa ali.

CAPÍTULO 11

– **MUITO BEM,** pessoal, quero novidades. Kevin, o que descobrimos com a Unidade de Pessoas Desaparecidas?

– O professor Milton acabou de se divorciar pela terceira vez. Um pouco como o Simon Cowell, as *ex* só têm coisas boas a falar sobre ele. Não tem filhos biológicos, mas é padrasto de cinco. Não percebemos nenhuma hostilidade.

– Quando ele desapareceu?

– Ele foi visto pela última vez na quarta-feira. A assistente na faculdade estranhou a ausência do professor na quinta-feira de manhã. Ele não entrou em contato com ninguém da família, o que aparentemente é muito estranho.

– Sabem se ele já fez isso antes?

Dawson negou.

– De acordo com o que as *ex* falam, ele é a reencarnação de Gandhi, afetuoso e gentil – Kevin consultou suas anotações. – A última *ex* conversou com o professor Milton na terça à tarde e ele estava empolgado por finalmente ter conseguido a permissão para a escavação.

– Eu dei uma olhada nisso, chefe – comentou Stacey. – A primeira solicitação feita pelo professor Milton foi há dois anos. Houve mais de 20 oposições ao projeto: ambientais, políticas, culturais. Não tenho muitos dados mais sobre isso.

– Continue investigando, Stacey. Bryant, sabemos quando exatamente a nossa vítima falou com o professor?

Bryant ergueu um papel.

– Courtney me mandou um fax com as contas de telefone. Eles conversaram por 20 minutos na quarta-feira por volta das 17h30.

– Ok – Kim cruzou os braços – Então só o que sabemos até agora é que a vítima teve uma breve conversa com um professor universitário na quarta-feira à tarde e agora um deles está morto e o outro, desaparecido.

Alguém bateu na porta. Era um policial, que ficou parado.

– O que é? – Kim ladrou. Odiava interrupções durante as reuniões.

– Tem um homem na recepção que quer falar com a senhora.

Kim olhou para o policial como se ele tivesse ficado maluco.

– Eu sei, mas ele insiste que só fala com a senhora. Disse que é professor...

Kim já tinha levantado da cadeira.

– Bryant, vem comigo – ordenou, parando à porta. – Stacey, descubra tudo que conseguir sobre aquele terreno.

Ela saiu e correu pela escada. Bryant quase conseguia acompanhá-la. Na recepção, cumprimentou-a um homem com a barba totalmente branca e uma cabeleira crespa desgrenhada.

– Professor Milton?

Ele parou de retorcer as mãos por tempo suficiente para estender o braço. Kim deu um breve aperto de mão antes de dizer:

– Por favor, venha por aqui.

A detetive o guiou pelo corredor até a sala de interrogatório 1.

– Bryant, avise a Unidade de Pessoas Desaparecidas para que não percam mais tempo. O senhor quer beber alguma coisa?

– Um chá doce.

Bryant consentiu e fechou a porta depois de sair.

– Muitas pessoas estavam preocupadas com você, professor.

Kim não tinha a intenção de que aquilo soasse como uma repreensão, mas odiava qualquer coisa que fizesse a polícia perder tempo. Os recursos já eram escassos o bastante. Ele demonstrou compreensão com um gesto de cabeça.

– Sinto muito, detetive. Não sabia o que fazer. Só conversei com a sra. Pearson algumas horas atrás e ela me contou que esteve lá. Falou que eu podia confiar em você.

Kim ficou surpresa que a megera velha havia formado essa opinião a seu respeito.

– Onde você estava? – interrogou a detetive. Não era a pergunta que estava louca para fazer, mas se Bryant estivesse ao lado dela, teria pedido cautela. O sujeito tremia e suas mãos tinham voltado, como imãs, uma para a outra.

– Barmouth, em um hotelzinho. Tive que fugir daqui, só isso.

– Mas na quarta-feira você estava pra lá de empolgado. A sra. Pearson nos contou.

Ele fazia que sim com a cabeça quando Bryant entrou na sala, trazendo três copos de isopor. O policial sentou e empurrou um deles na direção do professor. Kim continuou:

– Você conversou com uma mulher chamada Teresa Wyatt nesse dia?

O professor Milton ficou confuso.

– Conversei. A Pearson mencionou que vocês perguntaram sobre isso, mas não sei que relação ela pode ter com o que aconteceu comigo depois.

Kim não fazia ideia do que havia acontecido com ele depois, mas sabia que Teresa acabou morta.

– Pode nos dizer por que Teresa te ligou?

– É claro. Ela me perguntou se eu aceitaria voluntários no projeto.

– O que você respondeu?

– Que não, só aceito voluntários que tenham feito pelo menos um ano do curso universitário. A srta. Wyatt expressou interesse em arqueologia, mas não tinha cursado nada na área e com certeza não teria tempo de fazer isso antes do início do projeto, no final de fevereiro.

Kim se sentiu como um balão murchando. Essa pista não os ajudaria a descobrir o assassino. Era uma conversa inofensiva.

– Houve mais alguma coisa? – perguntou Bryant.

O professor ficou um momento em silêncio antes de responder:

– Ela perguntou em que local começaríamos a escavar, o que achei um pouco estranho no contexto da conversa.

Realmente, Kim pensou. Aquilo era um pouco estranho.

– O que aconteceu depois? – interrogou, retomando o comentário anterior do professor.

Milton engoliu em seco.

– Cheguei em casa do trabalho e a Tess não veio me receber como de costume.

Kim olhou para Bryant. Dawson tinha falado que o professor estava solteiro novamente.

– Ela costuma dormir na cozinha, ao lado da vasilha d'água, mas era só eu colocar a chave na porta que ela chegava com o rabo balançando.

Ah, isso fazia mais sentido, Kim pensou.

– Mas não na quarta. Chamei quando entrei na cozinha, mas ela não veio. Encontrei-a ao lado da cama – a voz dele falhou. – Estava tendo convulsões no chão com os olhos vidrados e parados. Durante alguns segundos, nem vi o bilhete. Só a peguei e fui para o veterinário o mais rápido possível, mas era tarde demais. Já tinha morrido quando cheguei lá. – Ele enxugou o olho direito.

Kim abriu a boca para perguntar do bilhete, mas Bryant a cortou.

– Sinto muito por isso, professor. Ela estava doente?

– Nem um pouco. Só tinha quatro anos. O veterinário não precisou examiná-la. Dava para sentir o anticongelante no hálito. Parece que os cachorros adoram, porque tem um gosto doce. Alguém pôs aquilo na vasilha d'água e ela bebeu muito.

– Você disse que tinha um bilhete? – incitou Bryant com delicadeza.

– Isso mesmo, o filho da mãe grampeou na orelha dela – ele confirmou, com os olhos vermelhos. Kim estremeceu.

– Lembra o que estava escrito?

– Está aqui. – O professor enfiou a mão no casaco. – O veterinário o tirou depois.

Kim pegou o bilhete. Para a perícia, ele não tinha mais utilidade nenhuma. O professor o tinha manuseado, assim como o veterinário. Ela o desdobrou e pôs sobre a mesa. Com uma fonte preta e simples, estava escrito:

CANCELE A ESCAVAÇÃO OU A ESPOSA
NÚMERO TRÊS SERÁ A PRÓXIMA

– Nem voltei para casa. Tenho vergonha de admitir que fiquei aterrorizado e que ainda estou. Quem faria isso, detetive? – O professor virou o resto do chá. – Não sei nem para onde ir.

– Que tal a sra. Pearson? – sugeriu Kim. Ela tinha visto a expressão no rosto da mulher quando falou do professor. Aquela buldoguezinha não deixaria ninguém chegar perto dele.

Kim levantou e pegou o bilhete, já Bryant deu um aperto de mão no professor e ofereceu uma carona para onde ele quisesse ir. Kim levou o bilhete para a sala dos detetives. Não conseguia deixar de pensar que havia uma caixa de pandora em algum lugar ali e que tinham acabado de lhe entregar a chave.

– Ok, Kevin, acho que vamos precisar de café fresco.

– Stacey, o que descobriu sobre aquele terreno?

– Tem mais ou menos um acre e é bem ao lado do crematório Rowley. Fica na ponta de um conjunto habitacional construído em meados dos anos 1950. Antes de se tornar uma área residencial, funcionava ali uma siderúrgica.

Bryant entrou na sala falando ao celular.

– Obrigado, Courtney. Sua ajuda está sendo maravilhosa.

– O quê? – perguntou Bryant sob os seis olhos cravados nele.

– Courtney? – perguntou Kim. – Preciso alertar a sua esposa de alguma coisa?

– Sou um homem feliz no casamento, chefe. – Bryant deu uma risadinha tirando o blazer. – Minha mulher pode confirmar. Além disso, a Courtney está emendando o coração partido com ajuda da Joanna, a professora de Inglês que estava dando em cima de você aquele dia. – Dawson se virou, arregalando os olhos.

– Sério, chefe?

– Aquieta o facho, moleque – ela se virou para Bryant. – Por que a ligação?

Bryant levantou uma sobrancelha e explicou:

– Seguindo a sua lógica de passado, presente e futuro, perguntei à Courtney se ela tinha acesso ao histórico empregatício de Teresa Wyatt. Ela está enviando para a gente.

– Põe essa menina na lista de Natal. Ela está fazendo a gente economizar uma fortuna com mandados.

Kim voltou-se para Stacey, tentando entender onde ficava aquele local.

– Espera aí, você está falando daquele terreno bem ao lado do crematório? Aquele onde acontece a feira itinerante?

Stacey virou o monitor e apontou. Uma imagem do Google Earth preencheu a tela.

– Olha só, tem uma área cercada na beira da estrada, fora isso, não passa de um pedaço de terra sem muita utilidade.

O instinto de Kim estava em disparada. Todos os sentidos que possuía encontravam-se em alerta máximo.

– Stacey, investigue o nome Crestwood e consiga tudo o que puder para mim. Tenho que fazer umas ligações. – Kim respirou fundo e sentou à mesa. Algumas peças do quebra-cabeça estavam começando a se encaixar. E, pela primeira vez na vida, ela quis estar errada.

CAPÍTULO 12

TOM CURTIS virou-se e desviou o olhar da janela. A luz do dia normalmente não o impedia de dormir após um turno de oito horas no asilo.

O trabalho era exaustivo: carregar velhos gordos, colocá-los na cama, limpar o cuspe e suas bundas. Ele já tinha evitado duas investigações internas, mas achava que a terceira seria mais problemática.

A filha de Martha Brown só a visitava uma vez por semana e quando viesse, com certeza veria o hematoma. Os demais funcionários faziam vista grossa. Era impossível não perder a paciência de vez em quando. Sendo o único homem da equipe, frequentemente chegava para o turno da noite e via que os trabalhos mais pesados não haviam sido feitos. E não podia reclamar. Se tivesse sido honesto em sua declaração médica, nem sequer teria conseguido o emprego.

Mas não era consciência pesada o que lhe tirava o sono. Não sentia nada pelos idosos sob seus cuidados, e se os parentes se sentissem ofendidos, eles que os levassem para casa e se encarregassem de limpar a bunda deles.

Era o toque de seu telefone que o mantinha acordado. Ainda que o tivesse desligado, continuava a escutá-lo na cabeça. Virou e se deitou de barriga para cima, satisfeito por sua mulher e a filha já terem saído de casa. Seria outro dia sombrio.

Os dias sombrios vinham pontuando os últimos dois anos, sete meses e dezenove dias. Nesses dias, a vontade de beber era avassaladora. Nesses dias, sua vida não valia a sobriedade.

Quando saiu da escola de gastronomia, não imaginou que seu futuro consistiria em trocar fraldas de gente velha. Formado, não anteviu a carne velha e flácida que hoje tem ao redor de seu pescoço balançando ao levantar idosos para colocá-los e tirá-los da cama. Sequer havia sonhado que estaria dando comida na boca de pessoas que sofriam *rigor mortis* antes de darem o último suspiro.

Aos 23 anos, sofreu o primeiro ataque cardíaco, o que lhe tirou a empregabilidade nos restaurantes. Muitas horas de serviço e condições de trabalho estressantes não contribuíam para a vida longa de uma pessoa com insuficiência cardíaca congestiva.

Em um dia estava servindo comida sofisticada num restaurante francês na Water's Edge, em Birmingham, no outro, fazendo hambúrguer de peru e batata frita para um bando de crianças imprestáveis.

Durante anos, escondeu o vício da esposa. Tornou-se mestre das mentiras e malandragens. No dia em que entrou em colapso por causa do segundo ataque cardíaco, suas mentiras foram descobertas, pois o médico disse que a próxima bebedeira provavelmente seria a última. Não bebeu mais nada desde então.

Estendeu o braço e ligou o celular. Imediatamente, ele começou a tocar. Cancelou a chamada e viu que tinha 57 ligações perdidas em três dias. Não reconhecia os números e nenhum nome aparecia na tela, mas Tom sabia quem estava ligando.

E essa pessoa teria investido melhor o seu tempo se tivesse tentado entrar em contato com Teresa. Era óbvio que ela havia aberto a boca para alguém e que isso foi o que a matou.

Suspeitava que a autorização para a escavação tinha deixado todos inquietos, mas ele não precisava daquelas ligações. Manteria os malditos segredos, assim como mantiveram o dele. Tinham feito um pacto. Sabia que os outros o viam como o elo fraco da corrente de fraudes, mas ele não tinha fraquejado.

Houve épocas, especialmente nos dias mais sombrios, em que se sentia tentado a falar, a arrancar o veneno de si. Esses pensamentos eram mais fáceis de silenciar com a bebida. Sua mente viajou ao passado, como fazia todos os dias. Droga, devia ter se negado. Devia ter ficado contra os demais e se negado. Seu próprio delito parecia tão trivial em comparação com as consequências de seu consentimento.

Certa vez, ele se pegou próximo à parede do lado de fora da delegacia de Old Hill. Permaneceu ali durante três horas e meia, correndo atrás do rabo da própria consciência. Levantava, sentava, andava, sentava. Acabou indo embora.

Se tivesse sido forte o bastante para contar a verdade, talvez tivesse perdido a esposa. Como mulher e mãe, se ela algum dia soubesse da participação dele no que aconteceu, ficaria enojada. E a pior parte era que Tom não podia culpá-la.

Jogou as cobertas de lado. Não havia motivo para tentar dormir. Estava totalmente desperto. Desceu para o andar de baixo. Precisava de café, quanto mais forte, melhor. Foi para a cozinha e parou de supetão diante da mesa de jantar.

Encarando-o havia uma garrafa de Johnnie Walker Blue e um bilhete. A mera visão do líquido marrom dourado fez sua boca salivar. A garrafa com teor alcoólico de 40% custava mais de 100 libras. Era um dos mais requintados uísques envelhecidos, o Cristal do mundo do uísque *blended*. Seu corpo respondeu. Era como olhar para a árvore na manhã de Natal. Desviou os olhos depressa e esticou a mão para pegar o bilhete.

PODEMOS FAZER ISSO DO SEU JEITO OU DO MEU,
MAS SERÁ FEITO. APROVEITE.

Ele desmoronou na cadeira e ficou com os olhos cravados em seu melhor amigo e pior inimigo. Estava claro o que o remetente queria. Desejava que ele morresse. Ao lado de seu medo encontrava-se o alívio. Sempre soube que o dia do ajuste de contas chegaria, nesta vida ou na próxima.

Tom destampou a garrafa e o cheiro atingiu seu nariz imediatamente. Sabia que beber o mataria. Não o primeiro gole – era alcoólatra, não existia essa história de um gole. Se desse um gole, beberia a garrafa inteira e isso o levaria à morte.

Se escolhesse esse método de morrer, ninguém mais precisaria sofrer. A esposa acharia que ele havia fraquejado e permaneceria em segurança. Com sorte, talvez jamais ficaria sabendo do que ele fez. Sua filha não precisava saber.

Levantou a garrafa lentamente e deu o primeiro gole. Parou apenas um segundo antes de levar a garrafa aos lábios novamente. Dessa vez não parou até a queimação em seu peito ficar insuportável.

O efeito o atingiu imediatamente. Após mais de dois anos, o corpo tinha perdido a tolerância e o álcool queimava em suas veias a caminho do cérebro. Deu mais uma talagada e sorriu. Havia jeitos piores de se matar.

Depois de mais uma talagada, deu uma risadinha. Não daria mais banho em velhotes. Não trocaria mais fraldas sujas. Não limparia mais baba.

Levou a garrafa à boca e bebeu metade do líquido. Seu corpo estava em chamas e Tom sentia-se eufórico. Era como ver o seu time de futebol massacrar o adversário.

Não teria mais que esconder o que havia feito. Não teria medo. Finalmente estava fazendo o que era certo.

As lágrimas escorriam pelas bochechas. Por dentro, Tom estava feliz, mas seu corpo o traía. A garrafa ficou parada diante da boca quando pousou os olhos na foto da filha dando comida às cabras no Zoológico Dudley em seu aniversário de 6 anos.

Semicerrou os olhos para a foto. Não se lembrava daquela cara fechada nem das perguntas nos olhos dela.

– Desculpa, meu amor – disse para a foto. – Foi só uma vez, eu juro.

A expressão da menina não mudou. *Você tem certeza?*

Ele fechou os olhos diante da acusação, mas o rosto dela continuou a flutuar em sua visão.

– Ok, talvez tenha sido mais de uma vez, mas não foi minha culpa, meu amor. Ela me obrigou a fazer aquilo. Ela me tentou. Ela me provocou. Não consegui me conter. Não foi culpa minha.

Mas você era adulto?

Tom fechou os olhos diante do furioso ataque de desgosto da filha. Uma lágrima forçou sua saída e escorreu pela bochecha dele.

– Por favor, entenda, ela tinha muito mais do que 15 anos. Era inteligente e manipuladora, e acabei cedendo. Não foi culpa minha. Ela me seduziu e eu não consegui resistir.

Ela era uma criança.

Tom puxou o próprio cabelo para aliviar a dor.

– Eu sei, eu sei, mas ela não era criança. Era uma garota dissimulada que sabia como conseguir o que queria.

Mas o que você fez depois foi imperdoável. Papai, eu te odeio.

Nesse momento, seu corpo inteiro berrou. Nunca mais veria a linda filhinha. Não veria Amy crescer e se tornar uma jovem mulher nem estaria presente para protegê-la dos garotos. Nunca mais beijaria aquelas bochechas macias nem sentiria as pequeninas mãos nas suas.

Desabou a cabeça para a frente e as lágrimas caíam em suas pernas. Através da visão embaçada, seus olhos chegaram aos pés e pararam no chinelo que Amy tinha lhe comprado no Dia dos Pais. Nele havia um monograma com o rosto do Homer Simpson, seu personagem favorito.

Não! Sua mente gritou. Tinha que existir outro jeito. Não queria morrer, não queria perder sua família. Tinha que fazê-los entender.

Talvez pudesse ir à polícia. Admitir o que havia feito. Não tinha agido sozinho. Não tinha sido nem o responsável pelas decisões. Havia concordado com aquilo porque era jovem e estava com medo. Tinha sido fraco e burro, mas, droga, não era assassino.

Certamente seria punido, mas valeria a pena em troca de poder ver a filha crescer.

Tom enxugou as lágrimas e focou a visão na garrafa. Já tinha bebido mais da metade. Meu Deus, rezou para que não fosse tarde demais. Ao colocar a garrafa de volta na mesa, puxaram sua cabeça para trás, pelo cabelo.

A garrafa caiu no chão e Tom tentava entender o que estava acontecendo. Sentiu uma ponta gelada de metal debaixo da orelha esquerda, um antebraço no pescoço. Tentou se virar, mas a ponta da lâmina rasgou sua pele.

Ele observou uma mão com luva se mover da esquerda para a direita debaixo de seu queixo.

Foi a última coisa que viu.

CAPÍTULO 13

KIM COLOCOU O TELEFONE no gancho depois da terceira ligação. Queria muito estar errada e prestes a desperdiçar o tempo valioso de algumas pessoas muito importantes. Aceitaria feliz uma comida de rabo de Woody se estivesse errada. Não teria satisfação nenhuma em estar certa dessa vez. Alguém não queria que fizessem escavações naquele terreno.

– O que conseguiu, Stacey? – perguntou, sentando-se na beirada da mesa vaga.

– Tomara que você esteja confortável sentada aí, chefe. O imóvel que ainda existe lá é parte de uma instalação maior construída nos anos 1940. Naquela época, era usado para receber os soldados que voltavam da guerra com problemas psiquiátricos. Os deficientes físicos eram enviados para vários hospitais da região, mas os que tinham ficado mais afetados psicologicamente eram mandados para Crestwood. Na prática, era uma unidade de segurança para soldados que nunca mais poderiam voltar para a sociedade. Estamos falando aqui de máquinas mortíferas sem botão de desligar. No final dos anos 1970, a população de aproximadamente 35 indivíduos ou tinha cometido suicídio ou tinha morrido de causas naturais. O lugar então passou a ser usado como reformatório.

Kim estremeceu. Era uma palavra que carregava todo tipo de conotações.

– Prossiga.

– Existem histórias que são um verdadeiro horror, envolvendo abuso e molestamento, ocorridas nos anos 1980. Fizeram uma investigação, mas ninguém foi indiciado. No início dos anos 1990, o lugar foi transformado num orfanato para meninas, mas ainda tinha a reputação de abrigar as problemáticas. Devido a cortes no orçamento e reformas, o local começou a ser desativado gradualmente quando entramos no novo milênio e, em 2004, um incêndio o esvaziou completamente.

– Alguém ficou ferido?

Stacey fez que não e completou:

– Não há registro disso nas reportagens.

– Ok, Kevin, Stacey, comecem a fazer uma lista de funcionários. Quero ver...

O barulho da impressora começando a funcionar a silenciou.

Todos sabiam o que era e todos sabiam o que estaria escrito nele. Bryant esticou o braço, pegou o documento e o leu com atenção rapidamente. Ficou ao lado da mesa de Stacey e entregou a ela o currículo de Teresa Wyatt.

– Aí está, pessoal, acho que já temos o primeiro da lista.

Todos eles trocavam olhares à medida que as possibilidades começavam a surgir. Ninguém falava.

Então o telefone tocou.

CAPÍTULO 14

– JESUS CRISTO, chefe, diminua a velocidade. Isto não é uma Kawasaki Goldwing.

– Bom saber, porque isso aí não existe.

– Você sabe que estamos atrasados demais para salvá-lo, não sabe?

Kim reduziu a velocidade quando se aproximou de um semáforo amarelo, mas pensou melhor, acelerou e atravessou a Pedmore Road. Seguiu ultrapassando os veículos por dentro e por fora na pista de mão dupla que se estendia ao lado do shopping center Merry Hill.

– E esta coisa não tem sirene?

– Ah, Bryant, relaxa, não matei a gente ainda – Kim virou o rosto para o lado. – E você precisa dar uma olhada nesse corte no braço esquerdo – ela tinha visto o ferimento através do tecido da manga da camisa durante a reunião.

– Só um arranhão.

– Jogo de rúgbi ontem à noite?

Ele confirmou com um gesto de cabeça.

– Já está na hora de parar com isso. Ou está velho ou lento demais para jogar rúgbi. Seja o que for, vai acabar se machucando.

– Obrigado pelo comentário, chefe.

– Os machucados estão ficando cada vez piores, ou seja, está na hora de pendurar as chuteiras.

Ela foi forçada a parar o carro no semáforo seguinte. Bryant recolheu a mão esquerda que estava agarrada na alça do teto e a flexionou.

– Não posso fazer isso, chefe. Rúgbi é o meu yang.

– Seu o quê?

– Meu yang, chefe. Meu equilíbrio. A patroa me obriga a ir à aula de dança de salão toda semana. Preciso do rúgbi para me dar equilíbrio.

Kim transpôs um canteiro central pela pista de dentro e ignorou as buzinas que ressoaram no seu encalço.

– Então você se pavoneia pela pista de dança e depois agarra outros marmanjos peludos para se equilibrar.

– O nome dessa jogada é *scrum*, chefe.

– Não estou julgando, sério – Kim se virou e olhou para o parceiro, lutando para segurar o riso. – Só não estou entendendo por que me deu essa informação voluntariamente. Você sabe que isso foi um erro, né?

Bryant pôs a cabeça no encosto, fechou os olhos e deu uma gemida.

– É, estou começando a perceber isso agora. – Ele se virou para ela. – Isso fica entre nós, né, chefe?

Ela balançou a cabeça e completou com honestidade:

– Não vou fazer promessas que não posso cumprir.

– Então, para quem estava ligando de manhã? – perguntou ele, mudando de assunto.

– Para o professor Milton.

– Para quê?

– Só para ter certeza de que ele se encontrou com a sra. Pearson e que está em segurança.

– Para cima de mim? – duvidou Bryant, depois de tossir.

Quando os carros começaram a se movimentar lentamente, Kim seguiu de perto o carro da frente. Ele freou e ela fez o mesmo quando as três pistas se tornaram duas. Bryant agarrou a alça.

– Então, o que é que a gente sabe?

– Homem, 30 e tantos anos, corte na garganta. Possível suicídio, pode ter sido acidental.

Kim revirou os olhos. Um certo humor negro era necessário para manter a sanidade, só que às vezes...

– Para onde agora?

– Pega à esquerda logo depois da escola e dali já deve dar para ver.

Kim virou na esquina cantando pneu e jogando Bryant contra a porta do passageiro. Ela subiu a rua íngreme e puxou o freio de mão ao chegar ao cordão de isolamento.

A varanda dava direto na sala da frente, onde uma policial estava sentada no sofá reconfortando uma mulher em estado de choque. Kim foi para a sala de jantar conjugada com a cozinha.

– Jesus Cristo – sussurrou.

– Não, isso é só um boato – disse Keats.

O homem ainda estava sentado na cadeira da sala de jantar. Seus membros estavam moles como os de uma boneca de pano. Com o rasgo no pescoço, a cabeça ficou caída para trás, com a parte de cima quase encostada entre as escápulas. Instantaneamente, Kim pensou em um desenho. O ângulo era quase impossível.

As leis da Física ditavam que ele deveria ter caído no chão, mas o ângulo da parte de trás do pescoço havia deixado a cabeça dependurada como um gancho por cima da cadeira e o manteve no lugar.

O rasgo deixava à mostra o tecido amarelo e gorduroso cortado pela lâmina. O sangue tinha espirrado na parede oposta e escorrido pelo peito, formando um babador macabro. A camiseta de malha e a calça de moletom encharcadas estavam vermelhas e o fedor de metal quase a derrubou.

– Jesus Cristo – Bryant soltou atrás dela.

– Um de vocês tem que demitir o roteirista. – Keats comentou, balançando a cabeça.

Kim o ignorou enquanto guardava a cena na memória. Parou diante do corpo e olhou para baixo. Os olhos estavam arregalados. O rosto carregava a expressão do horror. Ela viu a garrafa de uísque vazia no chão.

– Álcool a esta hora? – perguntou.

– Acho que metade da garrafa está dentro dele, e a outra, no carpete. Um belo de um desperdício. Uma garrafa de Johnnie Walker Blue custa mais de 100 pratas.

– Bryant, vá…

– Estou a caminho.

Bryant se virou e voltou à sala. Era muito melhor no trato com mulheres em estado de choque. Na companhia de Kim, sempre choravam mais. Ela caminhou ao redor do corpo e examinou a cena de todos os ângulos. Nada na área ao redor estava bagunçado e não havia sinal de luta. Um vulto de branco pairava ao lado dela.

– Detetive, o Keegan aqui é educado demais para pedir que você saia daí, mas eu não sou – disse Keats. – Se afaste para que ele possa trabalhar.

Kim fulminou Keats com o olhar, mas deu um passo para o canto da sala. Com satisfação, notou que a bainha na perna direita da calça dele estava caída; era uma pena que um resquício de decoro a impedia de usar isso para provocá-lo.

Keegan tirou fotos digitais, em seguida pediu uma câmera descartável e repetiu o processo.

– Sua carteira estava no andar de cima, então não foi roubo – expressou Keats, de pé ao lado dela.

Kim já tinha certeza disso.

– Tipo de faca?

– Eu diria que uma faca de uns 17 centímetros, com cabo de plástico, normalmente usada para cortar pão.

– Descrição detalhada para um exame preliminar.

Ele deu de ombros e completou.

– Ou pode ser aquela faca coberta de sangue e jogada na pia.

– Mataram mesmo o sujeito com a faca de pão?

– Detetive, não gostaria de me comprometer tão cedo, mas – ele baixou a voz e inclinou-se na direção dela –, eu arriscaria dizer que houve um crime aqui.

Kim revirou os olhos. Que beleza, todo mundo estava dando uma de comediante nesse dia.

– Método de entrada?

– A porta do pátio fica aberta para o gato entrar e sair.

– Bom saber que a campanha "Casa Segura" foi um sucesso.

Kim aproximou-se da porta do pátio. Havia um perito do lado de fora, procurando digitais na maçaneta. Ela analisou cada centímetro do local. Fixou os olhos em um lugar e se agachou.

– Keats, quem desta equipe estava na casa de Teresa Wyatt na noite em que fomos lá?

Ele deu uma olhada nos peritos.

– Só eu mesmo.

Então eram somente os dois.

– Você está com o mesmo sapato?

– Detetive, o que o meu calçado…

– Keats, só me responde.

Ele ficou alguns segundos em silêncio e começou a se movimentar na direção dela.

– Não estou, não.

Nem ela.

– Olha isso – disse Kim, apontando para algo.

Keats semicerrou os olhos para enxergar melhor o que a detetive apontava. Não tinha mais do que três centímetros de comprimento.

– Pinheiro-dourado – observou ele.

Entreolharam-se assim que se deram conta do tamanho da descoberta.

– O uísque é um detalhe intrigante, chefe – disse Bryant, surgindo atrás deles. – O cara era um alcoólatra em recuperação. Estava sem beber há uns dois anos. A mulher falou que não havia garrafa nenhuma na casa hoje de manhã e que ele jamais sairia de casa daquele jeito. Além disso, a carteira estava com a mesma quantia de dinheiro que tinha quando ela saiu de casa. Ela confere até hoje.

Kim levantou-se e pegou um pincel atômico na bolsa do perito.

– Por que o assassino traria uísque?

Bryant deu de ombros.

– Sei lá, mas ele tinha insuficiência cardíaca congestiva, ou seja, só o uísque provavelmente teria sido o suficiente. Não faz sentido.

Kim estava intrigada. O assassino tinha levado uma garrafa de bebida alcoólica, sem dúvida ciente de que ela seria fatal para Tom Curtis e mesmo assim o degolou. Não fazia sentido.

– O assassino podia simplesmente ter deixado a garrafa e ido embora, mas isso não bastou. Por quê?

– O psicopata queria deixar um recado?

– Ou o assassino sabia da doença cardíaca e quis acrescentar um toque pessoal… ou foi uma estratégia para subjugá-lo, para tornar o serviço mais fácil.

Bryant balançava a cabeça quando o celular de Kim tocou.

– Stone.

– Chefe, qual é o nome completo da vítima?

– Tom Curtis… por quê? – perguntou, percebendo a apreensão na voz de Dawson. O estômago dela revirou diante daquilo que já sabia que iria ouvir.

– Você não vai acreditar, mas havia um *chef* de cozinha no orfanato de Crestwood 10 anos atrás. O nome dele era Tom Curtis.

CAPÍTULO 15

– OBRIGADO por me deixar dirigir na volta, chefe. Meus nervos não iam aguentar outra montanha-russa.

– Tá bom, mas isto aqui não é *Conduzindo Miss Daisy*, e quero chegar à delegacia antes da semana que vem.

Bryant seguiu na direção da delegacia Halesowen e Kim pegou o celular. Ligou para o mesmo número para o qual havia ligado mais cedo.

– Professor Milton... sim... Oi. Sobre aquilo que conversamos mais cedo, está tudo certo?

– Fiz algumas ligações, minha querida, e acho que consigo o que você pediu.

– Fico muito agradecida, só que agora nós temos um segundo corpo relacionado a este caso e estamos com uma urgência extrema.

Ela o ouviu respirar fundo.

– Vou providenciar, detetive.

Ela agradeceu e desligou.

– O que é que você está combinando aí?

– Não é da sua conta, continue dirigindo.

Bryant parou no estacionamento. No caminho, Kim havia ligado e marcado uma reunião rápida com Woody, por isso entrou no prédio e foi direto para o terceiro andar.

Kim bateu na porta de Woody e entrou.

– Stone, é melhor que isto seja importante. Eu estava no meio...

– Senhor, o caso da Teresa Wyatt é muito mais complicado do que a gente pensava.

– Como assim?

Kim respirou fundo.

– No dia em que foi assassinada, a vítima fez uma ligação para o professor Milton, que tinha acabado de receber uma autorização para escavar um terreno em Rowley Regis. A princípio, ela pediu para ser incluída no projeto, mas recusaram sua solicitação. Depois, ela ficou bem interessada na área da escavação.

– O que o lugar tem de tão significativo?

– Era lá que ficava o antigo orfanato.

– Perto do crematório?

Kim confirmou com um gesto de cabeça e prosseguiu:

– Tanto Teresa Wyatt quanto Tom Curtis são ex-funcionários de lá. Nos poucos dias após a aprovação do requerimento para escavar o terreno, o professor foi ameaçado e mataram o cachorro dele. E dois ex-empregados do local foram assassinados.

Woody olhou para um ponto na parede atrás dela. Já estava lendo as manchetes.

– Senhor, alguém não quer que mexam naquele terreno.

– Stone, não ponha o carro na frente dos bois. Há muita política envolvida aí.

– O equipamento vai estar no local amanhã.

O maxilar dele ficou tenso.

– Stone, você sabe que isso é impossível. Precisamos lidar com um monte de burocracia.

– Com todo respeito, senhor, isso é preocupação sua, não minha. Esse caso está ficando tão grande que não podemos nos dar ao luxo de esperar mais tempo.

Woody refletiu um momento sobre as palavras dela e falou:

– Quero você lá amanhã cedo e ninguém cava nada, nem uma pá sequer encosta naquela terra até você receber a minha autorização.

Kim ficou calada.

– Stone, estamos entendidos?

– É claro, senhor. Faço tudo o que disser.

Ela se levantou e saiu da sala.

CAPÍTULO 16

BETHANY ADAMSON soltou um palavrão por causa do repentino barulho na tranquilidade do corredor, a grade de metal entre o elevador e o chão ladrilhado retumbou debaixo de sua bengala. Seguiu pelo corredor procurando as chaves do apartamento. Com uma das mãos, tentou separar a da porta de entrada. O molho inteiro caiu no chão, metal contra metal.

Ela xingou ao se inclinar para pegá-lo. Sentiu uma fisgada subir do joelho para a coxa. Fechou a mão ao redor das chaves, não sem antes ouvir o movimento da tranca na porta da casa da vaca velha.

Quando Beth levantou o corpo, sentiu a corrente de ar fresco que saiu pela porta aberta da vizinha.

– Está tudo bem aí? – perguntou a velha.

Não havia preocupação na pergunta, somente um indício de repreensão.

Lá estava Myra Downs, de aproximadamente um metro e meio, com seu chinelo felpudo. A pele de seus pés era escamosa e ressecada. Beth agradeceu a Deus pela mulher estar com uma camisola de corpo inteiro. Os braços carnudos estavam cruzados sobre seios volumosos e caídos como orelhas de cachorro. O rosto enrugado estava amarrotado de desprezo.

Beth a encarou. Nicola podia ter medo da vaca velha, mas ela não.

– *Tá* não, sra. Downs, eu estava sendo estuprada e roubada por três camaradas, mas muito obrigada pela sua preocupação.

A mulher bufou e reclamou:

– Tem gente querendo dormir, sabia?

– Você ia dormir mais fácil se não ficasse escorada na porta.

O rosto da mulher se retorceu como o de um buldogue mastigando uma vespa.

– Nossa, antes de você vir para cá, este andar era um lugar absolutamente respeitável. Agora é bate-boca, barulho até altas horas...

– Sra. Downs, são 22h30 e eu deixei a chave cair. Caralho, fica na tua.

O rosto da mulher ficou vermelho.

– Ai... ai... Quanto tempo pretende ficar aqui?

É, mais um morador não a queria ali. Que barra.

– Provavelmente um bom tempo. A Nicola me chamou pra vir morar com ela.

Valia a pena mentir só para ver o horror no rosto dela.

– Ah, não, não, vou falar com a sua irmã sobre…

Aquela velha enxerida estava começando a lhe dar nos nervos.

– Puta merda! Qual é o seu problema?

– Barulho alto tarde da noite é assustador para gente idosa que mora sozinha, minha jovem.

– Quem você acha que vai entrar? Tem três trancas e um sistema com senha para te proteger. – Beth a mediu de cima a baixo. – E, honestamente, não acho que você tem muito motivo para ter medo.

A sra. Downs deu um passo para trás para afastar-se da porta, dizendo:

– Não dá para conversar com você. Vou falar com a Nicola. Ela é muito mais agradável.

Me conte algo que eu não saiba, pensou Beth.

Continuou a encarar a senhora até a porta ser inteiramente fechada. Permitiu-se um sorrisinho. Tinha ganhado a noite com aquele pequeno diálogo.

Beth colocou a bengala na beirada do sofá e se sentou. Esfregou o joelho. O frio a estava matando. Estendeu o braço para pegar o chinelo na beirada do sofá. O couro marrom na parte de cima era macio, a peliça, luxuosa e quente.

Tirou a bota sem salto e enfiou o pé no calçado caro. Não era dela, mas Nicola não ia se importar. Sempre compartilharam. Era o que gêmeos faziam.

Levantou-se e sacudiu o joelho para se livrar da dor. Bateu no quarto de Nicola de leve. Nenhuma resposta. O que esperava? É claro que a piranha da irmã não estava em casa. Tinha saído para mostrar o corpo por dinheiro.

Abriu a porta e parou na soleira. Como de costume, o quarto a deixou sem fôlego. Era o quarto com que tinham sonhado quando crianças, deitadas lado a lado em Crestwood.

As cobertas e os travesseiros seriam cor-de-rosa. Um dossel circundaria as camas, presos por belos laços. Sonhavam com um guarda-roupa tão mágico quanto o de Nárnia. Haveria prateleiras repletas de brinquedos e globos de neve. Luzinhas de Natal adornariam a cabeceira das duas camas. O quarto imaginário delas seria mágico, iluminado e cheio de coisas que pertenceriam a elas, pegariam no sono fazendo sombras nas paredes.

Beth entrou no quarto. Passou a mão pela prateleira acima da lareira e a pousou no único urso de pelúcia na ponta dela. Abriu a porta do closet e entrou.

As roupas de Nicola, as calcinhas, os sutiãs e os sapatos estavam dobrados, empilhados e organizados por cor. Duas gavetas eram dedicadas às joias. Uma delas tinha as peças caras e delicadas guardadas nas caixas originais. Beth viu uma da Cartier e duas da De Beers. A segunda continha peças mais atrevidas e pesadas que Beth supôs serem usadas no trabalho. Fechou a gaveta depressa e seguiu em frente. Não gostava de pensar na irmã trabalhando.

Uma penteadeira separava o guarda-roupa do armário de sapatos. Um único fio de luzes de natal estendia-se pela beirada do espelho. Beth sentou-se na cama com dossel. Era um quarto adequado para uma princesa, exatamente como elas planejavam. O lugar em que juraram morar juntas para todo o sempre.

Era o quarto com que tinham sonhado – com a exceção de que só havia uma cama. Uma cama apreciada pela irmã que tinha tudo.

O que Nicola possuía não chegava nem perto de irritar Beth como aquilo que a irmã se recusava a admitir que tinha feito. Sua patética rejeição ao passado que tiveram enfurecia Beth mais e mais a cada dia. Nenhuma desculpa podia eliminar aquilo.

Os atos de Nicola tinham destruído as chances de uma vida juntas e ela ainda fingia ignorar os fatos.

Não sei por que você me odeia. Não sei o que fiz. Não sei como te machuquei. Era uma recusa atrás da outra.

Independentemente do quanto Nicola afirmasse o contrário, Beth sentia a verdade no coração dela.

Em algum lugar bem no fundo, ela sabia.

CAPÍTULO 17

– JESUS, BRYANT, dá pra ficar quieto?

Ele pulava de pé em pé. Durante a noite, a temperatura tinha despencado para menos três e o chão ainda tinha uma camadinha de gelo que penetrava no sapato e chegava até os ossos. Ele soprava ar quente nas mãos em concha.

– Para nós que não somos feitos de titânio, está fazendo um frio que até pinguim ia querer casaco.

– Vire homem! – disse Kim, caminhando para a beirada do terreno.

A área propriamente dita era do tamanho de um campo de futebol. Elevava-se de modo suave na direção de uma fileira de árvores que obscurecia a ponta norte do conjunto habitacional. No lado esquerdo, havia uma rua separando o local do crematório Rowley Regis. Os restos mortais de um prédio grande sustentavam-se na ponta sul mais perto da rua, atrás de um ponto de ônibus e um poste. O andar de cima dava vista para uma fileira de casas geminadas do outro lado da via. Uma cerca de pouco menos de dois metros formava um perímetro estreito ao redor da estrutura, obscurecendo a vista do nível mais baixo.

Kim olhou para a esquerda e balançou a cabeça, indignada. Como devia ser reconfortante para as crianças que tinham sido abandonadas, abusadas e negligenciadas olhar pela janela e ver um campo destinado aos mortos. Em certos momentos, a insensibilidade do sistema a escandalizava. Tratava-se de um prédio que tinha ficado vago e era só isso que importava.

Suspirou e mandou um beijo silencioso para a sepultura de Mike, que nesse momento encontrava-se atrás de uma cortina de neblina, isolando-os do resto do mundo por 60 metros em todas as direções.

Uma perua Volvo estacionou em uma área de terra no alto do terreno. Kim aproximou-se quando o professor e dois homens saíram do veículo.

– Detetive, que bom vê-la de novo.

Kim percebeu uma mudança extraordinária no comportamento do professor em relação ao dia anterior. Suas bochechas estavam rosadas e os olhos, brilhantes. Andava de maneira animada e decidida. Se aquilo tinha acontecido depois de uma noite aos cuidados da srta. Pearson, devia pensar em marcar um horário com ela.

O professor virou-se para os companheiros quando Bryant materializou-se ao lado dela.

– Estes são Darren Brown e Carl Newton, voluntários escalados para me ajudar na escavação. Eles operarão o equipamento.

Kim sentiu-se obrigada a abrir o jogo com o professor depois do problema que ele teve.

– O senhor sabe que isto é um palpite, não sabe, professor? Pode não haver nada aqui.

Os olhos dele ficaram sérios e a voz, baixa.

– Mas e se houver, detetive? Estou tentando escavar este terreno há dois anos, e alguém tem feito tudo o que pode para me impedir. Gostaria de saber o porquê.

Kim ficou satisfeita por ele ter entendido. Um Vauxhall Astra parou a lado do carro do professor. Um homem imponente na faixa dos 50 anos saiu do carro, seguido por uma ruiva alta que Kim calculou estar beirando os 30 anos.

– David, obrigada por vir – agradeceu Kim.

– Não me recordo de ter tido muita opção, detetive – disse ele com um meio sorriso.

– Professor Milton, por favor, conheça o dr. Matthews.

Os dois homens deram um aperto de mão.

Kim tinha conhecido o dr. David Matthews na Universidade de Glamorgan, instituição que, em parceria com a Universidade de Cardiff e a Polícia de South Wales, formavam uma organização única no Reino Unido chamada Universities' Police Science Institute. Ela era dedicada à pesquisa e ao treinamento relacionados a questões policiais.

O dr. Matthews era um consultor do Centro Glamorgan de Ciências Policiais e tinha sido providencial na criação da *Crime Scene Investigation House* na universidade.

Dois anos antes, Kim participara de um seminário lá e, com base na própria experiência em cenas de crime, deu algumas sugestões para melhorarem o treinamento, o que a fez permanecer ali durante o fim de semana.

– Permitam-me apresentar Cerys Hughes. É uma arqueóloga altamente qualificada e acabou de se formar em Ciência Forense.

Kim a cumprimentou com um gesto de cabeça.

– Ok, é importante que vocês dois compreendam que não temos nenhuma autoridade aqui ainda. O meu chefe está trabalhando nos processos burocráticos, então não podemos mexer em nada até que ele tenha a autorização documentada. Se vocês suspeitarem da presença do que quer que seja, me avisem.

David Matthews deu um passo à frente e disse:

– Vamos te dar três horas para essa *molecagem* e, se não encontrarem nada, pegamos a estrada.

Kim concordou com um gesto de cabeça. Três horas do tempo dele por dois dias do dela. Beleza, parecia justo. Ele continuou:

– Cerys e eu vamos cortar uma pequena parte na superfície da terra para começar a analisar o solo.

Kim acenou com a cabeça para Cerys. O cabelo ruivo de fogo não passava da linha do maxilar. Seus olhos azuis claros eram penetrantes. Não era naturalmente bonita, mas tinha um rosto intrigante, que chamava a atenção. A mulher correspondeu sem sorrir e seguiu David, que tinha começado a caminhar na direção da parte mais alta do terreno.

Uma van Escort branca ocupou a última vaga na área de terra. Uma mulher abriu as portas de trás. Lá dentro, havia uma urna fumegante e pacotes embrulhados em papel-alumínio.

Bryant deu uma risadinha e perguntou:

– A minha imaginação acabou de fantasiar aquela mulher?

– Não, ela é de verdade. Certifique-se de que todo mundo beba alguma coisa quente e coma um sanduíche de bacon antes de começarem.

Bryant sorriu.

– Você sabe, né, chefe, às vezes…

Kim não escutou o resto das palavras, pois já estava descendo na direção do prédio abandonado. Caminhou pelo perímetro da cerca, mas não havia ponto de acesso. A frente do prédio ficava virada para a estrada e as casas do lado oposto. Muitos olhos intrometidos. Voltou para os fundos e começou a procurar uma área de vulnerabilidade.

A cerca não era do tipo tradicional, feita de ripas de madeira alinhadas. Era formada por uma espécie de painéis feitos de tábuas fortes e grossas normalmente usadas em *pallets*. Uma lasquinha de luz escapulia entre cada uma das peças de pouco mais de 20 centímetros.

Kim empurrou uma das altas estacas de madeira da cerca. Ela se moveu para trás e para a frente, a parte da estaca no chão estava podre.

– Nem pense nisso, chefe – disse Bryant, oferecendo-lhe uma bebida quente. Ela pegou o copo com a mão esquerda e continuou a verificar as estacas. As duas seguintes estavam firmes, mas a quarta balançou de um lado para o outro.

– Como conseguiu fazer o dr. Matthews vir aqui? Você o coagiu?

– Defina coagir – pediu Kim, empurrando a estaca seguinte.

– Provavelmente é melhor eu não saber. Negação plausível e tudo mais.

– Não faz mal ter a presença de um arqueólogo forense no local.

– Claro que não, exceto pelo fato de que neste momento a gente não tem autorização para pedir nada a ninguém.

Kim deu de ombros.

– E se não tiver nada aqui? – continuou Bryant.

– Aí vamos todos embora para casa tomar um chá. Mas, se tiver, teremos progredido. O dr. Matthews é altamente qualificado para...

– Ah, eu sei. Ele acabou de me passar o histórico acadêmico inteiro, mas Woody falou que não era para encostar em nada até a papelada ficar pronta.

– Olha aí, agora é você que está sendo pedante.

– Só estou tentando proteger o seu traseiro, chefe.

– Meu traseiro está muito bem, obrigada. Devia era se preocupar mais com o seu, já que deve estar pensando em comer esse segundo sanduíche de bacon aí no seu bolso.

– Como você sabia?

Kim balançou a cabeça. Porque ele devia ter trazido um para ela, mesmo sabendo que provavelmente nem encostaria no lanche. Kim se afastou da cerca e virou o copo de café.

– Agora o mais importante, passo por cima ou tento atravessar?

– Que tal ficar longe dela? – gemeu Bryant.

– Não foi uma das opções que dei.

– Não temos autorização para entrar.

– Me ajuda ou cai fora. Você escolhe.

Ela pôs o copo vazio no chão e Bryant respirou fundo.

– Se tentar atravessar, vai deixar a área vulnerável para as crianças.

– Então vai ser por cima – escolheu Kim, aproximando-se da parte do meio das tábuas entre duas estacas bem estáveis da cerca.

Deu um chute em uma das tábuas na altura da coxa. Ela rachou. Chutou de novo até quebrá-la ao meio. Empurrou a tábua quebrada para dentro, de modo que pudesse usar a de baixo como degrau.

Com um movimento fluido, apoiou a parte da frente da bota na tábua e usou o ombro de Bryant para dar impulso. Agarrou a estaca à esquerda, passou a perna direita por cima da cerca e enfiou o pé na fresta pelo outro lado. Levou um segundo para se equilibrar antes de passar a perna esquerda por cima da cerca e enfiar o pé na fresta. Deu um pulo para trás, dobrando os joelhos para absorver o impacto.

A grama ao redor do prédio estava alta e cheia de mato. Kim foi até a única janela quebrada no térreo que conseguiu ver. A altura da cerca tinha protegido as janelas mais baixas, porém todo o vidro no nível de cima estava quebrado.

Ela viu um latão de lixo cinza. Tirou a tampa e o bateu com força na vidraça estragada.

– O que diabo você está fazendo? – gritou Bryant.

Ela o ignorou e bateu em mais alguns pedaços de vidro, depois pegou o latão, o virou de cabeça para baixo e ficou de pé em cima dele. Entrou pela janela encurvando cuidadosamente o corpo e apoiando-se em uma bancada de fórmica que se estendia por toda a parede, com um intervalo apenas no lugar em que ficava uma pia dupla.

Olhou para dentro e viu as paredes da cozinha atingidas pelo fogo. Tinha lido que o incêndio se iniciara ali. As paredes estavam mais pretas perto da porta que levava ao corredor. Cortinas de teia de aranha adornavam todos os cantos do cômodo.

Vindo de algum lugar no prédio, ela ouvia o barulho de gotas d'água. Provavelmente, o fornecimento tinha sido interrompido no registro geral. Supôs que devia ser resíduo de água de chuva caindo do telhado danificado pelo fogo e pelo tempo e que agora estava exposto ao sol e à chuva.

Quando chegou à porta, viu que o corredor estendia-se pelo prédio inteiro, dividindo-o ao meio. Olhou para a direita e viu que as paredes eram pintadas de branco. Uma película de poeira era visível em alguns lugares, mas estavam intocadas pelo fogo.

À esquerda, as vigas de madeira que sustentavam o andar de cima estavam expostas e escurecidas. Os marcos da porta encontravam-se chamuscados e sobraram apenas algumas manchas de tinta na parte de baixo das paredes. Fios e cabos estavam expostos nas paredes entre as vigas.

O chão do corredor estava cheio de escombros e ladrilhos do teto. Os estragos pareciam piorar à medida que avançava na direção da beirada do prédio.

Kim voltou à cozinha e examinou o estrago novamente. O armário de parede mais próximo da porta estava com a madeira chamuscada, o que dava a ele um aspecto marmóreo. As portas da geladeira e do freezer haviam cedido e ficaram dependuradas, mas a área perto do fogão de seis bocas encontrava-se soterrada em uma leve camada de ferrugem.

Ela abriu a porta do armário de parede mais próxima do fogão. Fezes de roedores caíram no fogão. Havia uma folha A4 colada no interior da porta. A impressão ainda era visível. Tinha o nome de garotas no lado esquerdo e uma grade indicando as tarefas da semana.

Kim ficou parada um momento. Ergueu a mão e encostou nos primeiros nomes. Ela tinha sido uma daquelas garotas, não ali, nem naquela época, mas inconscientemente conhecia cada uma daquelas meninas na lista. Conhecia a solidão, a dor e a raiva delas.

De repente, Kim foi tomada por uma memória da quinta família adotiva. No quartinho entulhado nos fundos da casa, ela escutava os suaves arrulhos durante toda a noite na casa ao lado. Sempre que os pombos eram soltos, ela os observava, desejando que voassem para longe, escapassem do cativeiro e fossem livres. Mas isso jamais acontecia.

Lugares como Crestwood eram todos iguais. Ocasionalmente, os passarinhos eram libertados, mas parecia que eles sempre retornavam.

Como na prisão, a partida de um orfanato é sempre cheia de despedidas que continham esperanças e desejos de que tudo desse certo, mas isso nunca acontecia. Seus pensamentos foram interrompidos pelo som de uma sirene ao longe. Ela trepou na bancada e curvou-se para passar pela janela, pisou no latão e desceu até o chão.

Arrastou o latão para a cerca bem no momento em que desligaram a sirene e o motor do carro parou.

– Bom dia, Kelvin, o que está pegando? – disse Bryant com um sorriso amarelo.

Kim revirou os olhos e ficou em pé apoiada na cerca.

– Recebi uma denúncia de que viram alguém dentro do prédio.

Ótimo, a polícia estava ali por causa dela.

Bryant deu uma risadinha.

– Que nada, sou eu que estou dando uma bisbilhotada. Me mandaram para essa bosta de serviço hoje. Tenho que ficar de babá para esse maldito grupo de escavadores e fiquei curioso com o que tinha aqui atrás.

– Mas você não entrou no prédio? – perguntou o guarda desconfiado.

– Não, parceiro, você acha que sou idiota?

– Tudo bem, detetive. Bom trabalho aí.

O guarda começou a ir embora, mas se virou e deu alguns passos de volta.

– Quem te mandou para essa bosta de serviço foi a sua chefe, detetive?

– Quem mais?

– Vou te falar, senhor, a maior parte do pessoal lá na delegacia tem muita dó de você por ter que trabalhar com aquela pé no saco.

Bryant deu uma risadinha e comentou:

– Ah, se ela pudesse te ouvir, provavelmente concordaria contigo.

– Mas ela é meio secona, não é não?

Kim concordou com um gesto de cabeça do outro lado da cerca. É, tinha ficado feliz com aquele comentário.

– Que nada, ela não é tão ruim quanto você pensa.

Kim quase rosnou do outro lado da cerca. Ela era, sim.

– Na verdade, outro dia mesmo ela comentou que seria legal se vocês puxassem conversa com ela de vez em quando.

Ela ia matar o filho da mãe do Bryant. Lentamente.

– Sem problema, senhor. Vou me lembrar disso.

O policial voltou à viatura e informou à sala de controle que estava tudo em ordem no local.

– Filho da mãe! – xingou Kim do outro lado da cerca.

– Opa, desculpa, chefe, não tinha percebido que estava aí atrás... ouvindo.

Kim ficou de pé no latão e saiu do lugar do mesmo jeito que entrou. Caiu de pé, mas trombou em Bryant, empurrando-o para o lado.

– Ai, desculpa – disse ela.

– Em uma escala de desculpa sincera, eu daria menos sete para essa.

– Detetives – chamou o professor, aparecendo ao lado deles. – Estamos prontos para começar.

Os olhos de Bryant encontraram os dela enquanto o professor dava as costas e voltava para o local onde estava.

– Então, descobriu alguma coisa na sua missão ilegal?

– Ao contrário do que diz o relatório, o incêndio não começou na cozinha.

CAPÍTULO
18

KIM ALCANÇOU O PROFESSOR quando ele se aproximou de Bill e Ben, apelido que ela tinha dado aos voluntários dele.

– O dr. Matthews fez uma análise inicial do solo e descobriu que há uma quantidade grande de argila.

O que não é uma grande surpresa em Black Country.

– Tal condição afeta o desempenho do radar de penetração terrestre, então vamos começar a usar o magnetômetro.

– Saúde! – brincou Bryant.

O professor ignorou o colega da detetive e continuou falando como se ela tivesse alguma ideia do que era aquilo. Kim raramente questionava a expertise dos outros. Confiava que as pessoas executariam seu trabalho com eficiência e esperava o mesmo em troca.

– O magnetômetro tem sensores para medir o gradiente do campo magnético. Materiais diferentes podem causar distúrbios e essa ferramenta consegue detectar anomalias causadas por solos revolvidos ou materiais orgânicos decompostos.

Bill começou a caminhar na direção deles e Ben seguia atrás. Para Kim, ele parecia um personagem d'*O exterminador do futuro*. Por cima do ombro passava uma alça preta presa a uma haste de metal de aproximadamente dois metros, que ele segurava horizontalmente na altura da cintura. Na ponta da frente da vareta, havia uma segunda haste presa em uma posição que transformava o aparelho em uma letra T gigante. Cada uma das pontas da haste menor tinha sensores. Cabos pretos estendiam-se até o leitor preso ao redor de sua cintura e ele carregava uma mochila de lona preta nas costas.

– Vamos começar na beirada lá de baixo e trabalhar em linhas retas. Quase como cortar grama.

Kim concordou com um gesto de cabeça e os três se afastaram.

O dr. Matthews e sua assistente tinham retornado para o calor do carro.

– Você vai ficar bem com essa situação toda, chefe? – perguntou Bryant.

– Por que não ficaria? – questionou irritada.

– Bom, você sabe...

– Não, não sei, não, e se você tem necessidade de questionar a minha capacidade, vá reclamar com o meu superior.

– Chefe, eu nunca faria isso. Perguntei por preocupação.

Kim nunca falava do passado, mas Bryant sabia que ela tinha ficado aos cuidados da assistência social durante um período. Não sabia que tinha acontecido com ela nessa época. Só sabia que a mãe era esquizofrênica paranoica, mas não conhecia a repercussão disso. Sabia que ela já teve um irmão gêmeo, mas não como ele tinha morrido. Somente uma pessoa sabia de tudo que tinha acontecido no passado de Kim e ela tinha certeza absoluta de que isso continuaria assim.

O celular no bolso dela tocou. Era Woody.

– Senhor – atendeu ela, esperançosa.

– Ainda no aguardo, Stone. Estou ligando só para lembrar você do nosso combinado.

– É claro, senhor.

– Porque se você agir contra as minhas ordens...

– Senhor, por favor, pode confiar em mim.

Bryant balançou a cabeça.

– Se eu não conseguir a autorização nas próximas duas horas, dispense o professor Milton e o agradeça pelo tempo dispendido.

– Sim, senhor – disse Kim. Graças a Deus ele não sabia do dr. Matthews.

– Sei que é frustrante ficar parado sem fazer nada, mas temos que seguir o protocolo.

– Eu entendo, senhor. O Bryant está aqui comigo e ele queria expressar a preocupação dele sobre algo a respeito da condução do caso.

Kim passou o telefone para ele. Bryant soltou farpas dos olhos antes de sair andando.

– Ah, não, acho que eu me enganei.

Woody deixou escapar um “tsc, tsc” e desligou. Kim ligou para o número de Dawson. Ele atendeu no segundo toque.

– O que tem aí para mim?

– Ainda não tenho muita coisa, chefe.

– Conseguiu os nomes do restante dos funcionários?

– Ainda não. A autoridade local não é tão receptiva quanto a Courtney. Estamos passando um pente-fino e verificando todas as notícias em que mencionaram Crestwood para ver se conseguimos levantar mais algum dado. O melhor que conseguimos até agora foi o nome de um tal de pastor Wilks, que promoveu uma caminhada ao Three Peaks para levantar dinheiro e fazer uma excursão de um dia para as meninas.

– Ok, Kevin, passa para a Stacey.

– Bom dia, chefe.

– Stacey, preciso que você comece a fazer uma lista das crianças que estavam aqui quando o lugar pegou fogo.

Ainda que não encontrassem nada, precisariam conversar com ex-moradores do local para descobrir alguma conexão entre Teresa Wyatt e Tom Curtis. Stacey disse que começaria a fazer aquilo imediatamente e desligou.

Kim observou os rapazes. Tinham avançado uns 10 metros com o magnetômetro, mas estavam parados, conferindo o equipamento. Seu olhar errante encontrou Bryant na beirada do terreno, de costas para ela. Atipicamente, sentiu-se mal por ter se irritado com ele. Sabia que a pergunta havia sido por preocupação com o bem-estar dela, mas a detetive não reagia muito bem à gentileza.

– Ei, ainda tem aquele sanduíche de bacon aí? – perguntou, dando uma cutucada no braço dele.

– Tenho, você quer?

– Não, vou jogar no lixo. O seu colesterol não pode com isso.

Assim que as palavras saíram de sua boca, percebeu que elas serviam para dois propósitos.

– Andou falando com a minha patroa?

Kim sorriu. Tinha recebido uma mensagem dois dias antes. Ela ouviu uma movimentação e olhou para trás.

O professor aproximava-se rapidamente. Estava com o rosto vermelho e o semblante animado.

– Detetive, o aparelho fez uma leitura interessante. É provável que tenhamos alguma coisa.

Bryant e ela se entreolharam.

– Chefe, a gente não tem autorização.

Ela o encarou durante um longo minuto. Se houvesse um corpo enterrado no terreno, ele não permaneceria ali um minuto mais do que o necessário.

Kim virou o rosto para o professor e disse:

– Comece a cavar.

CAPÍTULO 19

– CHEFE, COM TODO O RESPEITO, você enlouqueceu de vez?
– Tem alguma coisa te incomodando, Bryant?

– Só o fato de que você pode perder o emprego por causa disso.

– É meu, se quiser eu perco – ela deu de ombros.

– Sim, mas às vezes você só precisa parar um minuto para pensar.

– É o seguinte: você fica aí e pensa no meu lugar enquanto eu vou lá fazer o meu trabalho.

Kim afastou-se seguindo na direção do professor. O dr. Matthews atravessou o terreno atabalhoadamente como se tivesse sido arremessado por uma catapulta.

– Detetive, não posso permitir isso. Que diabo você acha que está fazendo?

– Meu trabalho.

– Não é seu trabalho até ter autorização para escavar.

– Quem falou alguma coisa sobre escavação? Vamos só dar uma cavadinha.

Depois de se reunirem, os sete olharam para o aparelho.

– Você pode estragar a investigação inteira se agir precipitadamente.

– Doutor, se encontrarmos um corpo, seguirei o protocolo correto, mas no momento a única coisa que temos é uma anomalia. De acordo com o que sabemos, pode ser só um cachorro morto – ela na mesma hora se deu conta do que tinha dito. – Desculpa, professor.

– Isto tem potencial para ser a cena um de crime – argumentou Matthews.

– Que podia ter sido desenterrada por qualquer velhinho entusiasmado com detector de metal, e nesse caso nenhum protocolo teria sido empregado.

Essa era sua lógica e estava se agarrando a ela. Matthews contraiu os lábios ao se dar conta de que não conseguiria dissuadi-la. Passou os olhos pelo círculo de pessoas até chegar a Kim novamente.

– A sua impetuosidade vai acabar colocando em perigo a carreira de todas essas pessoas.

Kim demonstrou que tinha compreendido com um gesto de cabeça. Virou-se para Bill e Ben e disse:

– Me deem a pá.

– Chefe…

Bill e Ben olharam para o professor, que estava olhando para ela.

– Jesus Cristo – rosnou ela, agarrando a pá. – dr. Matthews, por favor sinta-se à vontade para voltar ao carro até a autorização chegar. O resto de vocês, façam o que bem entenderem.

Kim levantou o braço e soltou a pá no chão. Com o pé direito, empurrou-a até onde conseguiu. Removeu um torrão de terra e o colocou à esquerda. Empunhou a pá de novo. O dr. Matthews grunhiu e se virou para ir embora.

– Não vou fazer parte disso. Vamos, Cerys.

– Em um minuto, doutor – disse a arqueóloga, sem virar o rosto para ele. Cerys e Kim entreolharam-se. – Vou ficar acompanhando durante um instante.

Matthews hesitou antes de balançar a cabeça. Saiu caminhando na direção do carro. Kim deu um sorriso para a perita. Sua presença lhe servia de proteção e ela sabia disso. Baixou a pá e repetiu o processo. O chão era duro e aquilo seria demorado, mas era melhor do que ficar parada sem fazer nada.

– Ah, pelo amor de Deus – reclamou Bryant, estendendo o braço para pegar a segunda pá.

Ele ficou aproximadamente dois metros em frente a ela e enfiou a segunda pá no chão.

O professor estava aflito. Ele negou com a cabeça e disse:

– Não, não, não. Olhem só, se vão fazer isso, pelo menos façam direito.

Durante as duas horas seguintes, ela e Bryant formaram uma equipe com Bill e Ben e eles se revezavam cavando o local de acordo com as orientações de Cerys e do professor Milton.

Cerys cercava a área de acordo com os dados do magnetômetro. Ela avisava onde cavar em seguida e até qual profundidade.

A arqueóloga inclinou-se um pouco no local em que Kim estava cavando.

– Detetives, acho que já podem sair daí. Professor, pode me passar a bolsa de ferramentas?

Kim saiu do buraco, que já estava com dois metros de largura por dois e meio de comprimento.

Tentou tirar a poeira do corpo, mas pingos de lama e argila tinham secado em sua calça até a altura do joelho.

Cerys e o professor Milton analisavam os dados e apontavam para algumas áreas do buraco. Os rapazes entraram com ferramentas de jardinagem e foram orientados por Cerys. Bryant ficou de pé ao lado de Kim e disse:

– Com você não existe dia chato, né?

– Pelo menos você queimou aquele sanduíche de bacon que comeu mais cedo.

– E muito mais.

O estômago dela estava começando a roncar. A meia fatia de torrada que tinha comido às seis e meia já era há muito tempo.

– São quase duas horas. Não demora muito a escurecer – comentou Bryant.

Bill e Ben gesticularam para que Cerys entrasse no buraco. Ela se agachou e usou algo que parecia um pincel de blush gigante em uma área específica. Kim notou que a arqueóloga não dava a mínima para a terra e o barro que endureciam na calça jeans.

– Ok, preciso que todo mundo que não seja perito forense saia do buraco, imediatamente.

Cerys permaneceu lá dentro sozinha, virou-se e trocou um olhar com Kim.

– Temos ossos aqui, detetive, e, a não ser que ele tenha cinco dedos, não é um cachorro morto.

Ninguém falou durante alguns segundos, período em que ficaram contemplando a descoberta. Então, como se os ossos recém-expostos tivessem emitido algum tipo de sirene, duas viaturas pararam ruidosamente no cascalho e o celular dela começou a tocar.

Era Woody. Graças a Deus.

– Stone, volte para cá e traga o Bryant com você – ladrou ele.

– Senhor, tenho que informá-lo…

– Qualquer coisa que você disser pode esperar até chegarem aqui.

– Mas há ossos enterrados aqui no terreno.

– E eu já te falei para voltar imediatamente para cá. Se demorar mais de 15 minutos, nem precisa vir mais.

Ele desligou. Kim se virou para Bryant.

– Acho que ele sabe.

Bryant revirou os olhos.

– Pode ir, eu te encontro lá.

Bryant saiu na direção de seu carro.

– Escuta, pessoal, obrigada pela ajuda, mas, se alguém perguntar, o Bryant não encostou em nada, ok?

Todos concordaram com um movimento de cabeça. Kim saiu correndo para a moto e pôs o capacete e as luvas. Arrancou e começou a se afastar do terreno, preparando-se para dar a cara a tapa.

CAPÍTULO 20

HÁ ALGO DENTRO dela que me instiga.

Ela é rodeada por atividade – sirenes, veículos, movimento –, mesmo assim meus olhos nunca se desviam dela. Ela se destaca da multidão. Uma imagem 3D em um filme 2D.

Há uma energia ingovernável dentro dela. Como um demônio que a conduz. Ele é escuro e isso me intriga. Mesmo em meio à multidão, ela está sozinha. Mesmo quando está parada, ela se move. Um cerrar de punho ou uma batida de pé são movimentos cadenciados com um cérebro que nunca para.

Embora nunca a tenha visto, eu a conheço. Conheço sua inteligência, seu desassossego e aquela suspeita natural em seu olhar. Ela tem uma sensibilidade que fica escondida da maioria das pessoas. É indefinível e não tem nome, porém está sintonizada com tudo ao seu redor. Já vi isso.

Aaah, Caitlin. Minha querida, doce e adorável Caitlin...

Muito em breve, ela vai desaparecer. Um filme sem estrela. Meu interesse está minguando, mas permaneço onde estou, perdido momentaneamente em meus pensamentos.

O que vem primeiro, a galinha ou o ovo? É uma pergunta que me faço frequentemente. Não senti nada quando minha mãe me rejeitou, ou ela me rejeitou por que eu não sentia nada?

É uma questão sobre a qual se debruçam muitos pesquisadores. Uma pessoa nasce psicopata ou se transforma em um? Eles não chegaram a uma resposta, nem eu.

Houve uma época em que batalhei, lutei contra isso, cheguei até mesmo a tentar entender, mas isso foi há muito tempo.

Minha jornada começou com um peixe. Um simples e anônimo peixe-dourado que meu pai ganhou em uma feira. Levei-o para casa. Ele morou em um aquário durante dois dias, depois morreu.

Minha irmã ficou inconsolável. Eu, não. Ela sofreu a perda dele, mas eu não senti nada. Queria o que ela estava sentindo. Queria a dor dela, queria a tristeza dela. Eu queria sentir.

Depois veio o gatinho. Tinha o pelo macio e quente. Era para ser nosso, mas ele a amava mais. Não lutou quando cobri a boca dele. Depois de seu último suspiro, esperei, mas nada me ocorreu.

Todas as crianças da escola tinham cachorrinhos e eu queria um também. Mas um bichinho só meu. Eu o alimentava, o levava para passear e ele morava no meu quarto. Dessa vez, me sentia esperançoso, mas o estalo do pescoço dele não me causou dor. Só estimulou minha curiosidade. Minha necessidade de saber até onde eu conseguia ir.

A morte de três animais acabou embargando os animais de estimação. Isso limitou minhas próximas opções de pesquisa, então me dei conta de que o meu teste definitivo estava diante de mim o tempo todo.

Todo mundo falava que ela era uma gracinha, linda, angelical, perfeita. Então esse se tornou o meu objetivo. Sabia que ela não iria ao lago se não fosse realmente tentador. Ela tinha algo no olhar. Enxergava coisas que outros não viam.

Então lhe falei que havia coelhinhos, a mamãe e os filhotinhos. Apontei para um arbusto bem na beirada. Ela espiou lá dentro. Suas costas estavam viradas para mim. Empurrei o rosto dela para baixo e agarrei o pescoço. Ela tossiu e balbuciou, depois ficou imóvel.

Ah, Caitlin, Caitlin, Caitlin. Você me deu um presente.

Enquanto desmontava do corpo dela, finalmente obtive todas as respostas. Minha condição não era uma maldição, e sim uma bênção. O sacrifício da minha irmã finalmente me libertou. Desde aquele dia, tive a liberdade para pegar o que quisesse e destruir o que não quisesse, sem a repressão da culpa ou do remorso.

Assim como um membro que falta, a compaixão simplesmente não está ali. Ela não pode ser recolocada ou transplantada e isso não é algo que eu queira. Ela é uma algema que prende mortais inferiores à moralidade e a um código ético. Mas eu não tenho código a seguir.

Então, o que vem primeiro, o ovo ou a galinha? A resposta é, não estou nem aí.

Ao som da motocicleta que se afasta, me viro e vou embora caminhando.

Ela seria uma adversária respeitável.

Fará descobertas ao longo do caminho que a levarão exatamente aonde quero que ela vá.

Descobrirá segredos de Crestwood, mas nunca descobrirá os meus.

CAPÍTULO
21

APESAR DA VANTAGEM, Kim parou no estacionamento um pouco antes de Bryant. Ele estacionou ao lado dela.

– Vá se limpar. Vou lá ver Woody – disse ela antes de começar a se dirigir à entrada.

– Estou mais do que satisfeito com as minhas decisões, então nem…

– Tenho sete minutos para chegar à sala dele, se apressa.

Eles subiram a escada correndo juntos e entraram na sala.

Dawson arregalou os olhos.

– Nossa Senhora, parece que vocês estavam fazendo uma lutinha na lama – comentou dando uma risadinha. – Queria ter visto isso. Apostaria a minha grana na chefe.

Sentou-se:

– Ai, Dawson – Bryant se sentou – qualquer pessoa inteligente teria apostado a grana na chefe.

– Encontramos ossos – disse Kim, tirando a jaqueta e passando os dedos pelo cabelo. – Bryant vai passar as informações a vocês.

Kim saiu na direção da porta.

– Chefe – disse Bryant, parando-a. – Conte a verdade.

– É claro – ela respondeu antes de sair na direção da escada.

De acordo com seus cálculos, tinha cerca de um minuto e meio de sobra quando bateu na porta. Aguardou o chamado dele antes de entrar. Enfurecer ainda mais o chefe não ajudaria em nada.

Deu os quatro passos até a cadeira e viu que a bola de estresse ainda estava na mesa. Ok, agora sim estava encrencada.

– Que diabo você acha que está fazendo, Stone?

– Hãã… o senhor pode ser mais específico? – ela pediu. Odiaria se desculpar pelo motivo errado.

– Não venha com joguinhos para cima de mim. Essa palhaçada sua e do Bryant pode com certeza comprometer…

– O Bryant não, senhor. Ele só ficou olhando.

Woody a encarou com raiva:

– Uma pessoa me contou que o viu dentro do buraco.

– Eu tenho quatro pessoas que estavam mais perto do buraco e que afirmam que ele não estava.

– E o que o Bryant diria?

Kim engoliu em seco. Os dois sabiam qual era a resposta.

– Senhor, sinto muito pelo que fiz. Sei que foi errado e gostaria sinceramente de...

– Me poupe do discurso. Ele me dá náusea e não vai melhorar nem um pouco a sua situação.

Ele estava certo. E Kim também não se arrependia nem um pouco.

– Como ficou sabendo?

– Não que isso seja da sua conta, mas o dr. Matthews...

– Ah, eu devia saber que ele...

– ...ele estava completamente certo em me ligar – disse Woody, falando com a voz mais alta que a dela. – Que diabos você acha que estava fazendo?

– Senhor, eu tinha que começar. Meu instinto me dizia que tinha um corpo ali embaixo e a ideia de esperar pelo documento de autorização para agir era ridícula.

– Ridícula ou não, existem motivos pelos quais temos que seguir o protocolo, sobretudo para que no tribunal possamos sempre defender as nossas ações. Deixei muito claro para você que seguir minhas ordens não é algo opcional.

– Eu entendo.

Ele respirou fundo.

– A única coisa que está salvando a sua pele é o fato de que o seu instinto estava certo e que nos concentraremos agora em minimizar os problemas que você criou.

Kim ficou calada.

– Porém, a esta altura, não estou mais convencido de que você seja a pessoa certa para comandar essa investigação.

Ela aprumou o corpo e disse:

– Mas, senhor, não pode...

– Ah, posso, sim, e neste momento estou pensando seriamente em retirá-la do caso.

Kim ficou um segundo com a boca fechada. Suas próximas palavras seriam importantes. Decidiu ser totalmente honesta. Com a voz baixa, ela começou:

– O senhor viu a minha ficha. Conhece o meu passado e por isso sabe que não há ninguém melhor do que eu para comandar este caso.

– Pode até ser, mas preciso contar com alguém que consiga cumprir ordens. Se os ossos encontrados hoje forem de uma criança sob os cuidados do serviço social, este caso vai explodir na mídia. Muita gente vai tentar se distanciar e não vou dar a ninguém uma brecha jurídica oferecida de bandeja por um integrante da minha equipe.

Kim sabia que ele estava certo. Mas também sabia que era a pessoa certa para o serviço.

– Agora sugiro que você e o Bryant vão para casa se limpar. Amanhã de manhã, informo a vocês a minha decisão.

Kim sabia quando estava sendo dispensada e contava com suas estrelas da sorte para escapar de uma advertência disciplinar.

– E Kim… – disse quando ela chegou à porta. Droga, odiava quando Woody a chamava pelo primeiro nome.

A detetive se virou. Ele retirou os óculos e seus olhos se encontraram.

– Em algum momento, o seu instinto vai estar errado, você terá que lidar com as consequências e essa opção é sua. Mas tem que levar em consideração as pessoas ao seu redor. A sua equipe tem muito respeito por você e a seguirá em qualquer situação para protegê-la e conseguir a sua aprovação.

Kim engoliu em seco. Sabia que Woody estava falando sobre um integrante da equipe em particular.

– E quando chegar o dia em que suas atitudes imprudentes colocarem em perigo a carreira ou até mesmo a vida daqueles ao seu redor, não será a mim nem à força policial que você terá que responder.

Kim sentiu subir-lhe uma náusea que nada tinha a ver com estômago vazio. Quando fechou a porta depois de sair, estava desejando a advertência disciplinar.

Se tinha uma coisa que Woody sabia fazer era golpeá-la onde machucava.

CAPÍTULO 22

A CAMPAINHA TOCOU e Kim nem sequer perguntou quem estava à porta quando retirou a corrente. Era Bryant e ele estaria trazendo comida chinesa.

– A fada do *chow mein* acaba de chegar ao recinto.

– Você só pode ficar se tiver chips de camarão. – Não era brincadeira.

Bryant tirou o casaco e ficou de camisa polo e calça jeans.

– Adorei o que fez com este lugar.

Kim o ignorou. Ele dizia a mesma coisa toda vez que ia lá. Para as outras pessoas, parecia faltar personalidade e decoração à casa dela. Não gostava de enfeites. Se decidisse se mudar no dia seguinte, só precisaria de uns dez sacos de lixo e algumas horas para se preparar e ir embora. Um aprendizado adquirido nos anos que passou na assistência social.

Kim serviu o macarrão com carne e o arroz com ovo. Dois terços para Bryant, um terço para si. Passou-lhe o prato. Ele sentou-se em um sofá e ela, em outro. Kim enfiou uma garfada na boca e tentou ignorar o desapontamento. O ritual da comida era muito mais empolgante do que o ato de comê-la. Na boca, ela se transformava em combustível, uma fonte de energia. Empurrou mais algumas garfadas cheias para dentro e largou o prato.

– Nossa Senhora, calma, você quase tampou uma cárie aí.

– Estou satisfeita.

– Você come feito passarinho. Precisa comer mais, chefe.

Kim olhou feio para dele. Em casa, não era detetive inspetora e ele não era seu subordinado. Somente Bryant, a coisa mais próxima que ela tinha de um amigo. Ele revirou os olhos e falou:

– Tá bom, desculpa.

– E para de me encher a paciência. Já sou bem grandinha.

Kim levou o prato para a cozinha e passou um café novo.

– Então, me conta, eu trouxe para você um homem bonito e afetuoso além de uma comida que você não comeu. Me ajuda a lembrar o que é que estou ganhando com este relacionamento?

– Minha fascinante companhia – ela respondeu sem nenhuma emoção. Podiam acusá-la de muita coisa, menos de não ter autoconfiança.

Bryant deu uma gargalhada e disse:

– Hmm... Vou deixar isso para lá e não fazer comentário nenhum, porque você pode ser a Kim agora, mas logo mais vai voltar a ser a minha chefe. – Ele terminou de comer e levou o prato para a cozinha. – Não, eu tenho outra coisa em mente.

– Tipo o quê?

– Um encontro.

– Com você?

– Vai sonhando – Bryant respondeu em meio a uma risada.

Kim deu uma gargalhada alta.

– Esse som aí é ótimo. Você devia fazê-lo mais.

Kim sabia o que estava por vir e já foi adiantando:

– A resposta é não.

– Você nem sabe com quem é.

– Ah, sei sim – disse ela. Tinha visto Peter Grant de relance quando saiu da delegacia. Como ele era promotor e trabalhava na Promotoria Pública, seus caminhos ainda se cruzavam, mas ela tinha evitado uma conversa demorada desde o término.

– Qual é, Kim. – Bryant suspirou. – Dá uma chance para ele. O cara está sofrendo muito sem você. E você está sofrendo mais ainda.

Kim ponderou e respondeu com honestidade:

– Não estou, não.

– Ele te ama.

Kim deu de ombros.

– E vocês eram diferentes quando estavam juntos. Eu não diria felizes, quem sabe mais toleráveis.

– Estou mais feliz agora.

– Não acredito em você.

Ela serviu café para os dois e eles retornaram para a sala.

– Olha, Kim, tenho certeza de que ele sente muito por qualquer coisa que tenha feito.

Kim duvidava daquilo, porque a verdade era que Peter não tinha feito nada errado. Foi ela. Era sempre ela.

– Bryant, quanto tempo o Peter e eu ficamos juntos?

– Quase um ano.

– E quantas vezes você acha que ele passou a noite aqui?

– Bem poucas.

– Isso aí, e você quer saber o que provocou a briga final?

– Se você quiser falar.

– Só para você largar do meu pé. Terminei porque um dia de manhã ele não levou a escova de dentes embora.

– Você está brincando?

Kim fez que não, lembrando-se do dia em que Peter saiu para trabalhar e ela a viu lá no banheiro, descarada ao lado da dela. Nenhuma cena de crime jamais lhe causou aquele nível de horror.

– Eu me dei conta de que se não estava preparada para compartilhar um copo de escova de dentes, não estava preparada para compartilhar nenhuma outra coisa.

– Mas com certeza vocês podiam ter resolvido isso.

– Jesus, isto aqui não é um programa de namoro na TV. Algumas pessoas foram feitas para encontrar a alma gêmea e viver felizes para sempre. Outras não. Pronto!

– Só quero que tenha alguém na vida que te faça feliz.

– Você acha que isso faria com que trabalhar comigo fosse menos difícil? – perguntou Kim, sinalizando que a conversa tinha acabado.

Ele entendeu e comentou:

– Caramba... se soubesse que era fácil assim, eu mesmo teria me mudado para cá.

– É, está bem, só preste atenção para não deixar sua escova aqui.

– Não, vou trazer só o copo em que deixo minha dentadura à noite.

– Não, é sério, pode parar por aí.

Bryant terminou o café.

– Está certo, chega de preliminares. Nós dois sabemos por que estou aqui. Vai mostrar para mim ou não?

– Bom...

– Anda logo, chega de ficar me tentando.

Kim levantou num pulo e saiu para a garagem. Bryant não estava mais de dois passos atrás.

Ela pegou seu tesouro na bancada e se virou para ele. Puxou com delicadeza a fronha de algodão que o protegia da temperatura.

Bryant ficou olhando fixamente para o tanque de motocicleta e perguntou:

– Original?

– É claro.

– É uma beleza. Onde conseguiu?

– No eBay.

– Posso?

Kim entregou-lhe. Tinha ficado seis semanas passando um pente-fino na internet em busca do modelo 1951. Era muito mais fácil encontrar as peças dos modelos de 1953 para a frente. Mas ela não desistiu.

Bryant acariciou as joelheiras de borracha encaixadas em cada um dos lados do tanque e balançou a cabeça:

– É lindo.

– Já chega, devolve.

Bryant o entregou, caminhou lentamente ao redor da motocicleta e perguntou:

– Esse não é o modelo que o Marlon Brando usou em *O selvagem*?

Kim deu um impulso e se sentou na bancada. Meneou a cabeça e o corrigiu:

– 1950.

– Algum dia você vai andar nessa moto?

Ela fez que sim. A Triumph seria sua terapia. A Ninja era uma curtição, um desafio. Andar nela satisfazia um desejo profundo, mas a Thunderbird era uma obra de arte. Só de ficar perto dela, era transportada para os únicos três anos de sua vida em que sentiu algo minimamente parecido com contentamento. Um mero interlúdio.

O barulho de um telefone tocando a despertou. Ela pulou da bancada e pegou o celular na cozinha. Viu o número e sussurrou:

– Ai, que droga – xingou antes de sair em disparada para a rua. Duas casas depois, atendeu. Sua residência não ficaria contaminada.

– Kim Stone.

– Umm... sra. Stone, estou ligando por causa de um incidente com a sua mãe. Ela...

– E você é?

– Ai, me desculpa. Sou Laura Wilson, a supervisora do turno da noite do asilo Grantley Care. Infelizmente, ela teve um problema.

– Por que vocês estão me ligando? – Kim balançou a cabeça, confusa.

Houve um breve silêncio antes de Laura responder:

– Umm... porque seu nome está no contato de emergência.

– É isso que está na ficha dela?

– Sim.

– Ela está morta?

– Meu Deus, não. Ela teve um desentendimento...

– Então vocês deviam ter lido a ficha direito, srta. Wilson... aí saberia que essa é a única situação em que quero receber alguma notícia, e você já confirmou que não foi esse o caso.

– Sinto muito. Não fazia ideia. Por favor, aceite minhas desculpas por incomodá-la.

Kim percebeu o tremor na voz da mulher e instantaneamente sentiu-se mal por sua reação.

– Ok, o que ela fez desta vez?

– Hoje, mais cedo, ela se convenceu de que uma enfermeira novata tinha sido contratada para envenená-la. É bem ágil para uma mulher com quase 60 anos. Ela empurrou a enfermeira e a jogou no chão.

– Ela está bem?

– Está, sim. Nós alteramos um pouco a medicação dela para...

– Estou falando da enfermeira.

– Oh, ela ficou um pouco assustada, mas agora está bem. Faz parte do trabalho na área.

É, apenas mais um dia normal na vida de quem vive com um esquizofrênico paranoico. Ansiosa para finalizar a ligação, Kim perguntou:

– Mais alguma coisa?

– Não, é só isso.

– Obrigada por ligar, mas gostaria que enfatizasse na ficha dela a orientação que acabei de te dar.

– É claro, srta. Stone. E, uma vez mais, peço desculpas pelo meu erro.

Kim desligou e apoiou no poste, banindo da cabeça todos os pensamentos sobre a mãe. Ela só gastava os pensamentos com aquela mulher quando estava disposta. E isso só acontecia uma vez por mês no lugar e horário que escolhia. O controle era dela.

Deixou todos os pensamentos sobre a mãe na rua e fechou a porta de casa com firmeza depois de entrar. Kim não permitiria que sua mãe a influenciasse no lugar em que se sentia segura.

Pegou canecas limpas no armário e serviu mais café para si e Bryant, que não falou nada quando ela voltou à garagem, como se fosse a coisa mais natural do mundo fugir da própria casa para atender um telefonema.

Kim retomou seu assento na bancada e pôs o tanque de gasolina no colo. Estendeu o braço para pegar uma escova metálica, similar em tamanho e formato a uma escova de dentes, e esfregou delicadamente uma pequena mancha de ferrugem no lado direito. Partículas marrons salpicaram sua calça jeans.

– Com certeza tem um jeito muito mais rápido de fazer isso aí.

– Oh, Bryant, só mesmo um homem para se preocupar com velocidade.

Um silêncio confortável instalou-se entre eles enquanto ela trabalhava.

– Você sabe que ele vai te manter no caso, não sabe? – disse Bryant em voz baixa.

Kim inclinou a cabeça para o lado. Não tinha certeza.

– Não sei, Bryant. Woody está certo quando diz que não sou confiável. Ele sabe que mesmo que eu faça qualquer promessa, vai chegar o momento em que não vou conseguir me segurar.

– E é por isso que ele vai manter você.

Kim olhou para ele.

– Ele sabe o jeito com que você trabalha e mesmo assim te mantém lá. Não tem nenhuma advertência disciplinar na sua ficha... o que é mais do que surpreendente, para falar a verdade. Ele sabe que você gera resultados e que não vai descansar até solucionar o caso, especialmente este caso.

Kim permaneceu calada. Este caso era pessoal para ela e Woody podia achar que isso seria prejudicial.

– E tem mais um motivo para ele não te tirar do caso.

– Qual?

– Ele vai ser um idiota se fizer isso... e nós dois sabemos que ele não é idiota.

Kim suspirou e colocou o tanque de lado. Queria muito que o colega e amigo estivesse certo.

CAPÍTULO
23

NICOLA ADAMSON voltou no canal do noticiário e assistiu novamente.

Um homem alto, forte e negro chamado Woodward confirmou a descoberta de um corpo no terreno do antigo orfanato Crestwood. Sua breve declaração foi seguida de uma filmagem aérea do lugar que ela no passado chamara de lar.

Nicola sentiu um alívio instantâneo. Finalmente, desenterrariam os segredos daquele lugar esquecido por Deus.

Mas em seguida veio o medo. Como Beth reagiria àquela notícia? Nicola sabia que a irmã não iria se abrir e falar com ela. Quando crianças, haviam sido tão próximas, tudo que tinham era uma à outra. Compartilhavam tudo. Nicola lutava para descobrir em que ponto tudo tinha mudado.

Depois de Crestwood, cresceram separadas. Beth tinha retornado quatro anos antes, quando Nicola fora acometida por uma febre glandular, porém, quando a transferiram-na para a UTI, Beth desapareceu.

Na semana anterior, ela tinha voltado e, embora houvesse pequenas irritações por dividirem a casa, Nicola adorava ter a irmã por perto. Uma vozinha no fundo da cabeça soltou a pergunta: *por quanto tempo?*

Quando Beth estava longe, Nicola sentia que lhe faltava uma parte. Porém, quando a irmã voltava, sentia-se mais ansiosa, sempre preocupada com as reações dela. De alguma forma, a irmã estava mudada. Havia um distanciamento na personalidade dela, uma frieza que transparecia na maneira rude em seu jeito de ser, uma impaciência para com o restante do mundo. Nicola sentia que a irmã tinha perdido até a última gota de alegria.

Deu uma olhada no conteúdo do forno. Tinha decidido fazer o prato favorito de Beth: *nugget* de peito de frango empanado e *waffles* de batata com um montão de ketchup. Nicola sorriu. Era interessante como ela nunca tinha deixado de comer aquela gororoba infantil.

Apesar das diferenças, Nicola queria forjar uma relação mais forte com Beth. Queria entender o que as havia afastado. Queria se sentar com ela de pijama e assistir a um filme enquanto comiam a refeição juvenil que talvez trouxesse de volta as lembranças de Beth.

Morar juntas não era o ideal, mas Nicola não trocaria essas pequenas irritações por ter Beth de volta à sua vida por nada no mundo.

E faria de tudo para que ela ficasse.

CAPÍTULO 24

KIM FOI PARA A SALA depois de uma reunião de 45 minutos com Woody. Três pares de olhos olharam para ela ansiosos.

– Continuo no comando da investigação.

Um suspiro coletivo de alívio tomou conta da sala. Kim prosseguiu:

– O especialista confirmou que os ossos são humanos e recentes, então o lugar agora é a cena de um crime. Cerys ficou no terreno, vai chefiar o lado arqueológico. Um antropólogo forense está vindo de Dundee e não demora a chegar.

A Universidade de Dundee sediava o Centro de Anatomia e Identificação Humana e oferecia cursos de graduação em Antropologia forense havia anos. Esse centro era regularmente contratado para fornecer assistência técnica e colaborar em casos importantes de identificação no país e no exterior.

Foram providências tomadas por Woody, que queria certificar-se de que todas as pessoas que porventura precisassem testemunhar em um julgamento tivessem qualificação impecável.

– Como anda a identificação dos funcionários de Crestwood?

Dawson pegou uma folha de papel.

– Já eliminei várias pessoas que trabalharam lá pouco tempo e funcionários temporários. Sobrou uma lista com quatro outros integrantes da equipe que trabalhavam no local na época do incêndio. Como sabemos, Teresa Wyatt era a subadministradora e Tom Curtis era o *chef*. O gerente geral era um cara chamado Richard Croft. Mary Andrews trabalhou muitos anos lá como faxineira e dois vigilantes noturnos que dobravam o turno como zeladores faziam uns bicos lá também. Até agora, localizei Mary Andrews, que está em um asilo em Timbertree…

– Richard Croft... Não é o nome do parlamentar do Partido Conservador por Bromsgrove? – Kim o interrompeu. Ela podia jurar que tinha acabado de ler um artigo sobre Croft ter feito recentemente uma espécie de viagem de bicicleta para levantar fundos para a caridade.

– Com certeza, o nome é o mesmo, mas ainda não consegui verificar se...

– Passe isso para a Stacey – ordenou Kim.

Ela viu a expressão no rosto de Dawson endurecer.

– Stacey, o que você tem sobre os nomes das crianças?

– Tenho uns sete até agora, a maioria deles do Facebook.

Kim revirou os olhos. Stacey deu de ombros e se justificou:

– Não há muitos registros de Crestwood e há menos gente ainda que queira falar de lá. Pelo que estou entendendo, as crianças mais novas já tinham sido colocadas em lares adotivos ou encaminhadas a outras instituições de assistência social na área. Umas seis ou sete voltaram a viver com membros da família, restando por volta de dez crianças na época do incêndio.

– Está parecendo um maldito pesadelo.

– Para simples mortais, talvez. – Stacey abriu um sorrisão.

Kim também sorriu. Stacey adorava um desafio e aquele parecia ser dos bons.

– Certo. Bryant, vá ligar o carro.

Bryant pegou o casaco e saiu da sala. Kim entrou no Aquário e sentou-se para tirar a bota de moto. Enquanto fazia isso, escutou a conversa que acontecia do lado de fora.

– Já tentou mandar flores? – perguntou Stacey.

– Já – respondeu Dawson.

– Chocolate?

– Já.

– Joias?

Nenhuma resposta.

– Tá brincando? Não tentou joias? Ah, Kevin, nada fala "desculpa por ter sido um cuzão amoral" melhor do que um colar caro e brilhante.

– Sai fora, Stacey, o que você sabe sobre isso?

– Sei tudo, meu amor, porque sou todinha mulheeeeer.

Kim sorriu enquanto amarrava o cadarço direito.

– É, mas a sua vida amorosa no mundo dos goblins não conta. Preciso do conselho de uma mulher que sai com homens. Homens do mundo real.

A conversa terminou quando Kim voltou à sala.

– Stacey, agora você fica encarregada da equipe de funcionários *e* ex-moradores.

Dawson ficou confuso.

– Pegue seu casaco e venha comigo.

Ele pegou o blazer nas costas da cadeira.

– Melhor pegar o sobretudo também. Você vai ficar com os peritos lá no terreno.

O rosto dele se iluminou.

– Sério, chefe?

Kim confirmou e orientou:

– Sempre que acontecer alguma coisa lá, você me liga na mesma hora. Quero que seja o maior pentelho. Faça perguntas, siga as pessoas, escute conversas e no minuto em que descobrir alguma novidade, me avise.

– Positivo, chefe – ele disse, animado.

Desceu atrás dela até o carro que os aguardava. Kim sentou no banco da frente e ele, no de trás.

– Ponham os cintos, crianças – pediu Bryant, saindo do estacionamento.

Kim deu uma conferida pelo retrovisor no rosto ansioso e empolgado de Dawson, em seguida virou-se e olhou pela janela. Para alguém sem absolutamente nenhum traquejo para lidar com as pessoas, a lei das médias informava que de vez em quando ela tinha que fazer a coisa certa.

CAPÍTULO 25

O LOCAL QUE ELA havia deixado no dia anterior estava parecendo uma pequena cidade murada. Todo o limite da propriedade estava rodeado por uma cerca desmontável de metal. Havia uma entrada na parte de cima e outra na de baixo, ambas guarnecidas por dois guardas. Outros perambulavam perto da cerca, vigiados por oficiais. Kim ficou satisfeita com a segurança do perímetro.

Tinham providenciado um cercadinho para a imprensa na parte alta da propriedade, mas Kim viu que eles já estavam se esparramando ao longo da cerca. Havia duas tendas brancas, uma ao redor do buraco, outra para os peritos armazenarem os equipamentos.

Kim entrou na primeira tenda, mas não estava preparada para ver o esqueleto no buraco – ou para o efeito que ele lhe causou. Tinha ido a muitas cenas de crime, testemunhado corpos em todos os estágios de decomposição, mas aquele ali era somente osso. Quando ainda havia a presença de tecido, a sensação era de que restava algo a ser retornado à família, algo da pessoa que podia ser enterrado e proporcionar o luto. Mas o osso parecia anônimo, indistinto, como a fundação de um prédio sem a arquitetura que lhe dava singularidade. Kim se deu conta de que não gostava nem um pouco desse pensamento. Também estava chocada pelo minúsculo espaço que o esqueleto ocupava.

– Não tem restos de roupa? – questionou Kim quando a arqueóloga forense se aproximou e parou ao lado dela.

– Bom dia, detetive – respondeu Cerys.

É, ela sempre se esquecia desse detalhe.

– Quanto à sua pergunta, não dá para saber se estava sem roupa. Elas só não estão aí. Materiais diferentes deterioram em ritmos diferentes. Depende de quanto tempo ficam enterrados. Algodão desaparece em 10 anos, mais ou menos, já a lã pode permanecer intacta durante décadas – Cerys virou-se para ela. – Não tinha certeza de que você iria voltar.

As duas deram um passo para trás quando peritos começaram a tirar fotos de todos os ângulos. Uma placa amarela havia sido colocada ao lado dos ossos.

– Não tivemos tempo de bater um papo ontem – disse Kim.

Cerys colocou uma mecha desgarrada de cabelo atrás da orelha e falou:

– Não achei que você fosse do tipo que gosta de bater papo, mas tudo bem... Tenho 29 anos, sou solteira e não tenho filhos. Minha cor favorita é amarelo. Tenho um fraco por batata frita com tempero de galinha e sou voluntária do Territorial Army quando não estou ocupada tricotando – Cerys deu uma pausa. – Está bem, menti sobre o tricô.

– Que bom saber disso tudo, mas não era bem isso que eu estava perguntando.

– Então faça logo a pergunta que quer, detetive.

– Você tem qualificação suficiente para este trabalho? – perguntou Kim sem rodeios.

Cerys tentou esconder o sorriso, porém seus olhos se iluminaram.

– Me formei em Arqueologia em Oxford oito anos atrás. Depois passei quatro anos viajando com projetos de Arqueologia, predominantemente na África Ocidental, voltei para o Reino Unido, me formei em Ciência Forense e passei os últimos dois anos tentando ganhar respeito em uma área dominada por homens. Soa familiar, detetive inspetora?

Kim deu uma gargalhada alta e estendeu a mão.

– Estou feliz por tê-la a bordo.

– Obrigada. Bem, os ossos estão expostos e estou aguardando o antropólogo para discutirmos a remoção. Tenho que me certificar de que não cortamos demais nem de menos.

Kim olhou para ela com cara de interrogação.

– Desculpa, precisamos ter o máximo de cuidado para que não peguemos nem mais nem menos do que o necessário. Não temos como voltar e refazer o serviço.

A expressão no rosto de Kim permaneceu inalterada. Cerys pensou um momento.

– Ok, imagine que o chão seja uma parede de tijolos. Cada camada da parede é um período do tempo. Se pegarmos solo demais, corremos o risco de invadir acontecimentos que ocorreram antes do assassinato e que podem nos dar uma informação falsa.

Kim demonstrou ter compreendido com um gesto de cabeça.

– Assim que os ossos forem removidos, começaremos a peneirar o solo em busca de pistas.

– Ah, detetive, gostaria que conhecesse alguém.

Kim reconheceu a voz familiar de Keats, seu patologista preferido.

– Detetive Inspetora Kim Stone, por favor conheça o dr. Daniel Bate. É um antropólogo forense de Dundee e trabalhará aqui no meu laboratório durante este caso.

O homem com a mão estendida era cinco centímetros mais alto do que Kim e tinha o porte físico de um atleta. Seu maxilar era forte e o cabelo, preto. Desconcertantes olhos verdes ofereciam um contraste interessante com a pele escura.

Apresentaram-se Cerys, Keats e o novo integrante. O aperto de mão que deu em Kim era forte e firme.

Imediatamente, o dr. Bate começou a andar ao redor do buraco e Kim aproveitou o momento para observá-lo. Não parecia um cientista. Seu físico parecia mais com o de alguém que trabalhava ao ar livre cujo serviço exigia atividade física. Kim concluiu que a calça jeans e o moletom não ajudavam.

– Então – disse Keats –, temos as três pessoas fundamentais para desvendarmos esse crime. A pessoa que vai descobrir as pistas, a pessoa que vai explicar as pistas e a pessoa que vai juntar tudo isso e nos entregar um assassino.

Kim o ignorou e ficou de pé ao lado do dr. Bate.

– Você consegue nos dizer algo com esta primeira inspeção?

Ele esfregou o queixo e respondeu:

– Consigo, posso garantir que há ossos no buraco.

Kim suspirou.

– Bom, isso eu mesma consigo ver, dr. Bate.

– Compreendo que queira respostas imediatas, mas ainda tenho que analisar os ossos e não vou presumir nada até que tenha feito isso.

– Parente seu? – ela perguntou a Keats.

Keats riu e disse:

– Sabia que vocês dois iam se dar bem.

Kim se virou novamente para Bate.

– É claro que você pode nos dizer pelo menos alguma coisa.

– Ok, posso dizer que esta pobre alma está aqui há pelo menos cinco anos. O corpo de um adulto típico se decompõe completamente em um período de 10 a 12 anos e não adultos se deterioram na metade do tempo. O primeiro estágio da decomposição é a autólise, a destruição dos tecidos do corpo por enzimas liberadas após a morte. O segundo estágio é a putrefação, quando os tecidos moles se deterioram devido à presença de microrganismos. No final, os tecidos moles tornam-se líquido e gás.

– Você é convidado para muitas festas, doutor? – perguntou Kim.

Ele deu uma gargalhada alta e disse:

– Desculpa, detetive. Voltei há pouco tempo da Fazenda de Corpos em Knoxville, no Tennessee, onde os cadáveres ficam dispostos de diferentes maneiras para se estabelecer...

– Sexo? – perguntou ela.

– Não antes de você me pagar um jantar, detetive.

– Não teve graça nenhuma. Alguma ideia?

Ele fez que não. Ela revirou os olhos e reclamou:

– Não me diga. Você ainda não examinou o corpo no laboratório.

– Isso pode não fazer diferença nenhuma, infelizmente. Se estivermos lidando com uma pessoa jovem, as mudanças nos ossos que distinguem os sexos ainda não tinham acontecido. Se a vítima tinha de 16 a 18 anos, aí podemos ter alguma chance, com base na adaptação da pélvis, mas se for mais jovem do que isso, poucos cientistas vão tentar descobrir o sexo de um não adulto usando os ossos.

– Isso indica que há outras maneiras?

– Existem técnicas que usam o DNA de dentes para identificar cromossomos X e Y, mas isso, além de caro, demora muito. É bem mais fácil descobrir a idade de um não adulto do que o sexo. Para isso, recorremos ao crescimento e desenvolvimento dos ossos, desenvolvimento dos dentes e o grau de fechamento das articulações do crânio. Você terá a idade aproximada hoje à noite.

– Tem algum palpite? – pressionou ela.

Bate a encarou com olhos intensos e desafiadores.

– Com a data, o horário e o lugar você vai prender o assassino? – perguntou ele.

Kim estava inabalável:

– Foi o professor Plum, na biblioteca, quinta-feira, dia 18, às 23 horas. E apesar de você não ter mencionado isso, estava segurando o candelabro.

– Sou cientista, não dou palpites.

– Mas com certeza você consegue deduzir algo a partir...

– Keats – Bate chamou, olhando por cima dela. – Por favor me salva deste interrogatório antes que eu confesse o Rapto de Lindbergh.

Para Kim, o forte sotaque escocês destoava dos sotaques de Black Country que flutuavam ao redor do local da escavação. Se fechasse os olhos, ele soava quase como o Sean Connery. Quase.

– Eu sabia que vocês dois iam se dar muitíssimo bem – comentou Keats, dando um sorrisinho malicioso. – Daniel, as caixas acabaram de chegar.

Kim foi à ponta do buraco no momento em que mais peritos se aproximaram com caixas de plástico transparentes. Já não tinha mais ideia de qual equipe pertencia cada um deles e ficou satisfeita por ser Dawson quem ficaria no local, não ela.

Se tivesse que lidar com o sujeito obstrutivo por muito mais tempo, poderia ser responsável por um segundo enterro.

– Fez um amigo novo ali? – perguntou Bryant.

– Ah fiz, o cara é cheio de gracinha.

– O típico cientista?

– É, e aprontei um falatório na orelha dele.

– Que beleza, aposto que te adorou.

– Difícil confirmar isso aí.

Bryant deu uma risadinha e comentou:

– Você não é a pessoa mais qualificada para julgar as reações emocionais das pessoas, né, chefe?

– Bryant, vai se f...

– Não, não, não – gritou o dr. Bate com a voz autoritária, entrando no buraco. Todo mundo parou o que estava fazendo. Ele se ajoelhou ao lado do homem que trabalhava no crânio. Cerys entrou no buraco e se agachou ao lado dele.

Ficaram todos calados enquanto os dois deliberavam em voz baixa. Por fim, o dr. Bate se virou e olhou direto para Kim.

– Detetive, não é que eu tenho uma coisa aqui para você?

Kim aproximou-se, com o ar preso no peito. Pulou dentro do buraco ao lado dele e disse:

– Prossiga.

– Está vendo estes ossos?

Ela fez que sim.

– A coluna vai até o pescoço, onde há sete ossos que formam a coluna cervical. Esse aqui do alto é o C1, chamado de atlas, o seguinte é o C2, chamado de áxis.

Seu dedo desceu pelo pescoço apontando para outros ossos C, que iam do três ao sete. Kim viu uma nítida fratura entre o três e o quatro. Instintivamente, sua mão direita foi parar na parte de trás do próprio pescoço. Ela se perguntou como diabos ele tinha conseguido ver aquilo lá de cima.

– Desembucha, doutor.

– Afirmo para você sem a menor sombra de dúvida que esta pobre alma foi decapitada.

CAPÍTULO 26

KIM saiu do buraco.

– Vamos, Bryant. Temos que começar.

Ela olhou para a caminhonete Toyota que, por processo de eliminação, só podia pertencer ao dr. Daniel Bate. Estava com um amassado em cima da roda traseira e coberta de barro.

– Jesus Cristo, o que é isso? – exclamou Kim, dando um pulo para trás.

– Hãã… o nome disso é cachorro, chefe.

Kim olhou mais de perto para o rosto peludo que tinha aparecido de repente na janela traseira do lado do passageiro.

A detetive franziu a testa e disse:

– Bryant, sou eu ou…

– Não, chefe, ele só tem um olho.

– Detetive, para de assustar minha cadela – disse Daniel Bate, diminuindo a distância entre os dois. – Eu te garanto, ela não sabe de nada.

Kim virou-se para o colega e comentou:

– Viu, Bryant, os cachorros pegam mesmo as características dos donos.

– É, detetive, depois de receber uma ligação às quatro da manhã e de dirigir três horas e meia, você com certeza não é o que o médico receitou.

– Ela é cega? – perguntou Kim quando ele abriu a porta do carro. A cadela pulou para fora e sentou. O dr. Bate prendeu uma correia à coleira vermelha e negou.

– A vista direita é perfeita.

Kim viu que era da raça pastor-alemão branco. Deu um passo à frente e estendeu a mão na direção do focinho do cachorro.

– Ela morde?

– Só detetives arrogantes.

Kim revirou os olhos e acariciou a cabeça do animal. O pelo era macio e quente. Kim estava confusa. De carro, ele teria levado muito mais do que algumas horas para percorrer 550 quilômetros de Dundee até ali.

– O que ela está fazendo aqui?

– Tínhamos tirado uns dias de folga depois do último caso. Estávamos explorando uns lugares de escalada em Cheddar quando recebi a ligação do meu chefe. Eu era quem estava mais perto daqui.

Não havia irritação na voz de Daniel, apenas a aceitação de que ligações daquele tipo faziam parte de seu trabalho. Kim sentiu o focinho cutucar sua mão direita, que tinha inconscientemente parado de acariciar sua cabeça.

– Ei, olha só, detetive, pelo menos alguém neste lugar gosta de você.

Kim foi impedida de mandá-lo para aquele lugar pelo toque de seu celular.

Ela atendeu, e Daniel se virou e saiu caminhando com a cadela na parte alta do terreno.

– E aí, Stacey?

– Onde você está?

– Estamos saindo aqui de Crestwood. Por quê?

– Vocês estão virados pra cima ou pra baixo?

– O quê?

– Achei o William Payne, um dos vigias noturnos.

– Me dá o endereço.

– Olha para baixo aí do morro. Vocês devem enxergar sete casas enfileiradas. É a que fica exatamente no meio. O jardim e o quintal têm piso de concreto.

Kim já estava descendo o morro.

– Como diabos você sabe disso?

– Google Earth, chefe.

Kim sacudiu a cabeça e desligou o telefone. Às vezes, Stacey a assustava de verdade.

– Aonde você disse que a gente está indo?

– Interrogar a primeira testemunha.

– Aqui? – Bryant perguntou quando ela abriu o portão que lhe batia na altura da cintura. O mar de blocos cinza no jardim era sinistro. O caminho da entrada distinguia-se do restante somente por uma rampa que erguia-se até a porta.

Depois de baterem duas vezes, um homem alto com a cabeça completamente cheia de cabelos brancos atendeu.

– William Payne?

Ele confirmou. Bryant mostrou sua identificação.

– Podemos entrar?

Ele não se movimentou nem para a frente nem para trás.

– Não estou entendendo. Um policial veio aqui ontem e recolheu todas as informações.

Kim deu uma olhada para Bryant antes de falar:

– Sr. Payne, estamos aqui por causa de uma investigação relacionada a Crestwood.

Ela não tinha enviado nenhum policial àquele endereço. O entendimento ficou estampado em seu rosto e ele disse:

– Oh, é claro, entrem, por favor.

Payne recuou e Kim levou um segundo para analisá-lo. O cabelo dava a impressão inicial de alguém bem mais velho do que o rosto indicava. Era como se dois processos completamente separados de envelhecimento estivessem ocorrendo. O rosto o colocava na faixa dos 40 e poucos anos.

– Por favor, falem baixo, minha filha está dormindo.

A voz dele era baixa e agradável, sem nenhum vestígio do sotaque de Black Country.

– Venham – sussurrou Payne.

Ele os conduziu a um cômodo que ocupava toda a extensão da casa. A primeira parte era a área da sala de estar e depois havia uma mesa de jantar posicionada diante de uma janela que dava para o pátio. Blocos de concreto dispostos com perfeição não deixavam espaço algum para grama nem arbustos. Kim ouviu algo atrás de si. Era um barulho delicado e ritmado.

O som vinha de um aparelho que monitorava a respiração. Conectada à máquina havia uma garota que Kim calculou ter por volta de 15 anos. A cadeira de rodas era uma geringonça gigantesca com um suporte de soro preso na lateral.

Enrolado ao redor do braço esquerdo da cadeira havia um pingente em que ficava um alarme de emergência pessoal com um botão vermelho conectado diretamente com o serviço de ambulâncias, normalmente usado por pessoas com deficiências graves. Kim se deu conta de que ele não teria utilidade nenhuma para a garota se ficasse no pescoço, por isso foi posicionado a três centímetros de sua mão esquerda.

O pijama de flanela estampado com desenhos da Betty Boop não escondia a atrofia do corpo embaixo dele.

– É minha filha, Lucy – apresentou William Payne ao lado dela, inclinando-se e colocando gentilmente uma mecha cacheada de cabelo louro atrás da orelha da garota.

– Por favor, sentem – disse, levando os detetives à mesa. O som do programa de Jeremy Kyle ressoava baixinho ao fundo. – Posso lhes oferecer um café?

Os dois aceitaram com um gesto de cabeça e William Payne entrou na cozinha, que não passava de um quadrado logo depois da área da sala.

Ele colocou três porta-copos de metal na mesa antes de pegar três canecas de porcelana. O cheiro estava delicioso e Kim deu um gole imediatamente.

– Gold colombiano? – perguntou ela.

Ele sorriu e respondeu:

– É o meu único vício, detetive. Não bebo nem fumo. Não tenho carro veloz nem corro atrás de mulheres velozes. Mas gosto de uma boa xícara de café.

Kim deu outro golinho. Já Bryant deu uma talagada como se fosse um chá baratinho da marca própria do supermercado.

– Sr. Payne, podemos perguntar...

Bryant parou de falar quando Kim deu um cutucão na perna dele por baixo da mesa. Ela conduziria aquela conversa.

– Podemos perguntar o que a Lucy tem?

– É claro – ele sorriu – Gosto muito de falar sobre a minha menininha. Lucy tem 15 anos e nasceu com distrofia muscular.

Ele virou o rosto para a filha e seu olhar não retornou mais. Isso deu a Kim a oportunidade de observá-lo abertamente.

– Ficou claro para nós bem no início que havia algo errado. Ela demorou para começar a andar e nunca passou daquele estágio em que as crianças saltitam desajeitadas.

– A mãe da Lucy está aqui? – Kim olhou ao redor.

William virou o rosto novamente para eles. Havia uma surpresa genuína em seu olhar.

– Desculpa. Quase sempre esqueço que a Lucy algum dia teve mãe. Somos só nós dois há tanto tempo.

– Entendo – disse Kim inclinando-se para a frente. A voz dele havia se transformado em um quase sussurro.

– A mãe da Lucy não era uma pessoa ruim, mas tinha algumas expectativas e uma criança com deficiência não fazia parte do plano-mestre dela. Não me entendam mal. Tenho certeza de que todos os pais desejam uma criança perfeita. O sonho geralmente não inclui atenção em tempo integral a um adulto que jamais vai conseguir cuidar de si mesmo. Me deem licença um momento.

William pegou um lenço e limpou um rastro de baba que escorria pelo queixo da filha.

– Me desculpem. Enfim, no início Alison se esforçou de verdade e, enquanto havia certos elementos de normalidade aos quais se apegar, conseguiu aguentar, mas com o avanço da doença, a situação se tornou uma batalha árdua demais para ela. Quando foi embora, já não conseguia mais olhar para Lucy e não encostava nela havia meses. Nós dois concordamos que era melhor que ela fosse embora. Isso foi há 13 anos e não a vimos nem tivemos notícia desde então.

Apesar do relato prosaico, Kim conseguia ouvir a dor na voz dele. Era mais complacente com a atitude da mãe de Lucy do que ela teria sido.

– Foi por isso que você pegou o trabalho noturno em Crestwood?

Payne confirmou com um gesto de cabeça e completou:

– Antes disso, eu era arquiteto paisagista, mas não conseguia me dedicar a esse trabalho e cuidar da Lucy. Trabalhar no turno da noite em Crestwood permitia que eu cuidasse dela de dia. Minha vizinha vinha sempre para cá ficar com Lucy à noite.

– Não existe uma segunda sra. Payne? – perguntou Bryant.

William negou com a cabeça e explicou:

– Não, os meus votos foram para a vida toda. O divórcio pode satisfazer a lei, mas não satisfaz Deus.

Kim supôs que teria sido difícil conhecer alguém, mesmo que ele quisesse. Poucas pessoas estão preparadas para assumir os cuidados em tempo integral de uma criança com deficiência que não fosse sua.

Um murmúrio ressoou em um canto e William se levantou imediatamente. Colocou-se de pé diante da filha.

– Bom dia, querida. Dormiu bem? Quer beber alguma coisa?

Embora Kim não tenha visto nenhum movimento, obviamente havia alguma comunicação entre pai e filha, porque William puxou um tubo de alimentação e o colocou entre os lábios da menina. O indicador direito de Lucy pressionou um botão no braço da cadeira. Uma quantidade de líquido foi despejada através do tubo em sua boca.

– Quer ouvir música? Um audiolivro?

Ele sorriu.

– Quer se virar?

A-ha, Kim entendeu. A comunicação era feita por piscada.

Quando William virou a cadeira, Kim foi golpeada pela palidez da pele macia e a retidão dos olhos. Ela refletiu sobre a ironia de um cérebro que funciona perfeitamente em um corpo inútil. Com certeza não poderia haver destino mais cruel.

– Lucy fica à janela para ver a paisagem lá fora. Ficou fascinada com o movimento de ontem.

– Sr. Payne, você estava dizendo... – ela o direcionou novamente para a conversa, com gentileza.

– Sim, é claro. O trabalho em Crestwood era bem fácil. Eu só tinha que manter o local seguro para que as meninas não saíssem e ninguém entrasse, conferir os detectores de fumaça e terminar algum serviço ocasional que a equipe do dia tivesse deixado. Era muito conveniente para mim e fiquei desapontado quando ele acabou.

– Por causa do incêndio?

Ele fez que sim e completou:

– Eles iam fechar o lugar de qualquer maneira, mas eu queria ter trabalhado lá mais alguns meses.

– Você estava trabalhando naquela noite?

– Não, era o turno do Arthur, mas ouvi o alarme assim que ele disparou. Durmo no quarto da frente.

– O que você fez?

– Vi como a Lucy estava e atravessei a rua correndo. Arthur tinha tirado a maioria das garotas de lá, mas estava sufocando, então entrei correndo e dei uma última vasculhada para conferir se não tinha ficado ninguém lá dentro. A srta. Wyatt e Tom Curtis foram os primeiros a chegar e havia muita confusão. Todo mundo estava fazendo listas para conferir se tinham reunido todas as meninas. Os paramédicos levaram todas elas para cuidarem de pequenos cortes e inalação de fumaça, mas não informavam ninguém. Eu estava tentando ajudar, mas parecia que só conseguia piorar a situação. Fui embora quando o restante dos funcionários chegou.

– E que horas foi isso?

– Lá pela 01h30, eu diria.

– Identificaram a causa do incêndio?

– Não sei. Também não sei com que afinco eles procuraram. Ninguém teve ferimentos graves e, de qualquer maneira, estavam prestes a fechar o orfanato.

– Você sabia que Teresa Wyatt e Tom Curtis foram assassinados?

William levantou e se aproximou da filha.

– Querida, acho que está na hora de um pouquinho de música, né?

Kim não a viu piscar, mas William colocou os fones e ligou o aparelho.

– A audição dela é perfeita, detetive. Pediríamos a uma menina de 15 anos para sair da sala. Esse é o nosso equivalente.

Kim teve vontade de esmurrar a si mesma. Sem se dar conta, tratou Lucy como uma invisível por causa de sua deficiência. Um equívoco que não cometeria mais.

– O que nos diz sobre as vítimas?

– Não muito. Eu raramente via os funcionários do dia. Às vezes, Mary, a faxineira, ficava até a hora em que eu chegava para me contar as fofocas.

– Que tipo de fofoca?

– A maior parte era sobre as discussões da srta. Wyatt e com o sr. Croft. Ela dizia que era uma questão de disputa de poder.

– Você consegue pensar em alguém que poderia querer machucar as garotas?

William empalideceu e olhou para a janela.

– Não acredito que vocês possam estar pensando… vocês realmente acham que o corpo no terreno é de uma das meninas de Crestwood?

– Não descartamos essa possibilidade.

– Sinto muito, mas não acho que eu possa oferecer nada que os ajude.

William se levantou abruptamente. A expressão em seu rosto mudou. Ainda falando com delicadeza, ele tinha decidido que era hora de os detetives irem embora. Bryant insistiu.

– E as meninas? Elas davam muito trabalho?

William começou a se afastar deles.

– Na verdade, não. Havia algumas mais rebeldes, mas no geral eram boas meninas.

– O que quer dizer com rebeldes? – perguntou Bryant.

– O de sempre.

Estava claro que William Payne queria que eles fossem embora e Kim começou a perceber o porquê.

– Que tipo de...

– Bryant, já terminamos – disse Kim, levantando-se.

William olhou para ela agradecido.

– Mas eu só queria perguntar...

– Já falei que terminamos – disse ela com severidade na voz. Bryant fechou o caderninho e se levantou.

Kim passou por William e agradeceu:

– Obrigada por nos receber, sr. Payne. Não vamos mais tomar o seu tempo.

Kim passou pela cadeira de Lucy. Encostou de leve na mão da garota e despediu-se:

– Tchau, Lucy. Foi um prazer enorme te conhecer.

À porta, Kim se virou e perguntou:

– Sr. Payne, posso incomodá-lo só mais um minuto? A princípio, você achou que viemos aqui por qual motivo?

– Houve uma tentativa de roubo aqui anteontem. Não levaram nada, mas prestei queixa mesmo assim.

Kim agradeceu com um sorriso e ele fechou a porta. Depois que saíram pelo portão, Bryant virou-se para ela.

– O que foi aquilo? Você não percebeu como ele mudou quando começamos a fazer perguntas sobre as garotas? Ficou desesperado para tirar a gente de lá o mais rápido possível.

– Não é o que você está pensando.

Kim atravessou a rua, virou e começou a analisar a propriedade. Das sete casas, era a única com alarme instalado proeminentemente na frente da casa. Um simples sensor infravermelho estava apontado para o portão. Ela tinha visto um idêntico cobrindo a parte de trás da propriedade, onde havia uma cerca de dois metros de altura com lanças pontudas no alto. Invasores de casas não se desafiam deliberadamente e tentam entrar na mais difícil entre as opções disponíveis. E Kim não acreditava em coincidências. Bryant bufou de raiva e reclamou:

– Você não sabe o que estou pensando porque não me deu a oportunidade de descobrir. Ele estava nervoso, chefe.

Kim balançou a cabeça e começou a subir a rua. Passou por Daniel Bate, que caminhava com o cachorro na direção do carro.

– Oi, detetive, não consegue ficar longe, né?

– Ah, doutor... Consigo, sim – disse ela, sem interromper os passos firmes.

– Chefe, o que diabos está acontecendo? – Bryant lhe perguntou quando chegaram ao carro. – Você não é de fugir de um desafio. Aquele camarada estava nervoso pra cacete e você simplesmente foi embora.

– Fui mesmo.

– Só faltou ele nos tirar de lá à força.

– Isso mesmo, Bryant. – Kim virou e olhou para ele por cima do teto do carro. – Porque ele precisava trocar a fralda da filha de 15 anos de idade.

CAPÍTULO 27

O ASILO ERA UM EXEMPLO DE SIMETRIA. Na entrada, havia uma janela de vidro dos dois lados. À direita de Kim ficava uma salinha vazia e à esquerda, um cômodo com algumas mesas e uma mulher de camisa preta, responsável pela portaria.

– Posso ajudar? – Kim supôs que era isso que ela estava falando do outro lado da barreira de vidro que as separava.

– Podemos falar com um dos pacientes?

A mulher deu de ombros, sem entender. Kim apontou para as portas de correr, mas a mulher negou com a cabeça e falou sem emitir som:

– Só para emergência.

Por um instante, Kim teve a sensação de que estavam presos em algum tipo de câmara de descontaminação. Ela apontou para as portas lá de dentro.

A mulher apontou para um livro aberto em uma plataforma à direita da janela e fez um movimento de rabisco com a mão direita. Kim entendeu que era para assinarem.

– Isso me lembra o quanto progredimos na comunicação – Kim resmungou para Bryant.

Eles assinaram e aguardaram o barulho da porta sendo destrancada. Assim que entraram, Kim percebeu que havia duas comunidades. À esquerda, ficavam os residentes mais saudáveis. Ao lado uns dos outros, perambulavam por ali com andadores, outros estavam conversando recostados em poltronas. Na TV, o apresentador do programa matutino falava com uma cadência monótona sobre gestão de capital. Os residentes tinham se virado e olhavam na direção deles – rostos novos.

À direita, quase não se ouvia nada. Uma enfermeira empurrava um carrinho com medicamentos. Ninguém olhou na direção deles. A mulher atrás do vidro saiu da sala. Tinha pendurado um crachá acima do seio esquerdo em que estava escrito "Cath".

– Em que posso ajudá-los?

– Gostaríamos de falar com uma das residentes, Mary Andrews.

– São da família? – Cath perguntou, levando a mão à garganta.

– Detetives – disse Bryant. Ele continuou a falar, mas a reação da mulher fez Kim sentir o estômago revirar. Tinham chegado tarde demais.

– Sinto muito, mas Mary Andrews morreu há 10 dias.

Antes de tudo isso começar, pensou Kim... ou talvez tivesse sido o início de tudo.

– Obrigado – disse Bryant. – Vamos entrar em contato com o legista.

– Para quê? – perguntou Cath.

– Pistas sobre a morte dela – explicou Bryant, mas Kim já tinha se virado e estava indo embora. Ela empurrou a porta, mas estava trancada.

– Não fizeram autópsia em Mary Andrews. Ela tinha câncer de pâncreas em estágio terminal, por isso não foi surpresa nenhuma quando ela morreu. Não havia razão para sujeitar a família a esse processo e então a mandamos para a Hickton.

Kim não precisava perguntar. Todo mundo sabia qual era a maior funerária do distrito de Cradley Heath, que enterra pessoas da região desde 1909.

– Mary Andrews recebeu alguma visita nesse dia?

– Temos 55 residentes aqui, me desculpem, mas não lembro.

Kim percebeu a hostilidade, mas a ignorou.

– Você se importa se *nós* dermos uma olhada no registro de visitantes?

Cath refletiu um segundo, depois concordou. Pressionou um botão para abrir as portas e Kim retornou para a entrada. Começou a folhear as páginas enquanto Bryant mantinha a porta aberta com o pé.

– Senhor, tem que deixar a porta fechar, senão o alarme vai disparar.

Devidamente repreendido, Bryant voltou e se aproximou de Kim.

– Qual é o problema? Você tem alguma coisa contra gente idosa? – perguntou Kim, percebendo a expressão rígida do parceiro.

– Tenho não, só acho deprimente.

– O quê? – perguntou Kim, virando mais algumas páginas.

– Saber que esta é a última parada. Quando se está no mundão lá fora, qualquer coisa ainda é possível, mas depois que a pessoa vem parar em um lugar como este, só existe um jeito de se mudar.

– Hmmm... que ideia mais animadora. Aqui está! – Kim exclamou, dando um tapa na página. – 12h15 do dia 10. Um visitante assinou no nome de Mary Andrews com uma letra completamente ilegível.

Bryant apontou para o canto direito superior. A detetive se virou e bateu na janela de vidro. Cath a olhou de cara fechada. Kim apontou para as portas da entrada.

– Precisamos ver as filmagens do seu sistema de segurança.

Cath deu a impressão de que estava prestes a negar, mas acabou grunhindo em voz alta:

– Por aqui.

Os dois atravessaram a sala acompanhando a mulher até uma pequena área atrás dela.

– É aqui – ela indicou, deixando-os ali.

O lugar quase não podia ser chamado de sala. Havia uma mesinha que sustentava um televisor velho com botões de reprodução. Um único vídeo cassete resmungava ao lado do aparelho analógico.

– Querer que fosse digital seria pedir demais – suspirou Bryant.

– Pois é, o bom e velho VHS. Por favor, me diga que estão etiquetados.

Kim ocupou a única cadeira enquanto Bryant inspecionava as prateleiras em busca das fitas.

– Só tem duas com essa data. Uma para o período do dia a outra para a noite. Trocam as fitas a cada 12 horas.

– Ih, será que foi gravado com *time-lapse*?

– Infelizmente, acho que sim – respondeu ele pegando uma fita. Vídeos em tempo real eram aceitos como prova, pois capturavam tudo integralmente. Gravação em *time-lapse* capturava uma imagem em intervalos de alguns segundos, o que dava um movimento mecânico ao vídeo, quase como uma reunião de fotos.

Kim enfiou a fita no aparelho. A tela ganhou vida. Ela adiantou a gravação até o período do dia que lhes interessava e ficou atenta à tela:

– Você está vendo a mesma coisa que eu?

– Degradação da fita. Que merda, não dá para ver porcaria nenhuma.

– Quantas vezes eles usam essas fitas? – Kim recostou-se na cadeira.

– Vendo isso aí, deve ser centenas de vezes.

Fitas de sistemas de segurança geralmente são destruídas depois de 12 ciclos para evitar aquilo que estava sendo exibido na tela.

Kim continuou assistindo às sombras das pessoas entrando e saindo pela portaria.

– Jesus, poderia até ser eu mesma nesse vídeo que eu não reconheceria.

– É você, chefe? – Bryant olhou para ela sério.

Kim inclinou-se para trás e abriu a porta:

– Cath – gritou. – Tem um minuto?

Cath apareceu à porta e começou a reclamar.

– É sério, detetive, não tem necessidade de...

– Vamos levar esta fita.

– Está bem – Cath respondeu dando de ombros.

– Você tem um formulário de retirada para assinarmos?

– Um o quê?

Kim revirou os olhos.

– Bryant.

Ele arrancou uma página de seu caderninho de bolso e anotou o número de identificação da fita, os nomes deles e da delegacia.

Cath o pegou, mas era óbvio que não sabia por quê.

– Cath, você sabe que este sistema é praticamente inútil?

A mulher olhou para Kim como se estivesse falando com uma idiota:

– Isto aqui é um asilo, detetive, não uma central de crime.

A mulher concluiu sua fala com uma expressão triunfante. Kim concordou com um gesto de cabeça e Bryant optou por dar uma conferida nas unhas.

– Você está certa... mas com fitas melhores poderíamos ter identificado um responsável por dois, talvez três assassinatos e com certeza estaríamos mais perto de evitar que ele tenha a oportunidade de matar de novo.

Agora foi a vez de Kim sorrir triunfante diante do rosto horrorizado da mulher.

– Mas obrigada pelo seu tempo e pela prestativa cooperação.

Kim deu as costas para a mulher e saiu do asilo pisando duro.

– Sabe de uma coisa, chefe? Sempre soube que é quando você sorri que a gente tem que ter mais medo.

– Entregue essa fita para a Stacey. Ela pode conhecer alguém que faça um milagre e arranque alguma pista dela.

– Farei isso. Para onde vamos agora?

Kim pegou as chaves da mão dele.

– Vamos fazer o percurso do seu pior pesadelo, Bryant – ela respondeu, arregalando os olhos. – Vamos do asilo para a funerária.

– Tudo bem – Bryant estremeceu. – Mas se você for dirigir, por favor, não faça desse percurso o meu último, ok?

CAPÍTULO 28

– É SÉRIO, CHEFE, já ouvi falar de perseguição a ambulância, mas correr atrás de um cadáver?

Kim diminuiu o espaço entre eles e o carro da frente.

– Você ouviu o agente funerário. Ela saiu há duas horas. Se chegarmos lá a tempo, podemos parar a cerimônia e pedir uma autópsia.

– A família vai ficar empolgadíssima com isso.

– Pare de choramingar.

– Já se deu conta de que estamos voltando para o crematório bem ao lado do local da escavação? Já teve a sensação de que não está chegando a lugar algum?

– Você não faz ideia – ela respondeu, buzinando para o carro da frente, hesitante diante de um pequeno canteiro central. O carro virou para a direita.

Kim acelerou pela Garret Lane e atravessou a ponte do canal. Bryant sacolejava no banco. Ela pegou a quarta saída, foi direto para o crematório e parou bem em frente à entrada.

– Que droga, nenhum carro nem ninguém por perto – Kim xingou.

– Talvez a gente tenha chegado cedo. Talvez ainda estejam no velório.

Kim não disse nada ao sair do carro e seguiu na direção do prédio. Uma jovem estava sentada no muro com a cabeça abaixada. Ela apenas seguiu em frente. Tinha um funeral para invadir.

A detetive estremeceu ao entrar no local. Havia bancos de madeira enfileirados nos dois lados, deixando um corredor no meio, que levava à uma área repleta de cortinas. As janelas estavam fechadas pelas pesadas cortinas de veludo vermelho.

À direita havia um púlpito elevado. Um quadro atrás continha o número de três cânticos.

Kim sentiu a atmosfera desalmada do lugar. Não ligava muito para igrejas, mas elas pelo menos tinham equilíbrio. Havia casamentos, batismos, cerimônias de iniciação equivalentes às de perda. O lugar em que estava existia apenas para a morte.

– Posso ajudá-los? – perguntou uma voz do além.

Ela e Bryant se entreolharam.

– Jesus Cristo – sussurrou Bryant.

– Ainda não – respondeu uma pessoa que apareceu de trás do púlpito. Embora não fosse gordo, a túnica sacerdotal preta não caía nada bem no homem que a usava. O rosto não era tão redondo quanto o corpo indicava. O cabelo agrisalhado era volumoso nas laterais, mas raleava no arco que fazia por cima da cabeça, como uma trilha muito usada em um campo. Kim calculou que devia estar beirando os 60 anos. – Mas posso ajudar na ausência Dele?

A voz era baixa, equilibrada e tinha um ritmo suave e fez Kim se lembrar da voz de sua quinta mãe adotiva que ao telefone não possuía a menor semelhança com o jeito que falava pessoalmente. Ela se perguntou se o pastor tinha uma voz especial para os cultos.

– Estamos procurando o velório de Mary Andrews – respondeu Bryant.

– São da família?

Bryant mostrou o distintivo.

– Nesse caso, chegaram tarde demais.

– Droga. Existe alguma maneira de interromper o processo?

O sacerdote olhou para o relógio e informou:

– Ela está lá dentro a 1.100 graus há mais ou menos uma hora. Acho que não deve ter sobrado muita coisa.

– Cacete… Perdão, padre.

– Sou pastor, não padre, querida, mas vou passar a sua desculpa adiante.

– Obrigado pela ajuda – disse Bryant, cutucando Kim na direção da porta.

– Merda, merda, merda! – xingou Kim, a caminho do carro.

Sua visão periférica captou a jovem ainda sentada no muro, sozinha. Ela chegou ao carro e olhou para trás. Era óbvio que a menina estava tremendo, mas isso não era problema dela. Abriu a porta do carro e ficou parada. Não era problema dela mesmo.

– Volto em um minuto – disse Kim, fechando a porta com força e saindo apressada em direção à garota. Parou ao lado dela. – Oi, você está bem?

A garota ficou surpresa. Esforçou-se para dar um sorriso enquanto respondia que sim com um gesto de cabeça. Seus olhos eram intervalos fundos em um rosto pálido.

Os pés estavam calçados em sapatos baixos de couro lustrado com laços preto e branco. Estava de meia-calça grossa preta e saia na altura do joelho. Uma camisa cinza estava coberta por um blazer com duas fileiras de botões que, além de ter saído de moda havia umas duas décadas, era grande demais. Uma roupa improvisada para um funeral, mas que não oferecia proteção contra a temperatura que não passava dos dois graus.

Kim deu de ombros e se virou. Tinha feito a pergunta. A garota não estava sofrendo por nenhum outro motivo a não ser luto. Podia ir embora com a consciência limpa. Aquilo não era problema dela. Mas, em vez disso, sentou-se no muro e perguntou:

– Era alguém próximo?

Novamente com um movimento de cabeça, a garota disse que sim.

– Minha avó.

– Sinto muito – expressou Kim. – Mas ficar sentada aqui não vai fazer nenhum bem a você.

– Eu sei, mas ela era tipo uma mãe para mim.

– Mas por que você ainda está aqui? – perguntou Kim delicadamente.

A garota ergueu o olhar na direção da chaminé do crematório. A fumaça afunilava-se e dispersava.

– Não quero ir até... Não quero que ela fique sozinha.

A voz da garota falhou e lágrimas desceram pela bochecha. Kim engoliu em seco ao se dar conta de quem era a pessoa com quem estava conversando.

– A sua vó era Mary Andrews?

As lágrimas pararam quando ela confirmou com a cabeça.

– Sou Paula... mas como você sabe disso?

Kim não sentiu necessidade de dar à menina de luto nenhuma informação.

– Sou detetive. O nome dela estava ligado àquilo lá.

– Ah é, ela trabalhou em Crestwood. Foi faxineira lá durante uns 20 anos – a garota sorriu de repente. – Ela costumava me levar para lá às vezes quando trabalhava no fim de semana. Eu ajudava a arrumar as camas ou a lavar alguma coisa. Não tenho certeza se realmente ajudava em algo. Todas as garotas a adoravam, e olha que ela não tolerava nenhuma gracinha. Acho que elas a respeitavam. Não a importunavam e ela ganhava muitos abraços.

– Aposto que o restante dos funcionários também a adorava.

Paula encolheu os ombros e sorriu.

– O tio Billy gostava – ela gesticulou a cabeça em direção à parte de baixo da rua. – Ele morava lá.

– Como você conheceu Billy? – Kim perguntou, intrigada.

– Às vezes, a minha avó tomava conta da filha dele para o Billy poder fazer compras – a garota sorriu e olhou para a fumaça na chaminé. – Ela só tinha que ficar sentada lá olhando a Lucy, mas vovó não conseguia se conter. Sempre arranjava um serviço ou outro antes de ele voltar, uma roupa para passar ou aspirar a casa. E eu ficava brincando com a Lucy. Quando o Billy voltava, ela não mencionava nada do que tinha feito. Não queria agradecimento, só queria ajudar.

– Parece que a sua avó era uma senhora muito especial – comentou Kim com sinceridade.

– Nunca mais voltamos lá depois do incêndio e minha avó falou que eles se mudaram – Paula fez uma pausa. – Muita coisa mudou para a vovó depois daquele incêndio. Ela nunca foi uma avó do tipo vovozinha, se é que me entende, mas depois do incêndio parecia que ela tinha perdido alguma coisa.

Kim se pegou pensando em por que Mary Andrews tinha mentido sobre William Payne ter se mudado.

– Você alguma vez perguntou a ela por que isso tinha acontecido? – pressionou Kim com delicadeza.

Ela sabia que estava se aproveitando da necessidade da garota de falar sobre a avó. Falar sobre uma pessoa que morreu há tão pouco tempo a mantinha viva no coração e na mente. Preservava a conexão, o laço. Kim desejou que estivessem ajudando uma à outra. Paula confirmou:

– Só uma vez, e ela ficou muito brava comigo. Eu lembro bem, porque minha avó nunca ficava brava comigo. Ela me falou para nunca mais mencionar aquele lugar nem aquelas pessoas de novo. E eu obedeci.

Kim percebeu que o corpo da garota estava tremendo. O corpo inteiro chacoalhava, mas a chaminé continuava a expelir fumaça.

– Certa vez, uma pessoa me disse uma coisa de que eu sempre me lembro – Kim recordava nitidamente. Havia sido no funeral dos pais adotivos número quatro e ela tinha 13 anos.

O rosto inocente e jovial virou-se ansioso na direção dela, desesperado por algum conforto, assim como Kim na época, embora não tivesse demonstrado a ninguém.

– Me disseram que o corpo não passa de um casaco que abandonamos quando não é mais necessário. A sua avó não está mais ali, Paula. O casaco que ela usava a fez sentir dor, mas sua avó está livre agora.

Kim levantou os olhos para a fumaça, já mais fina, e disse:

– E acho que o casaco já se foi e que você também deveria ir.

– Obrigada. Muito obrigada – disse a garota, colocando-se de pé.

Kim despediu-se e a garota se virou. Quaisquer palavras amorteciam o luto por uma questão de instantes. De natureza intrinsecamente egoísta, o luto era para os vivos. Tratava-se da intensidade com que as pessoas sentiam as próprias perdas e, em alguns casos, como Kim sabia, seus arrependimentos.

A detetive ficou observando Paula descer apressada a rua. Pensou em contar a ela que Lucy ainda estava viva naquela mesma casa, mas a avó mentiu para a garota por algum motivo e Kim tinha que respeitar isso. O toque do celular a trouxe de volta para o presente. Era Dawson.

– Chefe, onde você está?

– Tão perto que quase consigo sentir o seu pós-barba.

O dia estava se transformando em um episódio ruim daquele seriado sobrenatural *Além da Imaginação*.

– Ótimo, chefe, porque precisamos de você neste minuto.

– Qual é o problema? – Kim perguntou, apressando-se na direção de Bryant.

– Aquele aparelho magnético acabou de pirar. Parece que temos outro corpo.

CAPÍTULO 29

KIM PERCORREU O CAMINHO mais rápido a pé do que Bryant de carro. Passou pelo dr. Bate e Keats, que colocavam caixas em uma van.

O dr. Daniel se virou para ela e falou:

– É, detetive inspetora, nesse ritmo, vou precisar pedir uma liminar pra mantê-la longe.

– Vá se danar! – devolveu ela sem parar.

– É, você estava certo… – Ele disse a Keats.

Kim não fazia a menor ideia sobre o que é que Keats estava certo e nesse momento ela não podia estar menos interessada. Seguiu na direção do grupo cerca de 10 metros à direita da primeira tenda. Por estar localizada atrás da tenda que servia de depósito de equipamento, a imprensa não conseguia ver o que faziam.

– O que está acontecendo?

Cerys a puxou de lado e explicou:

– Gareth estava verificando o resto da área para certificar-se de que não havia mais nada. Ele chegou a este ponto e o magnetômetro detectou uma segunda anomalia.

– Jesus Cristo! – exclamou Kim, passando a mão pelo cabelo. – Pode ser outro corpo?

– Sempre há essa possibilidade – Cerys deu de ombros. – Mas só vamos saber depois de cavar. Enquanto isso, quero que você dê uma olhada em uma coisinha.

Kim seguiu Cerys para dentro da tenda de serviço. Havia mesas dobráveis abertas e, sobre elas, pequenas caixas de plástico. Algumas estavam vazias, mas a maioria continha quantidades variadas de solo.

– Temos alguns pequenos fragmentos de metal que preciso analisar melhor, mas achei que isso a interessaria.

Cerys estendeu a mão para pegar uma das caixas que continha terra fina e bolinhas que pareciam de chocolate.

– O que é isso?

Cerys pegou uma e a segurou na altura da vista de Kim.

Era um círculo perfeito com pontinhos amarelos.

– Uma miçanga? – Kim inclinou a cabeça.

Cerys confirmou com um gesto de cabeça.

– Quantas?

– Sete, até agora.

– De bracelete?

– Esse é o seu trabalho, detetive – Cerys respondeu sorrindo. – É claro que existe a possibilidade de que sejam de contextos totalmente diferentes.

– Diferentes como?

Cerys fechou os olhos um segundo e explicou:

– Lembra o que te falei sobre a parede?

Sim, Kim lembrava-se dos eventos que aconteciam em camadas diferentes.

– Você está falando, então, que as miçangas podem não ter relação nenhuma com o corpo?

– Talvez.

– Quando vou receber as fotos?

– Receberá tudo o que foi tirado hoje amanhã de manhã.

Kim despediu-se e saiu da tenda. A área na qual o aparelho tinha acusado algo estava demarcada com spray amarelo.

Ela se virou quando Cerys se aproximou e parou ao seu lado

– Por que ninguém está cavando?

– São quase três da tarde. Só temos mais meia hora de luz do dia. Não é tempo suficiente.

– Você está de brincadeira? Vão simplesmente deixá-la aí embaixo?

Surpresa, Cerys virou-se para a detetive.

– Primeiro, ainda não temos certeza de que não é um cachorro morto – disse, usando o exemplo da própria Kim no dia anterior. – Em segundo lugar, se há outro corpo aí embaixo, é muito imprudente já determinar o sexo e chamar de ela quando o primeiro...

– Qual é o problema com vocês cientistas? Existe uma disciplina especial na universidade chamada anulação da liberdade de pensamento?

– Se começarmos a revirar o solo agora, sabendo que não seremos capazes de terminar, corremos o risco de expor o local a intempéries. Podemos perder provas valiosas.

Kim balançou a cabeça e disse:

– Vocês são todos iguais, parecem um monte de clones androides que recorrem a…

– Posso lhe garantir que não somos todos iguais. Ontem, nós agimos do seu jeito, mas hoje vamos agir do meu.

Kim cravou nela um olhar furioso. Cerys simplesmente cruzou os braços e falou:

– Compreendo a sua impaciência, detetive. Na verdade, eu a vi em primeira mão, mas não vou ser forçada a cometer erros. Além disso, minha equipe saiu de casa às quatro da manhã e veio para cá. O pessoal precisa de descanso.

Cerys começou a se retirar, mas retornou e falou:

– Eu prometo… ela continua a salvo durante mais uma noite.

– Obrigada… Cerys.

– De nada… Kim.

A detetive seguiu na direção de Bryant e Dawson e os puxou de lado.

– Ok, pessoal, eles estão encerrando o expediente por hoje. Este negócio vai explodir amanhã se encontrarmos mais um corpo. Vão para casa e descansem enquanto podem. De amanhã em diante, vamos ter que nos dedicar ininterruptamente a essa investigação, então avisem a família que “escala de serviço” vai se transformar em uma memória distante.

– Sem problema, chefe – disse Dawson animado. Tinha olheiras e os olhos estavam um pouco vermelhos, mas estava aprendendo a lição.

– Ok, Bryant?

– Como sempre, chefe.

– Certo, nos reunimos na delegacia às sete. Alguém avisa a Stacey.

Afastando-se dos dois, Kim sentia o corpo ferver silenciosamente por dentro. Esperar não era bem o seu forte.

CAPÍTULO 30

ERA QUASE MEIA-NOITE quando Kim entrou na garagem. Um silêncio aconchegante recaíra sobre a tranquila rua familiar. Ela ligou o iPod e selecionou "Noturnos", de Chopin. As peças para piano a acalmariam nas primeiras horas da madrugada, até seu corpo exigir que dormisse.

Após deixar a cena do crime, voltou para a delegacia, mas não conseguiu fazer nada, pois havia a possibilidade de encontrarem outro corpo enterrado.

Acabou indo embora e aspirou a casa toda. Passou pano na cozinha e usou meio frasco de limpador multiuso nas bancadas. Depois de a máquina de lavar terminar dois ciclos, passou e guardou as roupas. A energia nervosa ainda percorria furiosa o seu corpo, estimulando-a a consertar uma prateleira quebrada no banheiro, reorganizar a mobília na sala e arrumar o roupeiro no alto da escada.

Provavelmente só precisa de uma limpada, pensou ela, entrando no cômodo da casa que era seu favorito. À esquerda estava a Ninja, virada para a saída, pronta para a próxima aventura.

Por um instante, Kim se visualizou deitada no corpo da moto, com os seios e a barriga encostados no tanque e as coxas agarradas ao banco de couro, tombando a moto em uma série de curvas fechadas, com o joelho a três centímetros do chão. A coordenação das mãos e dos pés funcionando juntos para controlar a besta motorizada exigia toda a sua concentração e apagava qualquer outro pensamento de sua cabeça. Pilotar a Ninja era como domar um cavalo bravo. Era uma questão de controle, de amansar um rebelde.

Bryant certa vez tinha lhe dito que ela gostava de bater de frente com o destino. Falou que o destino tinha determinado que fosse bonita, mas ela não fazia nada para melhorar a aparência. Disse que o destino tinha determinado que ela nunca cozinharia bem, mas ela tentava fazer pratos complexos toda semana. No entanto, apenas a própria Kim sabia que o destino tinha determinado que ela morreria jovem e até então ela o havia combatido. E vencido.

Havia momentos em que o destino a perseguia para transformá-la naquilo que devia ter sido aos 6 anos, uma estatística. Então, de vez em quando, ela o provocava e o incitava a pegá-la como havia tentado naquela época.

A restauração da Triumph Thunderbird era um trabalho feito com amor, um testamento para duas pessoas que a amaram e tentaram lhe proporcionar segurança. A Thunderbird era uma jornada emocional que lhe banhava o espírito.

Nesse lugar da casa, seus músculos tensos devido a estresse e desafios após um dia de trabalho relaxavam, deixando-a tranquila e satisfeita. Ali, não precisava ser a detetive analítica dissecando todas as pistas nem a líder da equipe orientando e estimulando para que conseguissem os melhores resultados. Ali, não precisava justificar sua habilidade em executar um trabalho que realmente adorava e lutar para mascarar as habilidades sociais que tanto lhe faziam falta. Ali, Kim era feliz.

Cruzou as pernas e começou a analisar as peças que tinha levado cinco meses para reunir. As partes originais da Triumph 93 se encaixariam para formar o cárter. Agora só precisava descobrir como.

O desafio geral de restaurar uma motocicleta clássica continha tarefas menores a serem cumpridas ao longo do processo. O cárter era o coração da máquina, então ela começou, como sempre, com um quebra-cabeça dentro de um quebra-cabeça, e agrupou partes semelhantes.

Vinte minutos depois, arruelas, juntas, molas, válvulas, tubos e pistões estavam todos separados. Abriu o manual de instruções que ajudaria a guiá-la pelo desafio. Normalmente, o processo saltava da página como um holograma tridimensional. Sua mente era capaz de identificar o ponto de início mais lógico e ela começava a montagem a partir daí. Nessa noite, contudo, as instruções permaneceram uma bagunça de números, setas e figuras.

Depois de 10 minutos olhando para a página com a testa franzida, as instruções ainda lhe pareciam como o texto da Pedra de Roseta.

Droga! Por mais que tentasse lutar, sabia que o efeito desse caso era perturbador.

Descruzou as pernas e apoiou as costas na parede. Talvez passasse tempo demais muito próxima à sepultura de Mikey. Embora levasse flores novas toda semana, havia lacrado aquelas memórias quando tinha 6 anos.

Tal qual uma bomba conectada a um sensor de movimento, jamais haveria uma boa oportunidade para acessar aquela parte da sua memória.

Todos os psicólogos para os quais Kim foi encaminhada para consultas tentaram abrir à força essa caixa e fracassaram. Apesar das afirmações acerca da necessidade de falar sobre o trauma para se curar, ela tinha resistido.

Durante alguns anos após a morte de Mikey, Kim foi submetida a vários tipos de tratamento de saúde mental, como se fosse um enigma que ninguém conseguia decifrar. Olhando para trás, ela frequentemente se perguntava se alguém havia oferecido um conjunto de facas de churrasco como prêmio para quem conseguisse convencer o gêmeo sobrevivente do pior caso de negligência que a região de Black Country já tinha visto.

Suspeitava que não havia esse mesmo prêmio para quem conseguisse colocar a criança nos eixos novamente.

Silêncio e agressão tinham sido seus melhores amigos. Kim havia se tornado uma criança difícil e essa era mesmo a sua intenção. Não queria ser mimada, amada e compreendida. Não queria criar laços com pais adotivos, irmãos postiços e cuidadores remunerados. Só queria que a deixassem sozinha.

Até a família adotiva número quatro.

Keith e Erica Spencer eram um casal de meia-idade quando começaram a tentar adotar uma criança. Kim tinha sido a primeira que receberam e, pelo que se viu depois, a última.

Os dois eram professores que haviam conscientemente decidido não ter filhos. Em vez disso, passaram todo o tempo livre que tinham viajando de moto mundo afora. Depois da morte de um de seus amigos, decidiram que era hora de reduzir as viagens, mas a paixão pelas motos permaneceu.

Quando, aos 10 anos, Kim foi para a casa deles, armou-se com seus espinhos, preparando-se para o usual ataque furioso das longas e investigativas conversas e do entendimento calculado.

Passou os três primeiros meses no quarto, amolando suas habilidades de rejeição, aguardando pela intervenção deles. Como isso não aconteceu, Kim começou a se aventurar por breves períodos no andar de baixo, quase como um animal conferindo se era seguro sair da hibernação. Se um dos dois ficava surpreso, não deixava isso transparecer.

Em uma dessas incursões, ficou ligeiramente interessada ao encontrar Keith restaurando uma motocicleta antiga na garagem. Inicialmente, sentou-se no lugar mais distante e ficou apenas olhando. Sem se virar, Keith explicava o que fazia. Ela não respondia, mas ele prosseguiu explicando mesmo assim.

Dia após dia, aproximava-se um pouco mais da área em que ele trabalhava, até, enfim, sentar-se ao lado dele, de pernas cruzadas. Se Keith estivesse na garagem, Kim estava com ele.

Gradualmente, começou a fazer perguntas sobre o motor, ansiosa para saber como aquilo tudo era montado. Keith mostrava as instruções e demonstrava na prática.

Quase sempre, Erica tinha que arrancá-los da garagem para comerem o último deleite gastronômico retirado dos inúmeros livros de culinária enfileirados nas prateleiras da cozinha. Ela, ao suave som de sua coleção de música clássica, revirava os olhos carinhosamente, enquanto Kim continuava a fazer perguntas.

Stone estava com o casal havia aproximadamente 18 meses quando Keith virou-se para ela e falou:

– Ok, já me viu fazer isso um monte de vezes. Você acha que consegue encaixar a porca e a arrelha na tampa do escapamento?

Ele saiu do caminho dela e foi à cozinha pegar algo para beberem. Com aquela primeira girada da porca nasceu sua paixão. Perdida no processo, continuou a selecionar as partes espalhadas pelo chão da garagem e acabou conseguindo encaixar mais algumas pecinhas à moto.

Uma risadinha suave a fez se virar. À porta, os dois observavam Kim. Erica estava às lágrimas. Keith se aproximou e assumiu seu lugar ao lado dela.

– É, acho que você herdou os meus genes bons, querida – comentou, lhe dando uma cutucadinha de lado.

Embora soubesse que aquilo era impossível, as palavras lhe causaram um nó na garganta, pois pensou no que poderia ter acontecido com ela e Mikey caso o destino tivesse sido mais gentil com eles.

Duas semanas antes de seu aniversário de 13 anos, Erika levou um chocolate quente ao quarto dela e o colocou na mesinha de cabeceira. Quando estava saindo, parou à porta. Sem se virar, agarrou a maçaneta.

– Kim, você sabe o quanto nós te amamos, não sabe?

A menina não disse nada, mas fixou os olhos nas costas de Erica.

– Não gostaríamos mais de você se fosse nossa filha biológica e nunca vamos tentar mudar você. Amamos você do jeito que é, ok?

Kim demonstrou ter compreendido com um gesto de cabeça. As palavras levaram lágrimas a seus olhos. Sem se dar conta, aquele casal de meia-idade havia tocado seu coração e proporcionado a primeira base de estabilidade que já tivera.

Dois dias depois, Keith e Erica morreram em um engavetamento numa rodovia.

Algum tempo depois, Kim descobriu que estavam voltando para casa após uma reunião com um advogado especialista em leis de adoção. Uma hora depois do acidente, Kim já estava de malas prontas e de volta à assistência social, como se fosse um pacote que ninguém queria. Não houve nenhuma comemoração, nenhuma fanfarra no retorno dela. Nenhuma consciência de seu hiato de três anos. Um cumprimento de cabeça aqui, outro ali até chegar à última cama que tinha ficado vaga.

Kim limpou uma lágrima que havia escapulido e escorria pela bochecha. Esse era o problema das viagens ao passado. Todas as memórias felizes levavam à tragédia e à perda. Razão pela qual não as visitava com tanta frequência.

O aroma do café a chamou à cozinha. Deu um impulso para se levantar e pegou a caneca para enchê-la novamente. Enquanto servia o líquido, passou os olhos na grande coleção de livros de culinária enfileirados nas prateleiras da cozinha.

Repentinamente, as palavras que estavam 21 anos atrasadas escaparam-lhe por entre os lábios.

– Erica, eu também te amava.

CAPÍTULO 31

NICOLA ADAMSON deu um golinho de uísque Southern Comfort. Normalmente, não encostava em álcool durante o trabalho, mas nessa noite não estava conseguindo se livrar da rigidez em seus ossos. As juntas pareciam fundidas e os músculos, injetados com cimento.

A atmosfera na boate estava elétrica. Havia um grupo de banqueiros suíços abarrotados de excitação e grana. A música bombava e as gargalhadas eram contagiantes. O restante das garotas estava misturando-se aos fregueses, com sorrisos genuínos e abertos. Os sinais indicavam que seria uma noite agradável para todos. Era o tipo de atmosfera em que o trabalho não requeria esforço algum. Geralmente.

Nicola estava pelejando para se livrar da discussão com a irmã. Aquilo começara por causa de algo tão trivial que nem se lembrava, mas se transformara numa briga gigantesca e por pouco não chegaram a trocar socos.

Beth, como era de se esperar, tinha sacado a carta da culpa e mencionado o que Nicola possuía e ela, não. Por fim, Beth saiu do apartamento num ataque de fúria e ainda não tinha voltado quando Nicola saiu para trabalhar.

Embora Beth fosse adulta e perfeitamente capaz de tomar conta de si mesma, Nicola sabia que era a irmã mais velha, a protetora. Apesar da animosidade entre as duas, estava preocupada e não conseguia parar de pensar nela.

– Ei, Nicola, você está bem?

Ela levantou-se com um pulinho e respondeu.

– Tudo bem, Lou.

O dono da boate era um ex-lutador e a camisa e o terno que usava toda noite para trabalhar não disfarçavam.

Era o dono do lugar e tinha começado do nada. Lou vislumbrara uma boate sofisticada onde mulheres atraentes dançavam para desfrute dos clientes. Existiam três princípios desde o primeiro dia e eles valiam, com o mesmo rigor, para os funcionários e os fregueses: sem nudez, sem toques, sem desrespeito.

Para os empregados, havia uma quarta regra: sem drogas. Ele mesmo fiscalizava o cumprimento das três primeiras, e um teste mensal para identificação de drogas tomava conta do quarto.

Seus princípios formavam o seu plano de negócios e a missão do empreendimento e ele sempre agiu de forma exemplar. Nicola nunca tinha ouvido falar de alguma garota que tivesse se sentido desconfortável na presença de Lou.

– Não está sendo você mesma hoje, menina.

Ela pensou em mentir, mas o chefe a conhecia muito bem.

– Só um pouquinho distraída, Lou.

– Quer trabalhar no bar?

Com gestos de cabeça, Nicola fez que não, depois que sim, em seguida suspirou. Honestamente, não sabia o que queria fazer. Lou gesticulou para que ela o acompanhasse pela porta atrás do bar. Quando estavam na relativa paz do corredor, ele parou de andar.

Mary Ellen, uma ex-modelo de San Diego se espremeu entre os dois para passar. Lou aguardou até que ela estivesse distante o bastante para não escutá-lo.

– Isso tem alguma coisa a ver com a sua irmã?

– Como você sabe da Beth? – Nicola sentiu que seu queixo tinha caído.

Ele olhou para os dois lados do corredor.

– Olha só, não ia te falar nada, mas ela veio aqui hoje mais cedo.

– Ela veio aqui? – Nicola sentiu a boca secar.

Lou confirmou com um gesto de cabeça.

– Exigiu que eu te mandasse embora, para que você pudesse fazer algo mais significativo com a sua vida.

– Ah, Deus, não – suspirou Nicola. Ela sentiu o calor subir-lhe pelo rosto. Nunca tinha se sentido tão humilhada na vida.

– O que você falou para ela?

– Falei que você era adulta e perfeitamente capaz de tomar as próprias decisões.

– Obrigada, Lou. Desculpa. Ela falou mais alguma coisa?

– Falou, ela me chamou de alguns nomes e me acusou de te explorar. Nada que eu já não tenha escutado antes. – Ele revirou os olhos.

Nicola sorriu e perguntou:

– E o que você disse?

– Agradeci pelos comentários e perguntei se havia algo mais que eu podia fazer por ela.

Nicola deu uma gargalhada alta. Foi um alívio bem-vindo e um antídoto para a tensão que tinha se apoderado de seu corpo. Apesar de seu bom humor, ficou com muita vergonha pela irmã ter levado as questões familiares para o local em que trabalhava.

– Olha, Lou. Meu coração não está aqui hoje, então talvez seja melhor eu ir para casa.

Ele demonstrou ter compreendido com um gesto de cabeça e comentou:

– Vou te contar uma coisa, entre você duas, fico feliz de ter escolhido você, por que a sua irmã é uma mulher enfezada.

– Eu sei – concordou Nicola em voz baixa, enquanto pensava consigo mesma: *Você nem faz ideia.*

Começou a andar na direção do vestiário no final do corredor.

– Ah, Nicola…

Ela se virou.

– Fique esperta. Tive a sensação de que ela está muito puta com você.

Nicola suspirou e repetiu o pensamento anterior.

Você realmente nem faz ideia.

CAPÍTULO 32

– **OK, KEVIN,** você primeiro – instruiu Kim.

Ela já tinha passado as informações do dia anterior sobre a cena do crime e a descoberta do pinheiro que ligava os dois assassinatos. Cerys tinha cumprido sua palavra e as fotos chegaram logo depois das 6h30. Uma visão aérea do local havia sido pregada ao quadro branco.

Dawson se levantou e traçou a linha do local da primeira sepultura até a beirada do mapa.

– Esta é a vítima número um. Embora não tenhamos a identificação formal do sexo, acreditamos, devido às roupas e pelas miçangas que foram recolhidas, que é mais provável que seja um corpo feminino e que estava enterrado há cerca de 10 anos. Ele foi removido do local e está no laboratório com Keats e o dr. Bate. Até agora, a certeza que temos é de que foi decapitada.

– Que horrível – disse Stacey.

Dawson fazia anotações no quadro branco enquanto falava. Kim estava incomodada com o fato de que o título ainda era "vítima número um". No passado, os ossos tinham formado uma pessoa. Com músculos e pele, quem sabe uma marca de nascença. Com um rosto e expressões. Não eram apenas ossos. A garota havia passado a maior parte da vida no anonimato e ela ainda não ter um nome era algo que irritava muito Kim.

Ela se lembrou claramente do episódio em que se deu conta do quanto as crianças aos cuidados da assistência social eram invisíveis. Aos 8 anos, tinha se aventurado a entrar na rouparia para pegar uma fronha limpa. Viu uma folha presa em uma prancheta. A página da frente e as outras atrás dela eram as instruções de cada um dos sete quartos. Havia um desenho numerado de todas as camas: cama um, cama dois, cama três, com quadradinhos vazios embaixo. Ela se perguntou porque o lugar em que ficava estava escrito cama 19, e não o seu nome.

Kim se deu conta rapidamente de que era incômodo demais etiquetá-las de acordo com o nome das meninas. A ocupante mudava, mas a localização da cama não. Tinha se apoiado em um banco de madeira e se inclinado sobre a tábua de passar para escrever o nome de cada uma das garotas ao lado da cama que ocupavam.

Dois dias depois, uma ida rápida à rouparia revelou páginas novas e limpas – cama um, cama dois, cama três. O espaço dela, a identidade dela, sua pequena área de segurança, tinha sido muito facilmente apagada. Uma lição que jamais esqueceu.

Kim retornou sua atenção para Dawson, que estava apontando para o quadro.

– Foi esse o lugar em que a segunda massa foi identificada; a aproximadamente 15 metros da primeira. – Ele desenhou uma linha até a beirada do mapa, mas marcou somente com um asterisco.

O corpo inteiro de Kim reagiu ao uso que ele fez da palavra *massa*, mas se conteve. Até então, não havia corpo.

– Obrigada, Kevin. Hoje, a equipe arqueológica vai conduzir uma busca no terreno inteiro para se certificar de que não há mais nenhum.

– Acha que tem mais corpos, chefe?

Kim deu de ombros. Realmente não tinha ideia.

– Stacey, você conseguiu ver a fita?

Stacey revirou os olhos e respondeu:

– Consegui, deve ter sido usada na gravação original do *Ben Hur*. Fizeram centenas de gravações uma em cima da outra. Tenho um amigo que pode conseguir limpar um tiquinho aquele treco, mas ele não está nas listas de fornecedores autorizados pela…

– Mande mesmo assim. Como prova, não serve nem para ser inútil, porque nunca vamos conseguir provar que a morte de Mary Andrews foi criminosa, mas pode servir para alguma coisa.

Stacey tomou nota e continuou:

– Mais nada sobre Teresa Wyatt. Pedi os registros do telefone, mas ela não ligou nem recebeu ligação nenhuma que possa esclarecer algo a mais para a gente. Os peritos não acharam nada, só algumas pegadas, mas tudo pisoteado.

O assassino teve tempo de voltar e recobrir suas primeiras pegadas para dificultar a identificação. Como se o estrago causado pelos bombeiros não fosse suficiente.

– Inteligente e impaciente – observou Kim.

– Por que impaciente? – perguntou Bryant.

– A descoberta do corpo de Teresa Wyatt foi apressada por um incêndio criminoso, por isso ela foi encontrada uma hora depois de morrer. Tom Curtis muito provavelmente teria morrido se continuasse a beber o uísque, mas isso não foi o suficiente para o indivíduo.

– Ele quer que a gente saiba que está furioso – refletiu Bryant.

– Ele com certeza tem algo a dizer.

– Então vamos pará-lo antes que diga isso para mais alguém – acrescentou Stacey digitando no computador. – Ok, dando prosseguimento ao trabalho do Kevin, consegui confirmar que o Richard Croft de Crestwood com certeza absoluta é o parlamentar de Bromsgrove do Partido Conservador.

– Mas que inferno! – exclamou Kim. Woody ia adorar aquilo.

– E estou com o endereço dele e do outro vigia noturno.

A impressora começou a funcionar e Bryant pegou a única folha que saiu dela.

– Também consegui o registro mais atualizado das meninas de Crestwood com um clínico geral que atende lá na região, mas, para ser honesta, estou conseguindo informações melhores pelo Facebook sobre quem estava lá nos últimos dias.

– Prossiga com isso, Stacey, pode ser útil para nos ajudar a identificar a primeira vítima. Alguém pode reconhecer as miçangas. Para nós, hoje o foco é nos integrantes da equipe. Não há nada que sugira que as ex-moradoras estejam em perigo. Bryant e eu falamos com William Payne. Ele tem uma filha com uma deficiência grave. Adorava o trabalho, mas não via os outros funcionários com tanta frequência. Recentemente foi vítima de tentativa de invasão, o que, com base no nível de segurança da casa dele, não faz sentido. Kevin, dê uma passada lá para orientá-lo quando voltar para o terreno.

Dawson demonstrou ter compreendido com um gesto de cabeça. Kim levantou:

– Todo mundo sabe o que tem que fazer. Certo?

Kim foi ao Aquário pegar a jaqueta.

– Vamos Bryant. Vamos ao laboratório ver se o dr. Spock tem algo para nos contar.

Bryant a seguiu porta afora:

– Calma, chefe, acabou de dar 7h30. Dê uma chance para o cara.

– Ele vai estar lá – afirmou, terminando de descer a escada.

Ela respirou fundo ao abrir a porta do passageiro. Quem poderia adivinhar o que eles descobririam naquele dia?

CAPÍTULO 33

QUANDO KIM entrou na sala de autópsia, piscou três vezes para acostumar a vista. A enorme quantidade de aço inoxidável era como uma dúzia de flashes disparados ao mesmo tempo.

– Fico todo arrepiado neste lugar.

Ela se virou para Bryant e falou:

– Quando foi que você virou essa menininha?

– Sempre foi assim, chefe.

O local em que trabalhava o pessoal da patologia tinha sido modernizado recentemente e tinha quatro baias separadas posicionadas como em uma pequena ala de hospital. Cada uma das áreas era completa e tinha uma pia, uma mesa, armários de parede e uma bandeja de instrumentos. A maioria deles parecia inofensiva, nada diferente das tesouras e dos bisturis usados em cirurgias de rotina, porém outros, como o cinzel usado no crânio, a serra para osso e o cortador de costela, pareciam ter sido arrancados da imaginação de um diretor de filmes de terror.

Diferentemente das alas na parte principal de um hospital, ali não havia cortina ao redor das baias. Os clientes não se importavam nem um pouco com o pudor. O esqueleto recolhido encontrava-se deitado e parecia de certa maneira mais desamparado do que na terra. Os ossos estavam dispostos em um ambiente esterilizado e sendo analisados minuciosamente, examinados e estudados. Mais uma indignidade a ser sofrida.

A mesa comprida tinha uma borda que avançava por toda a sua extensão, dando a impressão de que era uma enorme tábua de carne. Kim sentia uma vontade avassaladora de cobrir os ossos. A luz do teto ficava na altura do ombro e lembrava aquelas usadas pelos dentistas.

O dr. Bate mediu o fêmur direito e anotou o resultado em uma prancheta.

– Alguém andou ocupado.

– O pássaro que madruga apanha a minhoca. Como minhoca parece larva, a não ser que você seja um entomologista, isso seria bem esquisito.

Kim apertou o peito e disse:

– Doutor, você tentou fazer uma piada? Tentou mesmo, não tentou?

O casaco branco estava aberto, revelando a calça jeans desbotada e a camisa de rúgbi verde e azul.

– Detetive, você é sarcástica assim com todo mundo que conhece?

Ela pensou por dois segundos antes de responder:

– Pelo menos tento ser.

Ele se virou para vê-la por inteiro.

– Como consegue ser bem-sucedida sendo tão grossa, arrogante, antipática...

– Ei, calma aí, doutor. Também tenho defeitos. Conta para ele, Bryant.

– Com certeza ela tem...

– Então, o que você tem para nos contar sobre a vítima agora de manhã? – interrompeu Kim.

O dr. Bate balançou a cabeça desesperado e desviou o olhar.

– Bom, para começar, os ossos geralmente falam mais sobre a vida das pessoas do que sobre a morte. Podemos estimar quanto tempo viveram, doenças, ferimentos antigos, altura, porte físico, se havia presença de alguma deformidade. A idade na época da morte afeta a deterioração. Quanto mais jovem a pessoa, mais rápido ela se decompõe. Crianças têm ossos menores. Eles contêm menos mineral. Mas, ao contrário, uma pessoa obesa deteriora mais rápido por causa da grande quantidade de carne disponível para alimentar microrganismos e larvas.

– Fabuloso! Agora, tem alguma coisa a dizer que vai realmente nos ajudar?

O dr. Bate jogou a cabeça para trás e rugiu uma gargalhada.

– Vou falar uma coisa, detetive, você é consistente.

Kim ficou calada e o esperou colocar os óculos simples de armação preta.

– Temos dois metatarsos quebrados. Uma lesão mais comum em quem joga futebol, mas essa não é antiga. Os ossos não colaram.

– Pode ter quebrado ao chutar alguma coisa? – perguntou Bryant.

– Sim, mas uma pessoa normal chutaria com o pé direito, a não ser que tenham treinado para chutar com os dois pés.

Ele se movimentou ao longo da mesa e foi ao local em que estava a cabeça.

– Já mostrei a vocês a fratura na vértebra cervical, por isso sabemos que a vítima foi degolada em algum momento. Foi um ataque violento e o golpe que fraturou o osso não foi o primeiro.

Ele pegou uma lupa:

– Se olharem a C1 e a C2, verão o que estou querendo dizer.

Kim inclinou-se ao lado dele. Havia um sulco no osso C1.

– Está vendo?

Kim fez que sim, sentindo o hálito de hortelã dele.

– Aqui, segure isto – disse ele, passando a lupa a ela.

Virou o corpo delicadamente de modo que os ossos do pescoço ficassem de lado.

– Agora olhe a C2.

Ficou segurando o corpo no lugar enquanto ela abaixava a lupa na área superior dos ossos do pescoço mais próximos ao crânio. Novamente Kim viu um sulco nítido.

Ela deu um passo para trás ao começar a sentir um enjoo no estômago.

– Mas a lesão que você mostrou ontem não era nesse lado do pescoço.

O dr. Bate confirmou o comentário com um movimento de cabeça e por um segundo apenas entreolharam-se – ela tinha compreendido.

– Não entendi – disse Bryant, inclinando-se sobre a mesa para dar uma olhada mais de perto.

– Ela estava viva – murmurou Kim. – Estava se debatendo enquanto tentavam arrancar a cabeça dela.

– Que doente filho da mãe – grunhiu Bryant, sacudindo a cabeça.

– A lesão no pé pode ter sido causada por um pisão para diminuir a mobilidade da vítima?

Isso explicaria porque a vítima estava retorcida no chão, mas incapaz de fugir.

– Essa me parece uma conclusão lógica.

– Cuidado para não se comprometer, doutor.

– Não tenho como confirmar essa teoria, detetive, sem nenhum tipo de tecido, mas posso afirmar que não identifiquei nenhuma outra causa óbvia de morte.

– Quanto tempo ela ficou enterrada?

– No mínimo cinco anos, no máximo 12.

Kim revirou os olhos.

– Olha só, se eu pudesse te dar um dia, um mês, um ano, eu daria, mas a decomposição é afetada por muitas variáveis: calor, composição do solo, idade, doença, infecção. Assim como você, eu gostaria de encontrar todo mundo com uma fotografia, prontuário médico completo, passaporte e uma conta de luz, mas infelizmente é isso que a gente tem.

Kim não ficou nem um pouco perturbada com a explosão dele e continuou:

– Mas o que exatamente nós temos, doutor?

– Minha estimativa fundamentada é de que temos o corpo de um não adulto, com menos de 15 anos de idade.

– Estimativa fundamentada? Isso é jargão científico para palpite?

Ele negou com a cabeça.

– Não, quer dizer que eu testemunharia no tribunal confirmando essa conclusão. Meu palpite é de que é mulher.

Kim ficou confusa.

– Mas ontem você disse…

– Sem nenhuma racionalidade científica.

– É por causa das miçangas?

Ele balançou a cabeça e explicou:

– Cerys trouxe isto ontem à noite.

Dr. Bate suspendeu um saco plástico com um pedaço de pano. Kim olhou mais de perto. Havia um desenho.

– É parte de uma meia. Lã se decompõe muito mais devagar do que outros tecidos.

– Mas eu ainda não…

– Com o microscópio, acabei conseguindo distinguir os vestígios de uma borboleta rosa.

– Isso é o suficiente para mim – disse Kim, antes de se virar e sair do laboratório.

CAPÍTULO 34

NÃO GOSTEI DA MENINA *no momento em que a vi. Ela tinha algo que era digno de dó: era patética. E feia.*

Tudo no corpo dela era pequeno demais. Os dedos saíam por um rasgo na ponta do sapato. A saia jeans deixava exposta uma parte muito grande da coxa. Até o torso parecia pequeno demais para os membros longos que se estendiam dele.

Era a última garota que eu achava que pudesse me causar problema. Era tão insignificante que mal me lembro do nome dela.

Não foi a primeira e não foi a última, mas havia algo realmente gratificante em acabar com o sofrimento dela. Era uma garota que ninguém jamais amaria e ninguém nunca amou mesmo.

Nasceu quando a mãe tinha 15 anos, no conjunto habitacional Hollytree, o destino tinha sido muito cruel. Após dar à luz uma segunda criança cinco anos depois, a mãe faleceu.

A rejeição paternal aconteceu seis anos mais tarde, quando o pai a desovou em Crestwood junto do saco de lixo com tranqueiras que tinha acumulado. Ele deixou claro que não haveria visitas nos fins de semana nem esperança de que retornaria.

A menina ficou parada lá na recepção quando seu pai a deu – era grande o suficiente para entender.

Ele foi embora sem nenhum abraço, toque ou despedida, porém, no último minuto, virou-se e olhou para ela. Olhou no fundo dos olhos dela.

Será que, por um breve instante, ela desejou ver arrependimento, algum tipo de explicação, uma justificativa que pudesse entender, ainda que falsa?

Ele voltou e a puxou de lado.

– Escute e filha, o único conselho que posso dar para você é: meta a cara nos livros, porque você nunca vai conseguir ter um homem.

E se foi.

Ela esgueirava-se ao redor de seus pares como uma sombra, ávida para fazer amizade, desesperada por amor ou qualquer migalha de algo remotamente parecido.

Seu limitado conhecimento sobre carinho transformava a atenção que recebia das outras garotas em uma patética gratidão e uma lealdade eterna que a fazia presentear suas duas camaradas com comida, favores, qualquer coisa que pedissem. A garota rastejava atrás delas como uma cadelinha vira-lata, e elas deixavam.

É engraçado que a menina mais irrelevante que já andou pela face da Terra agora tenha alguma importância. Todo mundo está olhando para essa garota em busca de respostas e estou feliz por ter dado esse presente para ela.

A garota me disse certa noite:

– Tenho um segredo sobre Tracy.

Falei:

– Também tenho um.

Pedi a ela que se encontrasse comigo quando as outras estivessem dormindo, pois eu tinha lhe preparado uma surpresa. Coelhinhos no lago. A técnica nunca falhava.

À 1h30 da manhã, vi a porta de trás abrir. Um raio de luz iluminou por trás o corpo desengonçado, fazendo a silhueta ficar parecida com um personagem de desenho.

Ela se aproximou na ponta dos pés. Sorri internamente. Essa garota não representava desafio nenhum. Seu desespero por atenção era doentio.

– Tenho uma coisa para te falar – sussurrou ela.

– Então fale – eu disse, fingindo ansiedade, entrando no jogo.

– Não acho que a Tracy fugiu.

– Sério? – perguntei, fingindo surpresa. Isso não era novidade. Aquela garota estava dizendo para a pessoa que ela não conseguiria escapar rápido o suficiente, que achava que Tracy não tinha fugido. O rosto idiota e esquisito dela era uma máscara de expectativa.

– Olha só, ela não é esse tipo de gente e deixou o iPod pra trás. Achei ele embaixo da cama dela.

Não era isso o que eu esperava que ela dissesse. Mas que droga. Como eu podia ter deixado aquilo passar? A vadia idiota não o tirava da orelha. Sem dúvida roubado, ele tinha sido seu bem mais estimado.

– O que você fez com ele? – perguntei.

– Está no meu armário, para ninguém roubar.

– Você contou isso para mais alguém?

Ela fez que não.

– Ninguém está nem aí. É como se ela nunca tivesse existido.

É claro que era – e era assim que eu queria que fosse. Mas tinha aparecido aquela droga daquele iPod.

Abri um sorriso largo para ela e elogiei:

– Você é uma menina muito esperta.

A escuridão ao nosso redor não escondeu o vermelhão que se espalhou em suas bochechas. Ela sorriu, ansiosa para agradar, para ter alguma utilidade – para ter importância.

– E tem mais uma coisa. Ela não ia fugir porque ela estava...

– Sshh – interrompi, colocando o dedo nos meus lábios. Inclinei-me na direção dela, uma parceira, uma amiga. – Você está certa. A Tracy não fugiu e eu sei onde ela está – estendi a mão para ela. – Você quer ir vê-la?

Ela pegou a minha mão e fez que sim. Caminhei com ela pela área gramada até o canto oposto, a parte mais escura e distante do prédio, abrigada pelas árvores. Ela vinha à minha direita.

Tropeçou no buraco e caiu de costas. Soltei a mão dela.

Seu rosto foi tomado pela perplexidade por um momento, em seguida levantou a mão para se defender quando entrei no buraco. Procurei minha pá na beirada, mas o tropeço a tinha afastado.

O atraso deu a ela tempo para se levantar, mas precisava que ficasse deitada no chão. Agarrei-a pelos cabelos e puxei a cabeça dela para trás. Seu rosto ficou a centímetros do meu.

Ela respirava com dificuldade e freneticamente. Levantei a pá bem alto e a enfiei na ponta de seu pé. Deu um grito apenas antes de cair no chão para segurar o pé. A agonia fez os olhos dela revirarem ao perder a consciência durante um instante. Arranquei a meia do outro pé e a enfiei no fundo de sua boca.

Ajeitei seu corpo até ficar deitado de comprido na cova. De pé ao lado dela, dei um golpe de cima para baixo com a pá. Acertei a lateral do pescoço. A dor a trouxe de volta à consciência. Ela tentou gritar, mas nenhum som foi capaz de atravessar a meia.

A menina revirava os olhos para todos os lados, frenéticos de medo. Suspendi a pá ainda mais alto e golpeei com ela se retorcendo pelo buraco. Esse funcionou melhor. O som da lâmina rasgando a carne chegou aos meus ouvidos.

A garota era uma lutadora. Ela se retorceu novamente. Dei-lhe um chute forte na barriga. Ela começou a engasgar no próprio sangue. Dei outro chute, deixando-a deitada de barriga para cima.

Concentrei-me muito. Era uma questão de mira. Levantei a pá mais uma vez e acertei a garganta. A luz deixou os olhos dela, mas a metade inferior do corpo estremecia. Aquilo me lembrou a derrubada de uma árvore. O corte estava feito e mais um golpe a separaria completamente.

Arremessei a pá de cima. O som que ressoou era de metal contra o osso.

Nesse momento, o corpo parou de se mexer. De repente, silêncio.

Pus o pé direito sobre a lâmina da pá, depois o esquerdo, e sacudi o corpo, forçando a lâmina para baixo e atravessando a carne, até senti-la atingir a terra macia debaixo dela.

Seus olhos permaneceram em mim o tempo todo em que a cobria de terra. Morta, era quase bonita.

Afastei-me da sepultura que passaria despercebida em meio ao estrago que seria causado pela feira itinerante.

A garota sempre se sentiu ansiosa para ajudar, para ser útil a alguém, para ter um propósito. E nesse momento ela conseguiu o que queria.

Pisoteei a grama que estava solta. Depois a agradeci por guardar o nosso segredo.

Finalmente, ela tinha feito algo bom.

CAPÍTULO 35

– O QUE VOCÊ ACHA, ENTÃO? – perguntou Bryant quando ela sentou no banco do carona.

– Sobre o quê?

– O médico e a arqueóloga?

– Parece o início de uma piada ruim.

– Qual é? Você sabe do que estou falando. Você acha que eles…

– O que diabos está errado com você? – Kim o censurou. – Meia hora atrás você estava agindo igual a uma menininha e agora virou uma velha fofoqueira.

– Ei, o "velha" magoou, chefe.

– Eu preferia que você aplicasse o poder limitado do seu cérebro no caso e não na vida sexual dos nossos colegas.

Bryant deu de ombros e guiou o carro na direção de Bromsgrove. A próxima parada era o escritório de Richard Croft na rua comercial.

Quando estavam passando por Lye, Kim olhou para fora, incapaz de livrar-se da imagem de uma menina de 15 anos retorcendo-se no chão, agarrando seu pé quebrado, tentado escapar do golpe mortal de uma lâmina. A possibilidade de as duas primeiras tentativas terem cortado a carne, a cartilagem e o músculo antes de chegarem ao osso sem, mesmo assim, serem fatais, a deixava nauseada. Fechou os olhos, tentando imaginar o medo que tinha percorrido o corpo da criança.

Kim continuou perdida em seus pensamentos até chegarem aos arredores de Bromsgrove e ao local onde no passado havia sido o asilo Barnsley Hall.

O hospital psiquiátrico fora aberto em 1907 com capacidade máxima para 1.200 pacientes. Durante a maior parte dos anos 1970, fora o lar de sua mãe, antes de ela ser liberada para viver em sociedade aos 23 anos.

É, que bela decisão, pensou Kim quando passaram pelo conjunto residencial que tinha sido construído após a demolição no final dos anos 1990.

Houve uma grande comoção local quando a torre d'água ornada foi finalmente demolida em 2000. A estrutura gótica feita de tijolos vermelhos, arenito e revestida com terracota suspendia-se acima do prédio. Pessoalmente, Kim sentiu-se empolgada vendo sua destruição. Era a última lembrança de um lugar que havia contribuído para a morte de seu irmão.

Bryant entrou em um pequeno estacionamento atrás de uma pet-shop enorme e ela se concentrou em se recompor. Pegaram um atalho por uma vala entre duas lojas e foram recebidos pelo cheiro dos primeiros assados da padaria Gregg's. Bryant gemeu.

– Nem pense nisso – disse Kim.

Ela olhou para as propriedades de um lado e do outro.

– É aquela ali – afirmou ela, apontando para uma porta vermelha que ficava entre uma papelaria e uma loja de roupa barata. Havia um interfone logo abaixo da placa com o nome. Kim o pressionou. Uma voz de mulher atendeu.

– Gostaríamos de falar com o sr. Croft.

– Sinto muito, ele não está disponível no momento. Temos uma política de não...

– Estamos investigando um assassinato, então por favor abra a porta.

Kim não estava disposta a tratar de assuntos policiais através de um aparelho eletrônico. Depois de um bipe, ela empurrou a porta. À sua frente, havia uma escada estreita que levava ao andar de cima. Lá no alto, deparou-se com uma porta de cada lado. A da esquerda era de madeira maciça e a da direita tinha quatro placas de vidro.

Abriu a porta da direita. O interior pequeno e sem janela era ocupado por uma mulher que Kim calculou ter 20 e poucos anos, com o cabelo preso com tanta força que dava para a detetive ver a pele repuxada nas têmporas. Bryant pegou o distintivo e os apresentou.

Embora pequeno, o espaço era organizado e funcional. Arquivos ocupavam a parede. Um planejamento anual e alguns certificados decoravam a parede oposta. O som da rádio BBC 2 tocava nos alto-falantes do computador.

– Posso falar com o sr. Croft?

– Não, infelizmente, não.

Kim virou a cabeça para trás e olhou para a porta do outro lado do patamar da escada.

– Ele não está ali. Foi fazer atendimentos domiciliares.

– O que ele é, clínico geral? – questionou Kim, irritada.

Qual era a dessas assistentes que sentiam a necessidade de fornecer proteção a homens de meia-idade? Havia um curso de graduação especial para isso?

– O sr. Croft faz muitas visitas a eleitores que não podem sair de casa.

As palavras "audiência cativa" vieram à cabeça de Kim, bem como visões dele se recusando a sair até que o voto deles fosse prometido.

– Estamos tentando conduzir uma investigação de assassinato, então...

– Tenho certeza de que posso encontrar um horário – disse ela, estendendo o braço na direção de uma agenda com folhas tamanho A4.

– Que tal dar uma ligada para ele e avisar que estamos aqui? Nós esperamos.

A mulher ficou mexendo no colar de pérolas na garganta.

– Ele não pode ser incomodado quando está fazendo atendimento domiciliar, então, caso queiram marcar um...

– Não, não quero marcar porcaria...

– Compreendemos que o sr. Croft é um homem muito ocupado – interveio Bryant, deslocando Kim delicadamente para o lado e usando a voz baixa e o tom de compreensão. – No entanto, precisamos dar continuidade a essa investigação de assassinato. Você tem certeza de que ele não tem nenhum horário disponível hoje?

A assistente de Croft folheou a agenda até o dia em que estavam, mas balançou a cabeça em negativa. Bryant seguiu o olhar dela na direção da agenda.

– Eu sinceramente não consigo encaixá-los até a quinta de manhã às...

– Você está de brincadeira? – ladrou Kim.

– Pode marcar o horário que tiver.

– 9h15, detetive.

Bryant sorriu:

– Obrigado pela sua ajuda.

Ele se virou e a acompanhou até a porta. Quando estavam do lado de fora, Kim o encarou furiosa.

– Quinta de manhã, Bryant?

Ele balançou a cabeça e explicou:

– É claro que não. Na agenda está escrito que ele vai ficar trabalhando em casa a tarde inteira e nós sabemos onde ele mora.

– Ótimo – disse ela, satisfeita.

– Sabe de uma coisa, chefe, não é toda vez que vai dar certo sair ameaçando as pessoas para conseguir o que você quer.

Kim discordava. Tinha funcionado para ela até então.

– Já ouviu falar do livro *Como fazer amigos e influenciar pessoas*?

– Já assistiu a *Um estranho no ninho*? Porque aquela assistente era a enfermeira Ratched em potencial.

Bryant riu alto.

– Só estou falando que existe mais de uma maneira de esfolar o gato.

– E é por isso que tenho você – disse Kim, parando em frente a uma cafeteria. – Um *latte* duplo para mim – pediu, abrindo a porta com um empurrão.

Bryant revirou os olhos quando ela se sentou a uma mesa junto à janela.

Apesar do aviso de Bryant, Kim jamais tinha possuído a habilidade de adaptar seu comportamento para agradar outras pessoas. Mesmo quando criança, ela tinha sido incapaz de se incluir em qualquer tipo de coletividade. Não possuía a menor capacidade de esconder seus sentimentos, suas reações inatas tinham o hábito de reivindicar seu rosto antes que tivesse a oportunidade de controlá-lo.

– Às vezes, a gente só precisa de um café – gemeu Bryant, colocando dois copos na mesa. – Eles têm mais opções do que um *delivery* de comida chinesa. Parece que esse aí é um "americano".

Kim balançou a cabeça. Às vezes tinha a impressão de que Bryant tinha saído de uma máquina do tempo direto do final dos anos 1980.

– Então, por que você ficou toda nervosinha com a enfermeira Ratched?

– Não estamos chegando a lugar nenhum, Bryant.

– É, estamos empacados nos anéis de cebola.

– Nos o quê?

– Para mim, um caso é igual a uma refeição de três pratos. A primeira parte é como uma entrada. Você devora porque está com fome. Você tem testemunhas, a cena do crime, então você se empanturra de informação. Depois chega o prato principal e digamos que ele seja um *mixed grill*. Você tem que decidir o que é importante. É comida demais, muita informação. Ou seja, você escolhe toda a carne e deixa as guarnições ou dispensa uma salsicha para que sobre espaço para a sobremesa? Só que a maioria das pessoas concorda que o pudim é a melhor parte porque quando ele chega, a refeição inteira se acomoda e o apetite é satisfeito.

– Nunca ouvi tanta asnei...

– Ah, mas olhe para onde estamos. Comemos a entrada e agora temos duas linhas de investigação. Estamos tentando decidir qual direção devemos seguir para conseguirmos chegar à sobremesa.

Kim tomou um golinho de café. Bryant adorava fazer analogias e de vez em quando ela cedia à vontade dele.

– O prato principal geralmente se acomoda melhor se rolar um papo, uma conversinha instintiva.

Kim sorriu. Realmente estavam trabalhando juntos há tempo demais.

– Anda logo, desembucha. O que o instinto está dizendo?

– Qual era a nossa teoria inicial?

– Que Teresa Wyatt foi morta por causa de uma desavença pessoal.

– E depois?

– Depois do assassinato do Tom Curtis, passamos a conjecturar que é alguém ligado a Crestwood.

– A morte de Mary Andrews?

– Não chegou a mudar nossa maneira de pensar.

– A descoberta do corpo enterrado?

– Nos levou a acreditar que alguém está tentando eliminar as pessoas envolvidas em crimes que aconteceram 10 anos atrás.

– Então, resumindo, a nossa teoria é de que a pessoa que matou a menina é a pessoa que está matando os funcionários para que não seja pega pelo primeiro crime?

– É claro – disse Kim, enfaticamente.

E era aí que residia a disparidade no instinto dos dois.

– Acho que foi Einstein que disse que se os fatos não se encaixam na teoria, mude os fatos – comentou Kim.

– Hein?

– A pessoa que assassinou a vítima enterrada era calculista e metódica. Ela conseguiu matar e desovar pelo menos um corpo sem ser pega. Não deixou pistas e continuaria sem ser identificada se não fosse pela tenacidade do professor Milton. Avançando para Tom Curtis. O serviço foi executado com o álcool, mas isso não foi o suficiente. Havia uma mensagem em alto e bom tom de que aquele homem merecia morrer.

Bryant engoliu em seco.

– Chefe, não me diga que o seu instinto está dizendo o que eu acho que está.

– Que é o quê?

– Que estamos procurando mais de um assassino.

Kim deu um golinho de *latte* e concluiu:

– O que eu acho, Bryant, é que vamos precisar de um prato maior.

CAPÍTULO 36

– TEM CERTEZA DE QUE este é o lugar que ela falou? – perguntou Kim.

– Tenho, este é o lugar, Bull and Bladder. Famoso por ser o segundo pub ao longo da Via Sacra Delph.

A Via Sacra Delph era composta por seis pubs que ficavam espalhados pela Delph Road. O Corn Exchange era o primeiro deles, na Quarry Bank, e o último, o Bell, na Amblecote. Tinha se tornando um rito de passagem para homens e, mais recentemente, para mulheres, fazer o percurso de uma ponta à outra, consumindo a maior quantidade de álcool que os corpos jovens conseguiam conter.

Nenhum homem que se prezava com mais de 18 anos num raio de três quilômetros admitiria não ter feito a Via Sacra Delph.

Bryant tinha batido na casa de Arthur Connop e sua indiferente esposa o informou onde ele poderia estar.

O Bull and Bladder tinha três janelas na frente com madeira de mogno e exterior mostarda.

– Às 11h30? – perguntou Kim. Para ela parecia o tipo de lugar do qual se tinha que limpar o pé ao sair.

A porta de fora dava em um corredor pequeno e escuro com opções. A primeira à esquerda era a sala reservada e ao longo da mesma parede havia portas para banheiros. Essas portas combinavam com a madeira escura das janelas do lado de fora e deixavam o pequeno espaço claustrofóbico. O fedor de cerveja era pior do que o da maioria das cenas de crime a que Kim já tinha ido.

Bryant abriu a porta da direita, que dava no bar. O cômodo era bem mais claro do que o corredor. Uma mesa com assento fixo percorria toda a circunferência da parede. O estofado estava manchado e sujo. Mesas de madeira ocupavam o espaço em frente ao balcão rodeado por alguns bancos. No canto direito havia um jornal e meio *pint* de cerveja.

Bryant aproximou-se do bar e falou com uma mulher que tinha seus 50 e poucos anos e enxugava copos com um pano de prato de aparência duvidosa.

– Arthur Connop? – perguntou ele.

Ela tombou a cabeça na direção da porta e respondeu:

– Acabou de ir mijar.

Nesse segundo, uma porta foi aberta e um homem com não mais de 1,50 metro saiu, ajeitando o cinto na calça.

– Sanduíche de queijo, Maureen – disse ele, passando por eles. Maureen enfiou a mão debaixo de uma tampa de plástico arranhada, examinou um pacote e o colocou no balcão.

– Duas pratas.

– E um *pint* de *bitter* – pediu ele olhando na direção dos dois. – Os meganhas pedem pra eles.

Maureen pegou um *pint* e o colocou no balcão. Arthur contou os trocados e pôs o dinheiro em um porta-copo molambento.

– Nada para nós, obrigado – disse Bryant, e por isso Kim ficou muito agradecida.

Arthur espremeu-se entre a mesa e a banqueta e se sentou.

– O que vocês querem? – perguntou ele quando os dois pegaram bancos no outro lado da mesa.

– Estava nos esperando, sr. Connop?

Ele revirou os olhos impacientemente.

– Vocês acham que eu sou burro que nem uma porta? Estão escavando lá onde eu trabalhava. Estão apagando as pessoas com quem eu trabalhava, então não ia demorar muito para vocês virem me procurar.

Ele retirou o papel-filme do sanduíche, que parecia ser a única coisa do cardápio. O fedor de cebola alcançou Kim imediatamente. Um pequeno pedaço de queijo ralado caiu na mesa. Arthur lambeu o dedo indicador e o encostou na mesa para recuperá-lo, depois o colocou na boca.

Kim ficou pensando se aquelas mãos haviam sido lavadas depois da recente ida ao banheiro e de repente se pegou combatendo uma náusea. Bryant bateu no joelho dela debaixo da mesa. Era óbvio que queria conduzir aquela conversa e a detetive ficou mais do que feliz em deixá-lo fazer isso.

– Sr. Connop, neste momento estamos atrás de algumas informações do passado. Você acha que pode nos ajudar com isso?

– Se quiserem. Mas fale rápido e me deixe em paz.

Kim ficou tentada a mostrar as fotos em seu celular, mas bem na hora lembrou-se de um valioso conselho que Woody lhe deu. *Se não conseguir ser simpática… deixe com o Bryant.*

A pele de Connop parecia um mapa, tamanha era a quantidade de vasos estourados, e carregava a palidez de uma vida de consumo de bebida alcoólica. O branco dos olhos dera lugar à cor da icterícia. Não fazia a barba branca havia dias. As rugas na testa nunca se desfaziam e, a julgar pela profundidade delas, aquele cara devia ter nascido puto da vida, pensou Kim.

O homem levou o sanduíche à boca, segurando-o com as duas mãos, e começou a mastigar ruidosamente. Ficou óbvio que era um sujeito capaz de executar muitas tarefas concomitantes quando começou a falar ao mesmo tempo:

– Anda, pergunta o que quer saber e some daqui.

Kim preferiu desviar o olhar enquanto a boca do homem macerava a comida, transformando-a em uma maçaroca de queijo e pão.

– O que sabe nos dizer sobre Teresa Wyatt?

Ele deu um gole de cerveja para ajudar a descer o sanduíche, franziu o nariz e disse:

– Se achava demais aquela ali, tinha o narizinho empinado, mas não interferia muito. Ela não falava com gente igual eu. Os serviços eram escritos no quadro e eu ia lá e fazia o que estava escrito.

– Como era a relação dela com as meninas?

– Não tinha muita coisa com elas, não. Não se envolvia muito no dia a dia. Para ser sincero, acho que ela ia ser a mesma se o lugar fosse lotado de animal de fazenda. Tinha um gênio um tiquinho difícil, fora isso não tenho muita coisa pra falar.

– E o Richard Croft?

– Filho d'uma égua do caralho – respondeu dando mais uma mordida.

– Se importa de explicar mais um pouco?

– Não me importo, não. Se ele estiver vivo quando vocês encontrarem com ele, vão ver do que eu estou falando.

– Ele tinha muito envolvimento com as garotas?

– Vocês estão de brincadeira, não? O tempo que ele ficava fora da sala dele não dava nem pra falar com nenhuma delas. E elas todas sabiam que era melhor não incomodar. Ele trabalhava com orçamento e esses treco. Falava muito de benzer os marcos e de intimadores de performance ou alguma merda assim.

Kim supôs que ele estava falando de *benchmarking* e indicadores de performance, dois termos que não significariam nada para o faz-tudo.

Arthur deu um tapinha no nariz e comentou:

– Aquele lá estava sempre mais emperiquitado do que podia.

– Você está dizendo que ele usava roupas finas?

– Estou falando que ele usava tudo fino. Terno, camisa, sapato, gravata. Ele não estava comprando aquilo com salário de funcionário público.

– Por isso que você não gostava dele? – perguntou Kim.

Arthur rosnou e respondeu:

– Não gostava dele por um milhão de motivos, mas não por isso. – Ele retorceu o rosto de desgosto. – Filho da mãe nojento e viscoso, isso sim. Superior, misterioso e...

– Superior e misterioso sobre o quê? – perguntou Bryant.

Arthur deu de ombros.

– Não sei. Mas porque um sujeito precisava de dois computadores na mesa, isso eu não entendo. E ele sempre fechava o pequeno quando eu entrava. Sei lá por quê. Eu não ia entender aquele negócio mesmo.

– Você conheceu Tom Curtis?

Arthur fez que sim enterrando o último pedaço de sanduíche na boca.

– Não era um rapaz ruim. Jovem e bonito. Ele tinha mais a ver com as meninas do que todo mundo. Dava sanduba para elas quando perdiam o chá, esse tipo de coisa. Segurava o rojão na boa.

– Segurava que rojão? – perguntou Kim

– Estar em Crestwood, é claro. Essa era a parada de verdade, entende? Todo mundo tinha seus motivos para estar ali. Era um bom trampolim para qualquer lugar que o camarada quisesse ir. Só a sra. Mary que não era assim. Gente finíssima, aquela ali.

Kim desviou o olhar um segundo, pensando nas atribuições desse grupo de pessoas que, na melhor das hipóteses, não ofereceu nenhuma cordialidade, orientação, nem cuidado verdadeiro – e, na pior, tinha feito muito mais.

– Você conheceu William Payne? – perguntou Bryant.

Arthur soltou uma gargalhada.

– Você tá falando do Bago de Ouro? – disse ele e riu sozinho. Não era um som agradável.

Kim se virou e olhou atenciosamente para o homem diante de si. Os efeitos do álcool o estavam deixando mais solto. Ele perdeu um pouco mais da concentração depois de dar um bom gole na cerveja e terminar o *pint*.

Kim levantou e foi ao bar.

– O que ele já bebeu? – perguntou a Maureen.

– Um uísque duplo e está no quarto *pint*.

– Isso é comum?

Maureen confirmou com um gesto de cabeça enquanto enchia uma tigela com amendoins salgados que ficariam disponíveis no balcão para quem quisesse. Kim não comeria aquilo nem se estivesse com uma AK47 na cabeça.

Maureen se virou e jogou o saco vazio no lixo.

– Assim que terminar aquele, vai pedir outro, e eu vou negar. Ele vai me xingar com algum nome feio depois vai cambaleando para casa dormir e se curar para voltar à noite.

– Mesma rotina todo dia?

Maureen fez que sim.

– Jesus.

– Não sinta pena dele, detetive. Se quer sentir pena, sinta da esposa.

– Arthur é um velho desgraçado que se faz de vítima desde que o conheço. Ele não é um vovozinho fofo. É antipático desse jeito bêbado ou sóbrio.

Kim sorriu diante da honestidade da mulher. Quando sentou novamente, ele já tinha bebido metade do último *pint*.

– É, o bosta do Billy isso, o Billy aquilo. Todo mundo fazia das tripas coração pelo bosta do Billy. Só porque ele tinha uma filha convulsiva.

Kim sentiu o rosnado subir-lhe na garganta. Bryant balançou a cabeça para ela, que abriu os punhos. Não faria bem algum soltar os cachorros nele. O sujeito nunca mudaria.

– É, vamos todo mundo tomar conta do Billy. Vamos dar todos os serviços fáceis para ele e deixar a merda toda para o Arthur. Vamos deixar o Billy trabalhar quantas horas ele quiser, o Arthur fica com o resto todo. Todo mundo tem problema, caralho, e se ele tivesse enterrado ela em um orfanato, a gente nunca...

Kim inclinou-se para a frente. Ficou próxima o suficiente para ver o último fiapo de claridade se apagar nos olhos dele.

– Nunca o que, sr. Connop? – incentivou Bryant.

Ele meneou a cabeça e os olhos reviraram, mas a mão acabou encontrando o copo. Ele o levou à boca e bebeu o resto.

Segurou o copo no alto.

– Outro, Maureen. – gritou ele.

– Já bebeu demais, Arthur.

– Piranha do caralho – xingou enrolando a voz.

Levantou e cambaleou.

– Arthur, o que você ia dizer?

– Nada. Sai fora e me deixa em paz. Estão atrasados demais, porra.

Kim o seguiu até o lado de fora do *pub* e segurou seu antebraço. Sua paciência com aquele velho amargurado tinha acabado.

Ela falou alto no momento em que ligaram um carro ali perto.

– Escuta aqui, você sabe que três funcionários morreram nas duas últimas semanas. Pelo menos dois foram assassinados e, a não ser que nos conte o que sabe, provavelmente vai ser o próximo.

Ele fixou os olhos nela com uma expressão que não correspondia à quantidade de álcool que assolava seu corpo.

– Deixa eles virem, porra. Vai ser um alívio muito bem-vindo.

Puxou o braço com força e cambaleou pela rua. Trombou em um carro estacionado depois em uma parede, como uma bola de fliperama.

– Não adianta, chefe. Ele não vai contar nada nesse estado. Quem sabe não o procuramos de novo mais tarde depois que der uma dormida e melhorar.

Kim concordou e se virou. Foram para o carro estacionado logo depois da esquina. Quando Kim estendeu o braço para abrir a porta, o ar foi preenchido por um nauseante baque surdo, seguido por um berro alto e estridente.

– Mas que diabo?... – gritou Bryant.

Diferentemente de Bryant, Kim não precisou perguntar nada enquanto se virava e começava a correr de volta para o pub.

Instintivamente, ela já sabia.

CAPÍTULO 37

KIM ESTAVA AO LADO do corpo prostrado de Arthur Connop segundos depois.

– Afastem-se – ladrou ela.

Três pessoas se afastaram e Bryant ficou entre elas e o corpo no chão.

Antes de voltar sua atenção para a vítima, Kim inclinou a cabeça para um jovem do outro lado da rua que estava apontando um celular na direção deles.

Bryant atravessou correndo e, sem a proteção dele, as pessoas começaram a convergir sobre ela novamente.

– Pessoal, se afastem agora – berrou ela, enquanto analisava os ferimentos.

A perna esquerda de Connop estava pendurada na sarjeta em um ângulo nada natural. Kim inclinou-se e pôs dois dedos no pescoço dele, o que confirmou sua suspeita. Estava morto.

Uma mulher jovem com um carrinho de bebê já estava chamando uma ambulância.

Bryant voltou e olhou para ela.

– Chefe, quer que eu…

– Recolha informações – ordenou. Não esperava que sua equipe fizesse nada que ela mesma não estivesse preparada para fazer. E possuía treinamento. Droga.

Kim ajoelhou no chão e Bryant se virou para as testemunhas, tentando levá-las para longe da área.

Ela virou o corpo e o colocou de barriga para cima cuidadosamente. As pedrinhas do asfalto sarapintavam o rosto dele. Os olhos encaravam, cegos, o céu.

Ela ouviu o suspiro de uma das testemunhas, mas não tinha tempo para se preocupar com a sensibilidade dos espectadores. Era da natureza humana olhar para coisas que mais tarde causariam pesadelos, mas a prioridade dela era Arthur Connop.

Kim inclinou gentilmente a cabeça dele para trás colocando dois dedos embaixo do queixo.

Seu cardigã de zíper não estava fechado e ela abriu a camisa dele à força.

Apoiou a mão direita no centro do peito dele e a esquerda por cima, cruzando os dedos. Pressionou com força, afundando-o aproximadamente seis centímetros. Contou até 30 e parou.

Aproximou-se da cabeça de Arthur e com os dedos da mão esquerda fechou o nariz dele. Selou os lábios sobre a boca da vítima e soprou.

Viu o peito dele levantar – resultado da respiração artificial. Repetiu o processo e retornou às compressões.

Sabia que a reanimação cardiorrespiratória era usada primordialmente para preservar as funções cerebrais intactas até que outras medidas pudessem ser tomadas para restaurar a circulação sanguínea e a respiração espontâneas. A ironia era que o dono do cérebro que ela estava tentando preservar tinha passado anos tentando destruí-lo.

O barulho das sirenes da polícia parou em algum lugar atrás dela. A prioridade número um seria fechar a rua para preservar indícios. Outra seria começar a interrogar as testemunhas.

Estava ciente das atividades que ocorriam acima e ao redor de si, mas sua concentração continuava na figura sem vida abaixo de suas mãos.

Uma cacofonia de vozes a rodeava, mas uma delas atravessou sua concentração.

– Kim, quer que eu assuma?

Kim negou a cabeça sem olhar para cima. Parou as compressões, certa de ter visto o peito se mover por vontade própria.

Ficou olhando fixamente. Ele levantou de novo. A luz estava voltando aos olhos de Arthur e um longo e gutural gemido escapou de seus lábios.

Kim sentou na rua com os braços bambos e fatigados.

Arthur Connop olhou direto para ela. A detetive percebeu um instante de reconhecimento e o lampejo da compreensão quando a dor ao longo do corpo viajou pelos nervos até o cérebro. Ele gemeu novamente e uma careta contorceu-lhe o rosto.

Kim pôs uma mão no peito de Arthur.

– Fique quieto, a ambulância já vai chegar.

Seus olhos, que estavam revirando, encontraram-na quando ela escutou outra sirene ao longe.

– Acaba… – engasgou ele.

Kim inclinou a cabeça e perguntou:

– Como assim acaba, Arthur?

Ele engoliu em seco e chacoalhou a cabeça de um lado para o outro. O esforço o fez gemer novamente.

Ela ouviu os passos dos paramédicos se aproximando.

– O que você disse?

– Acaba com isso – conseguiu dizer.

Ela viu a luz uma vez mais recuar dentro dos olhos dele.

Seus braços arqueados instintivamente moveram-se na direção do peito dele, mas Kim sentiu que estava sendo retirada de lado.

Dois uniformes verdes tamparam sua visão. O homem tirou o pulso dele e balançou a cabeça. A mulher deu início às compressões e o homem começou a tirar equipamentos da bolsa.

Bryant a pegou pelo braço e a afastou dali.

– Ele está em boas mãos, chefe.

Ela olhou para trás quando o paramédico colocou as pás do desfibrilador no peito de Arthur Connop.

Ela balançou a cabeça e disse:

– Não, ele se foi.

– O que ele falou?

– Me pediu para acabar com isso.

Kim se apoiou na parede com a fadiga tomando o lugar da adrenalina.

– O que quer que tenha acontecido em Crestwood atormentou essas pessoas pelo resto da vida.

Bryant concordou e disse:

– Testemunhas viram um carro branco fugindo em velocidade. Ninguém chegou a ver o impacto, mas uma pessoa jura que era um Audi, outra afirma que era uma BMW. Pode não ter relação com o caso, chefe.

Ela se virou, olhou para ele e falou:

– Bryant, ele cambaleia 100 metros até em casa todo dia sem incidente nenhum.

– Então você está achando que não foi um atropelamento e fuga comum.

– Não, Bryant, acho que o assassino estava aqui fora esperando e que o filho da mãe teve a insolência de fazer isso bem na nossa frente.

O sargento encostou no braço dela com delicadeza.

– Venha, vou levar você para dar uma lavada no…

Ela soltou o braço com um puxão e perguntou:

– Que horas são?

– Acabou de dar meio-dia.

– Está na hora de fazer uma visita amigável ao nosso parlamentar.

– Mas, chefe, algumas horas…

– Podem muito bem fazer a gente chegar tarde demais – completou ela saindo na direção do carro. – Com exceção de William Payne, o parlamentar é o único que sobrou.

CAPÍTULO 38

– TEM UMA PASTILHA de hortelã daquelas, Bryant? – pediu Kim. Tinha usado três lenços umedecidos para limpar o rosto, o pescoço e as mãos, mas, psicologicamente ou não, o persistente aroma de cerveja e cebola não saía.

Ele enfiou a mão no compartimento lateral da porta do motorista e entregou a ela um pacote novo. Kim pegou uma e jogou na boca.

O aroma mentolado desceu queimando até seus pulmões.

– Jesus, você precisa de receita médica para comprar isso? – perguntou ela, assim que o olho direito parou de lacrimejar.

– Considere a alternativa, chefe.

Ela respirou pelo nariz, sentiu o efeito da pastilha e olhou pela janela quando estavam se aproximando do centro de Bromsgrove. Bryant virou à direita depois do asilo para pobres que havia sido aberto em 1948.

Embora ficasse a apenas 15 quilômetros de Stourbridge, era como entrar em outro mundo.

A área foi documentada pela primeira vez no início do século 19 como Bremesgraf e cresceu devido à agricultura e fabricação de prego. Fiel ao Partido Conservador, a abastada população rural era composta sobretudo de britânicos brancos, com uma minoria étnica de 4%.

– Você está de brincadeira comigo? – perguntou Kim quando entraram na Littleheath Lane. As casas nessa área da Lickey End tinham preços que começavam nos sete dígitos. Cercas-vivas altas e entradas compridas impediam que as casas fossem vistas pelo lado de fora. Conhecida como "o cinturão dos banqueiros", a área acomodava os profissionais corporativos e dava acesso fácil às rodovias M5 e M40. Não era o *habitat* natural de um parlamentar local.

O carro parou em frente a um jardim murado isolado por um portão de ferro forjado.

Bryant baixou o vidro e apertou o botão do interfone. Uma voz distorcida respondeu e Kim não conseguiu decifrar se era de homem ou mulher.

– Polícia de West Midlands – disse Bryant.

Não houve resposta, mas após um barulho baixo e abafado o portão eletrônico começou a deslizar para trás do muro do lado esquerdo.

Bryant entrou assim que o espaço era suficiente para passarem.

A estradinha de cascalho os levou a um pátio de tijolos vermelhos e a uma casa de fazenda de dois andares.

A casa era em L e, atrás dela, Kim viu uma construção separada que servia de garagem e engoliria facialmente a residência dela. Apesar daquela mansão para veículos, dois carros estavam estacionados em uma área de cascalho à direita.

Uma varanda aberta e com uma cobertura adornava a casa e havia vasos de loureiros em intervalos regulares.

– Ninguém ia querer desistir de tudo isso sem lutar, hein? – disse Kim.

Bryant estacionou em frente à porta e comentou:

– Ele é testemunha, não suspeito, chefe.

– É claro – concordou ela, saindo do carro. – E garanto a você que vou me lembrar disso quando o estiver interrogando.

A porta foi aberta antes de chegarem a ela. Diante deles, encontrava-se o homem que Kim imaginou ser Richard Croft.

Vestia calça chino creme e camisa de malha azul-marinho. O cabelo agrisalhado estava molhado e uma toalha pendia ao redor dos ombros.

– Peço desculpas, acabei de sair da piscina.

É claro. Ela passava por essa mesma inconveniência o tempo todo.

– Belos carros – comentou Kim amigavelmente, inclinando a cabeça na direção do Aston Martin DB9 e do Porsche 911. Havia um espaço entre eles.

Kim viu duas câmeras de segurança posicionadas no alto da casa.

– Segurança exagerada para um parlamentar? – perguntou Kim, seguindo Richard Croft pela entrada.

Ele se virou:

– Ah, a segurança é para a minha esposa.

Virou à esquerda, os dois o seguiram por uma porta dupla de vidro e entraram no que Kim presumiu ser uma das salas. O teto era baixo e sustentado por vigas grossas muito bem restauradas. Sofás de couro caramelo e paredes malvas iluminavam o espaço. Uma porta-balcão levava a uma *orangerie*, uma espécie de estufa que aparentemente percorria toda a extensão da casa.

– Por favor, sentem-se enquanto providencio um chá.

– Oh, que civilizado – disse Bryant quando Richard Croft saiu da sala. – Ele vai fazer chá para nós.

– Acho que ele disse *providenciar* um chá. Tenho certeza de que isso quer dizer que não é ele quem vai fazer.

– Marta virá daqui a pouquinho – disse Richard Croft, entrando novamente na sala. A toalha havia desaparecido e o cabelo, agora penteado, revelava mais fios branco nas têmporas.

– Sua esposa?

Ele sorriu, revelando dentes que eram um pouco brancos demais.

– Por Deus, não. Marta é uma funcionária nossa que mora aqui. Ela ajuda Nina com os meninos e a casa.

– Diga-se de passagem, uma casa linda, senhor.

– Podem me chamar de Richard – disse ele, magnanimamente. – Esta casa é o filho amado da minha esposa. Ela trabalha muito e gosta de relaxar em uma casa confortável.

– E o que exatamente ela faz?

– Ela é advogada especializada em direitos humanos. Defende os direitos de pessoas com quem não gostaríamos necessariamente de passar um tempo.

Kim entendeu na hora:

– Terroristas.

– *Indivíduos acusados de atividade terrorista* seria o termo politicamente mais correto.

Kim tentou não transparecer suas emoções, mas a aversão deve ter ficado óbvia.

– Todos são merecedores de fazer pleno uso da lei, não concorda, detetive?

Kim ficou calada. Não confiava em sua boca aberta. Tinha uma firme convicção de que a lei era aplicável a todos, então consentiu que ser defendido por essa mesma lei era algo que devia estar disponível a todos. Portanto concordou com ele. Mas detestou o fato de ter concordado.

Mais intrigante do que a profissão da esposa era a total ausência de movimento facial quando aquele homem falava. A testa e a área acima da bochecha de Croft não tinham se movido nenhuma vez. Para Kim, havia algo surreal no processo de injetar deliberadamente no corpo um derivativo da toxina mais perigosa conhecida. Para um homem que se aproximava dos 50 anos, era praticamente obsceno.

Teve a sensação de que estava olhando para o boneco de cera, e não para o homem de verdade.

Ele fez um movimento arqueado com o braço mostrando o seu entorno.

– Nina gosta de viver bem, e tenho sorte de ter uma esposa que me ama muito.

O comentário provavelmente saiu de sua boca com o intuito de parecer humilde e charmoso. Mas chegou aos ouvidos de Kim como presunçoso e convencido.

Provavelmente não tanto quanto você ama a si mesmo, Kim estava tentada a responder – mas, por sorte, foi impedida pela chegada da bandeja carregada por uma jovem loura e magra que também estava com o cabelo molhado.

Kim trocou um olhar com Bryant. Jesus, ele e a esposa pareciam ter uma relação aberta.

Ela temeu pelos dois meninos impecáveis na foto sobre a lareira de tijolos.

Assim que Marta saiu da sala, Richard serviu o conteúdo do bule de prata em três xícaras pequenas.

Kim não viu leite nem sentiu cheiro de cafeína. Ergueu a mão e recusou.

– Estava com a intenção de ir vê-los para oferecer algum auxílio, mas tenho andado tão ocupado com meus eleitores.

Sim, Kim tinha certeza de que eles insistiam para que ele se entregasse a uma safadeza com a funcionária ao meio-dia. Até mesmo seu tom de voz era hipócrita. Ela se perguntou se teria sido mais fácil acreditar nele se tivessem se encontrado no escritório. Porque ali, em meio ao luxo, sabendo o que ele andava fazendo, Kim não conseguia evitar ser tomada por uma onda de repulsa.

– Estamos aqui agora, e se você puder responder a algumas perguntas, daqui a pouquinho vamos embora.

– É claro, por favor, prossigam.

Ele sentou no sofá em frente, se recostou e apoiou o pé direito no joelho esquerdo.

Kim decidiu começar pelo início. Todas as células de seu corpo detestavam aquele homem, mas ela tentaria assegurar que a opinião pessoal não interferisse no julgamento profissional.

– Você está ciente de que Teresa Wyatt foi assassinada recentemente?

– Algo terrível – disse ele, sem mudar de expressão. – Mandei flores.

– Uma atitude adorável, com certeza.

– O mínimo que eu podia fazer.

– Soube do Tom Curtis?

Croft fez que sim com a cabeça, abaixou-a e comentou:

– Hediondo.

Kim apostaria sua casa que ele enviou flores.

– Está ciente de que Mary Andrews também faleceu recentemente?

– Não estou, não – ele olhou para a mesa. – Tenho que fazer uma anotação ali para mandar…

– Flores – Kim terminou para ele. – Você se lembra de um funcionário da equipe chamado Arthur Connop?

Richard deu a impressão de ponderar um momento antes de responder:

– Lembro, lembro, sim. Era um dos serventes.

Kim se perguntou que tipo de auxílio aquele homem podia ter oferecido caso tivesse arranjado tempo de ir à delegacia, porque não estava sendo nem um pouco cooperativo.

– Conversamos com ele hoje mais cedo.

– Espero que esteja bem.

– Não foi exatamente o que ele desejou a você.

Richard riu e estendeu o braço para pegar a xícara.

– Penso que as pessoas raramente se lembram dos superiores com ternura. Especialmente quando são indivíduos preguiçosos. Fui levado a reprimir o sr. Connop em mais de uma ocasião.

– Por quê?

– Dormir no trabalho, serviço malfeito…

As palavras dele desvaneceram, embora houvesse mais.

– E?

Richard balançou a cabeça:

– Nada além de reprimendas cotidianas.

– E William Payne?

Kim percebeu uma leve mudança nos olhos dele.

– O que tem ele?

– Era o outro vigilante noturno. Ele recebia reprimendas similares?

– De jeito nenhum. William era um empregado exemplar. Suponho que vocês saibam da situação pessoal dele.

Kim fez que sim.

– William não faria nada que pusesse seu emprego em risco.

– Você diria que ele era tratado mais favoravelmente do que Arthur Connop? – pressionou Kim. Havia algo aí. Ela sentia.

– Para ser sincero, é provável que tenhamos feito vista grossa para uma coisinha ou outra.

– Como o quê?

– Bom, sabíamos que de vez em quando William dava uma ida à casa dele à noite quando a filha estava com algum problema mais grave ou a vizinha não podia olhá-la, mas nunca largava as meninas desacompanhadas, então deixávamos passar. Estou querendo dizer que sabíamos disso, mas... – ele deu de ombros. – Você gostaria de trocar de lugar com ele?

– Mais alguma coisa além disso? Arthur assinalou...

– É sério, detetive. Acho que Arthur Connop nasceu amargo. Se você se encontrou com ele, sabe que é uma das vítimas da vida. Todas as coisas ruins na vida dele foram culpa de outra pessoa e não estavam sob o controle dele.

– E hoje de manhã ele teve mais uma coisa ruim, pois um carro o atropelou pelas costas e o largou lá para morrer.

Richard Croft engoliu em seco.

– E ele está... morto?

– Ainda não sabemos, mas não está numa situação que desperta otimismo.

– Meu Deus. Mas que terrível e trágico acidente – disse antes de respirar fundo. – Bom, nesse caso parece-me que não há problema algum em eu ser completamente franco com você, detetive.

– É o que quero – disse Kim, incapaz de ver os cavalos selvagens que arrastavam palavras para fora da boca daquele homem.

– Não muito tempo após o incêndio, levaram ao meu conhecimento que Arthur estava fornecendo drogas a algumas das meninas. Nada pesado, mas eram drogas.

– Por quê? – perguntou Kim, incisivamente. Se descobrissem, aquilo lhe custaria o emprego, ele teria uma ficha criminal e, provavelmente, passaria alguns meses em Featherstone.

– William era o responsável pelo turno da noite, e uma pessoa de confiança o substituía nas duas noites de folga que tinha. De vez em quando,

Arthur assumia, para ganhar hora extra. O que o restante da equipe não sabia era que ele estava passando a primeira parte do turno no *pub*. Um fato que foi facilmente descoberto por um grupo de moradoras que se aproveitou da situação.

– Elas o chantageavam? – perguntou Bryant.

– Essa não é a palavra que eu gostaria de usar, detetive.

Como responsável pela instituição, Kim tinha certeza de que não era mesmo.

– Obviamente, Arthur ficou calado por medo de perder o emprego.

– O que deveria ter acontecido – explodiu Kim. – Ele era responsável pela segurança de quinze a vinte meninas com idades que variavam dos seis aos quinze. Qualquer coisa podia ter acontecido com aquelas meninas enquanto ele estava fora.

Richard encarou-a interrogativamente:

– Você concorda com o comportamento dessas meninas, detetive?

Não, não concordava, mas ainda estava procurando uma única pessoa a quem aquelas garotas haviam sido confiadas que realmente dava a mínima para elas.

Escolheu cuidadosamente as palavras:

– Não concordo, não. Entretanto, se Arthur estivesse fazendo o trabalho dele direito, não teria sido colocado nessa posição, para começo de conversa.

Ele esboçou um sorriso e disse:

– Tem razão, detetive. Mas as meninas em questão não eram cidadãs exemplares.

Kim se esforçou para segurar uma repentina onda de raiva. O comportamento das meninas automaticamente as transformava em delinquentes amorais sem futuro nem esperança. E, com modelos de vida como Arthur Connop, ela não estava nem um pouco surpresa.

Kim ficou pensando na repentina revelação de Richard sobre Arthur. O que ele tinha a ganhar?

Richard inclinou-se para a frente.

– Mais chá?

– Sr. Croft, não me parece preocupado que todos os seus antigos colegas estejam morrendo em um ritmo extraordinário.

– Pelas minhas contas, são dois assassinatos, uma morte natural e um acidente que pode ou não ser fatal.

– O que aconteceu em Crestwood naquela época, anos antes? – perguntou ela, incisivamente.

Richard Croft nem pestanejou.

– Gostaria de saber, mas só fiquei lá nos últimos dois anos de funcionamento da instituição.

– E nessa época o número de fugas com certeza aumentou, concorda?

Seus olhos se encontraram, mas uma centelha de irritação nos dele ameaçou sua compostura calculada. Ela tinha transformado suas perguntas gerais em um inquérito investigativo. Croft não gostou do questionamento que Kim fez sobre o gerenciamento da instituição durante sua gestão.

– Alguns jovens não gostam de regras, não interessa o quanto elas sejam bem-intencionadas.

De acordo com as lembranças de Kim, a maioria das regras era estabelecida para a conveniência da equipe de funcionários e não das moradoras.

– Você falou do Arthur, mas com que intensidade *você* se envolvia com as moradoras de Crestwood?

– Não muita. Fui contratado para tomar decisões organizacionais, para operacionalizar a instituição com eficiência.

A utilização constante que ele fazia da palavra "instituição" fazia Crestwood soar mais como uma unidade de segurança em Broadmoore do que um lar para crianças abandonadas.

– Sr. Croft, você tem motivos para acreditar que algum dos seus colegas iria querer machucar alguma das meninas?

Ele se levantou.

– É claro que não. Como você pode sequer fazer uma pergunta dessas? Que coisa horrível de se dizer. Todos os empregados da instituição estavam lá para cuidar daquelas meninas.

– Por um salário mensal – disse Kim antes de conseguir se controlar.

– E mesmo as pessoas que não tinham essa obrigação – ricocheteou ele. – Nem o pastor conseguia entender algumas daquelas meninas.

– E Arthur?

– Ele cometeu um erro. Nunca machucaria nenhuma delas.

– Entendo isso, sr. Croft, mas temos um corpo que aparenta ser de uma adolescente enterrada no lote de Crestwood e se tem uma coisa que deduzo com absoluta certeza é que ela não foi parar lá sozinha.

Ele ficou parado e passou os dedos pelo cabelo – a única reação física às palavras de Kim. As expressões faciais por baixo do botox eram difíceis de se ler.

– Sr. Croft, você ou alguém que conhece submeteu pedidos para impedir que o professor Milton fizesse escavações na área?

– De maneira nenhuma. Eu não teria absolutamente nenhum motivo para fazer isso.

Ela se levantou e o encarou:

– Uma última pergunta antes de deixá-lo em paz. Onde estava na noite do assassinato de Teresa?

Seu rosto ficou vermelho e ele apontou para a porta.

– Eu agradeceria se saíssem da minha propriedade imediatamente. Minha disposição para auxiliá-los está cancelada e quaisquer outras perguntas devem ser endereçadas ao meu advogado.

Kim moveu-se na direção da porta.

– Sr. Croft. Estou mais do que pronta para ir embora da *casa da sua esposa* e gostaria de agradecer pelo seu tempo.

Kim saiu pela porta da frente quando uma Range Rover prata parou na área de cascalho. O motorista não usou o espaço disponível entre os outros dois veículos, indicando que outra coisa ficava estacionada ali.

Uma mulher magra saiu do veículo e pegou uma bolsa no banco de trás. Estava com um conjunto preto de saia-lápis logo abaixo do joelho. As panturrilhas eram suspensas por saltos de 10 centímetros. Tinha cabelo preto brilhante preso com muita força num rabo de cavalo.

Quando estavam passando, Kim não pôde deixar de notar que a mulher era deslumbrante. Foi recompensada com um sorriso tolerante e um curto movimento de cabeça.

– Ok, o que diabo *ela* vê nele? – perguntou Bryant.

Kim balançou a cabeça quando entrou no carro. O casal entrou e a porta foi fechada. Ainda existiam mistérios no mundo.

Bryant ligou o carro e engatou marcha à ré.

– Chefe, algum dia você aprende a ser simpática?

– É claro, assim que achar pessoas de quem eu goste.

Ela virou a cabeça para trás, suspirou olhando para a casa e por um momento pensou em William Payne e sua filha, Lucy. Sem dúvida a perspectiva do destino era falha.

– Em que está pensando? – perguntou Bryant enquanto o portão estava abrindo para liberá-los.

– Na reação dele à notícia da garota enterrada.

– O que tem ela?

– Ele não perguntou nem se a identificamos. Não ficou surpreso com nada do que dissemos. O botox pode ter paralisado o rosto dele, mas não controla os movimentos dos olhos.

O instinto de Kim havia reagido desfavoravelmente ao sr. Richard Croft. Ele sabia de alguma coisa, disso ela tinha certeza. Mas ainda estava em busca daquele fio solto, daquele pedacinho de lã pendurado que, ao ser puxado, revelaria os segredos de Crestwood.

CAPÍTULO 39

– O QUE *ELES* QUERIAM? – perguntou Nina Croft, soltando a maleta na entrada.

– Estavam querendo saber de Crestwood – respondeu Richard, seguindo a esposa até a cozinha. Depois de 15 anos juntos, duas coisas nela jamais deixavam de impressioná-lo.

A primeira era que ela ainda tinha a aparência fantástica do dia em que se conheceram. Ele ficou completamente apaixonado por aquela mulher e, infelizmente para ele, isso não tinha mudado desde então. A segunda era que o mesmo distanciamento gelado não havia deixado o olhar dela há sete anos.

Nina parou na ilha suspensa no meio da ampla cozinha. Olhou para ele através dos utensílios da Le Creuset que nunca haviam sido usados.

– O que você disse a eles? – exigiu ela.

Richard baixou os olhos. Sete anos antes, depois do nascimento do segundo filho, ele estava completamente eufórico. Ver a esposa dar à luz tinha provocado nele um sentimento de proteção e um amor tão ferozes que achou que o laço com sua mulher fosse inquebrável. Achou que pudesse confiar a ela qualquer coisa.

Passados dois dias, depois de colocar Harrison no carrinho, Richard sentiu-se próximo o suficiente de sua esposa para revelar os segredos confinados em Crestwood. Nunca mais compartilharam a cama.

Não houve raiva, nem recriminação, nem ameaça de entregá-lo. Uma névoa gelada baixou entre os dois e não se dissipou desde então.

– O que eles perguntaram?

Richard recontou a conversa palavra por palavra. Nina não demonstrou emoção nenhuma até as duas últimas perguntas. Só então um músculo saltou em sua bochecha. Quando terminou, sentiu uma gota de suor formar-se abaixo da linha do cabelo enquanto aguardava pela resposta.

– Richard, eu te falei anos atrás que não ia tolerar que os seus erros do passado afetassem a minha vida nem a vida dos meus filhos.

– Foi na noite em que você abandonou a minha cama para sempre, querida?

De tempos em tempos, o tom quase intolerável da voz dela era como um chute no estômago e às vezes sua valentia fazia uma aparição surpresa.

– Foi, sim, meu amor, qualquer atração que eu sentia morreu depois da sua confissão noturna. Teria sido escandaloso o suficiente que uma investigação em Crestwood revelasse a sua inabilidade de manter as mãos longe dos bolsos do orfanato. – Ela ergueu os olhos para o teto como se estivesse falando com Harrison. – Pegar o dinheiro destinado àquelas meninas era lamentável, meu amor – disse ela com gelo na voz –, mas o que você fez para encobrir isso. Bom... faltam-me palavras.

Uma vez mais ele recorreu à sua total honestidade naquela noite. Sim, tinha pegado um salarinho extra. Ele merecia, e não faria falta para as meninas. Nunca havia faltado nada para as necessidades básicas delas. O desgosto no rosto da esposa chegou a um coração que se recusava a deixá-la ir embora. A reação imediata de Croft foi contra-atacar. Magoá-la de uma forma que provocaria um sentimento qualquer.

Ele inclinou a cabeça e sorriu.

– Pelo menos tenho alguém que me oferece amor, já que minha mulher se recusa.

Richard prendeu a respiração. Qualquer reação que contivesse emoção verdadeira seria bem-vinda. Qualquer coisa que indicasse vestígios do que já haviam tido.

Ela deu uma gargalhada alta. Um som que não tinha nascido de alegria nem de felicidade.

– Está se referindo à Marta?

Essa não era a reação que esperava. Um sorriso ardiloso arrastava-se pelo rosto dela.

O cômodo começou a se contrair em cima dele.

– Você… Você sabia da Marta?

– Se eu sabia, meu querido…? Pago uma quantia generosa por isso.

Richard deu um passo para trás, como se ela tivesse dado um tapa nele. Estava mentindo. Tinha que estar.

– Ah, Richard, seu idiota ridículo. Com este trabalho, a Marta sustenta uma família enorme na Bulgária. O salário dela é a garantia de que eles comam. A, hmm… hora extra serve para pagar os estudos

dos dois irmãos, ou seja, se ela fica ansiosa para fazer sexo com você, é porque recebe por hora. E fico satisfeita em pagar, porque ela merece cada centavo.

Richard sentia a cor infundindo seu rosto ao se dar conta da terrível verdade. Mais cedo naquele dia, Marta tinha sido bem insistente.

– Sua vadia sem coração.

Nina ignorou o insulto e se virou para a cafeteira.

– Eu te falei que não vou ter nenhum vestígio de escândalo ligado ao meu nome. Trabalhei muito duro para ter esta vida e, por causa do seu prestígio público na comunidade, não me importo de ter você como passageiro. Contanto que viaje em silêncio.

Richard sentiu-se inundado por um desgosto pela própria vida. A única utilidade dele para a esposa era o renome indireto da posição que ocupava como membro do parlamento, uma carreira que dava a ela um elemento de respeitabilidade que contrabalanceava com sua clientela repulsiva.

– Não fique tão chocado, meu querido. É um acordo que tem funcionado bem e deve continuar assim.

Sua pele fervilhou à ideia de dividir a cama com Marta depois do que havia escutado. Algumas vezes, Richard achava que tinham uma conexão verdadeira, porém ele não passava de um acréscimo no salário.

– Mas por que a Marta? – perguntou ele, ainda perplexo com o que ela tinha admitido.

– Minha imagem é tudo e não vou permitir que você a manche. Você é homem e tem certas necessidades, mas não vou tolerar que fique trepando com putas de rua doentes e coloque os meus filhos em perigo.

Ele ficou olhando Nina pegar o celular.

– Agora, continue sendo um bom menino e me deixe continuar a limpar a sua bagunça.

Richard estava prestes a tomar uma decisão. Suas mãos estavam fechadas ao lado do corpo. Podia ir embora, sair daquela casa, se afastar da frieza e do controle de Nina.

Podia ir direto à polícia e retirar o fardo de dentro de si. Podia se livrar daquela mulher e da vida que levava.

Pensou no seu magro salário de parlamentar: 65 mil libras por ano. Mesmo uma contabilidade criativa em relação a suas despesas deixaria um rombo entre ele e suas despesas de seis dígitos. O pagamento mensal mal pagava as contas da casa. O salário da esposa pagava o financiamento do imóvel, os carros e a mesada de cinco mil que caía na conta dele no primeiro dia de cada mês.

Richard abriu os punhos que estavam fechados ao lado do corpo. Virou-se e entrou no escritório com o rabinho entre as pernas.

Somente depois que fechou a porta, limpou a gota de suor atrás da orelha. Seu último restolho de orgulho o impediu de fazer isso na frente da esposa.

Teresa e Tom estavam mortos e o mesmo estava prestes a acontecer com Arthur. Richard queria acreditar que as mortes eram coincidência. Tinha que acreditar nisso... porque não acreditar só podia significar uma coisa – ele seria o próximo.

CAPÍTULO 40

KIM LIGOU PARA O NÚMERO de Stacey enquanto Bryant fazia o pedido no *drive-thru* do McDonald's. Ela atendeu no segundo toque.

– Stacey, vamos precisar de todos os endereços que você tiver das ex-moradoras de Crestwood, porque estamos ficando sem integrantes da equipe de funcionários.

– É, a gente ouviu falar. Woody já esteve aqui embaixo te procurando.

– Woody está atrás de mim – ela sussurrou para Bryant enquanto Stacey digitava.

Bryant fez careta.

– Ok, a primeira na lista é, oh, na verdade são duas. Irmãs gêmeas chamadas Bethany e Nicola Adamson. O endereço da Nicola é em Brindleyplace, Birmingham. – Kim repetiu em voz alta e Bryant tomou nota.

– Ok, pode tentar localizar aquele pastor de que você falou? Mencionaram o nome dele de novo e acho que vale a pena procurá-lo. As meninas podem ter falado com ele.

– Deixa comigo, chefe.

– Obrigada, Stacey. O Dawson falou alguma coisa?

– Não pra mim.

Kim desligou.

– Devíamos ter voltado para a delegacia depois do que aconteceu mais cedo – disse Bryant.

Kim sabia muito bem que deviam ter informado a Woody sobre o atropelamento e fuga e seguido o protocolo de quando se presencia um "incidente traumático", mas, se tivesse feito isso, não teriam conseguido sair da delegacia.

– Vou fazer um relatório mais tarde e ir falar com Woody, mas o tempo está se esgotando. Até agora perdemos quatro pessoas que trabalhavam em Crestwood na época em que fechou.

Deu uma mordida no hambúrguer de frango. Tinha gosto de fatia de papelão entre duas placas de fibra de média densidade. Ela o colocou de lado e pegou o celular.

Dawson atendeu imediatamente.

– Como estão as coisas? – perguntou ela.

– Caminhando. A Cerys está no buraco com as ferramentas, então não estamos muito longe de descobrir o que tem ali.

Kim ouviu a fadiga na voz dele.

– Você foi à casa do William Payne?

– Positivo, chefe. Liguei para a empresa de segurança e conferi se o alarme estava funcionando. Limpei e testei os sensores de movimento na frente e atrás da casa, que funcionam em um raio de cinco metros. Pedi a ele para afastar alguns vasos da cerca e troquei a bateria do pingente com alarme de emergência da Lucy, só por garantia. Ah, e pedi a todos os policiais que vão fazer ronda na área para incluírem a casa do Payne na rota deles.

Kim sorriu. Era por isso que ele estava na equipe dela. Havia momentos em que orientar Dawson era como servir de mãe para um garotinho.

– Só para você saber, chefe. Chegou uma informação pelo rádio. O Arthur Connop morreu.

Kim ficou calada. Sabia que ele não sobreviveria.

– O pessoal da perícia ainda está com a rua fechada. Nunca se sabe, pode ter alguma coisa.

Kim desligou.

– Connop – sussurrou.

– Morto? – perguntou Bryant.

Kim fez que sim e suspirou. Para ser honesta, Kim sentia dificuldade em avaliar a perda de Arthur Connop. A esposa tinha demonstrado total desinteresse pelo paradeiro dele. Ninguém com quem falaram nutria afeição alguma por aquele homem, nem no passado, nem no presente. Talvez Maureen sentisse sua falta pela baixa na venda semanal de cerveja e sanduíche, mas poucos iriam realmente sofrer com o falecimento dele.

Kim gostaria de conseguir pensar que aquele homem grosso e insuportável tinha no passado sido um ser humano decente que tornou-se gradativamente mais amargo com a idade, porém as negligências escandalosas em relação a suas obrigações 10 anos antes destruíram a falsa esperança. Suspeitava que Maureen estava certa ao afirmar que Arthur tinha sido sempre egoísta e mau – mas agora tinha que levar em consideração a possibilidade de haver mais do que isso. Até onde ele teria ido para encobrir seus rastros?

Quando Bryant limpou a boca com um guardanapo, Kim olhou para o relógio no painel do carro. Eram três horas e ainda havia muita documentação a ser providenciada na delegacia. O dia já tinha sido longo e carregado e ela podia muito bem começar a trabalhar na lista de moradoras no dia seguinte. Seu corpo exigia um banho e descanso.

– Quer que eu vá para aquele endereço em Birmingham, então, chefe?

Ela sorriu e concordou.

CAPÍTULO
41

COM 17 ACRES, Brindleyplace era a maior área no Reino Unido reurbanizada com o intuito de promover a mescla entre o uso residencial e o não residencial. Fábricas ao lado do canal e uma escola vitoriana tinham sido restauradas com uma variedade de estilos arquitetônicos.

O projeto teve início em 1993 e hoje possui três áreas distintas.

Brindleyplace era um agrupamento de prédios baixos com escritórios luxuosos, lojas e galerias de arte, enquanto a Water's Edge abrigava os bares, restaurantes e cafés. A parte residencial estendia-se a partir da Symphony Court.

– Chefe, o que diabo estamos fazendo de errado? – perguntou Bryant quando chegaram ao quarto andar do edifício King Edwards Wharf. Quem atendeu a porta foi uma mulher magra e atlética de legging preta e top apertado. Seu rosto ostentava o rubor de quem acabou de fazer esforço ou exercício físico.

– Nicola Adamson?

– E vocês são?

Bryant mostrou o distintivo e apresentou os dois.

Ela ficou de lado e os convidou para entrar na ampla cobertura. Kim pisou no assoalho de madeira que se estendia até a área da cozinha.

A sala tinha sofás de couro branco posicionados na diagonal diante de uma parede que sustentava uma grande televisão de tela plana. Abaixo dela, encaixavam-se na parede vários aparelhos eletrônicos. Não havia fios à vista.

Algumas luminárias ficavam no mesmo nível do teto e outras pendiam acima da lareira de pedra.

Uma mesa de vidro rodeada por cadeiras de teca sinalizava o término da sala. Logo depois dela o piso de madeira terminava e passava a ser de ladrilhos de pedra.

Kim calculou estar olhando para 150 metros quadrados de área.

– Querem beber alguma coisa? Chá, café?

– Café, o mais forte que tiver – aceitou Kim.

Nicola Adamson abriu um grande sorriso e comentou:

– Um dia daqueles, detetive?

A mulher deu passos leves até a cozinha de armários brancos esmaltados com beiradas em madeira marrom.

Kim não respondeu e continuou a movimentar-se pelo espaço. A parede esquerda era inteiramente de vidro, pontuado apenas por alguns pilares de pedra. Atrás dela havia uma varanda e sem chegar lá Kim viu o canal de Brindley Loop.

Um pouco adiante, próxima à parede de vidro, Kim viu uma esteira parcialmente oculta por um anteparo oriental. Se o negócio era se exercitar, aquilo ali com certeza era a maneira certa de se fazer isso, concluiu ela.

Era um lugar impressionante para uma mulher de 20 e poucos anos que estava em casa no meio da tarde.

– O que você faz? – perguntou Kim, abruptamente.

– Como?

– O seu apartamento é lindo. Estava me perguntando o que você faz para conseguir pagar por ele.

O tato e a diplomacia ficaram para trás em algum momento lá pelas 11 horas da manhã. O dia estava ficando longo demais e a mulher poderia responder ou não.

– Não sei como isso pode ser da sua conta, já que o meu trabalho não tem nada de ilegal, mas sou dançaria exótica e, não vou negar, sou muito boa no que faço.

Kim achou que devia ser mesmo. Seus movimentos eram naturalmente graciosos e ágeis.

Nicola carregou uma bandeja com duas canecas fumegantes e uma garrafa d'água.

– Trabalho na Roxburgh – continuou ela, como se isso explicasse tudo, e para Kim explicava mesmo. A boate era somente para sócios e proporcionava entretenimento adulto para profissionais bem-sucedidos. A gestão rigorosa assegurava vistorias da polícia, ao contrário de outras boates do centro de Birmingham.

– Você sabe porque estamos aqui? – perguntou Bryant. Tendo cometido o erro de recostar-se no sofá luxuoso, pelejava para voltar à ponta do assento antes que o móvel o engolisse por inteiro.

– É claro. Não tenho certeza se posso ajudar, mas fiquem à vontade para perguntar qualquer coisa.

– Quantos anos você tinha quando ficou em Crestwood?

– Não foi um período ininterrupto, detetive. A minha irmã e eu ficamos entrando e saindo de orfanatos desde os dois anos de idade.

– Quantos anos tinham aqui? – perguntou Kim olhando para a foto em uma moldura prateada na mesinha de canto.

O rosto das duas era idêntico, assim como as roupas. As duas estavam de camisa branca engomada da oficina de uniformes. Kim lembrava-se muito bem daquelas roupas e dos insultos gratuitos que vinham com elas.

Ambas usavam cardigãs rosa com um bordado de flores no lado esquerdo. Tudo era idêntico com exceção do cabelo. Os cachos louros de uma estavam soltos, os da outra, presos com uma xuxinha.

Nicola pegou a foto e sorriu.

– Eu me lembro desses cardigãs tão bem. A Beth perdeu o dela e ficava roubando o meu. É provavelmente a única coisa pela qual a gente brigou.

Bryant abriu a boca, mas a expressão de Kim o silenciou. O rosto da mulher tinha mudado. Não estava mais olhando para a foto, e sim para o passado.

– Pode parecer que não valem muita coisa, mas esses cardigãs eram preciosos. Mary pediu a alguns voluntários para ajudar a lavar a parede toda. Beth e eu nos oferecemos porque Mary era uma mulher boa que dava o melhor de si. No final do dia, nos deu algumas libras pelo trabalho.

Nicola finalmente levantou o rosto. Sua expressão era ao mesmo tempo triste e saudosa.

– Vocês nem imaginam como a gente se sentiu. Na manhã seguinte, fomos a Blackheath, ao mercado. Passamos o dia inteiro perambulando pelas barraquinhas, decidindo o que comprar, e não era tanto pelos cardigãs, mas por serem nossos, e serem novos. Não eram peças de segunda mão das meninas mais velhas nem roupas usadas das lojas de caridade. Eram novos e eram nossos.

Uma lágrima escapuliu do olho direito de Nicola. Ela pôs a foto no lugar e limpou a bochecha.

– Parece bobagem e vocês não têm como entender…

– Tenho, sim – disse Kim.

Nicola sorriu condescendente e balançou a cabeça.

– Não, detetive, realmente você não…

– Sim, eu tenho.

Os olhos delas se encontraram e ficaram assim durante alguns segundos antes de Nicola demonstrar ter compreendido com um gesto de cabeça.

– Respondendo à sua pergunta, tínhamos 14 anos na foto.

Bryant olhou para Kim e ela fez um sinal para que desse prosseguimento.

– Vocês ficaram o tempo todo em Crestwood? – perguntou ele.

– Não, nossa mãe era viciada em heroína e eu gostaria de dizer que ela deu o melhor de si, mas não foi o que aconteceu. Até completarmos 12 anos, foi uma mistura de lares adotivos, orfanatos e a nossa mãe parando de usar droga e nos pegando de volta. Na verdade, não me lembro muito bem disso tudo.

Pelo olhar de Nicola, Kim conseguia dizer que ela não tinha problema algum para lembrar.

– Mas vocês tinham uma a outra? – comentou Kim, olhando para a foto. Durante seis anos, ela também teve aquele sentimento.

– É, tínhamos uma a outra.

– Srta. Adamson, temos motivos para acreditar que possivelmente o corpo que descobrimos no terreno é de uma das moradoras de Crestwood.

– Não – disse ela, negando com a cabeça. – Não pode estar falando sério.

– Você se lembra de alguma coisa do tempo que passou lá que possa nos ajudar?

Os olhos de Nicola estavam ocupados como se vasculhando lembranças. Nem ela nem Bryant falaram.

Lentamente, Nicola começou a balançar a cabeça.

– Sinceramente, não consigo pensar em nada. Eu a Beth ficávamos muito juntas e sozinhas. Não tenho nada a dizer.

– E a sua irmã? Acha que ela pode nos ajudar?

Nicola deu de ombros no momento em que o celular de Kim começou a tocar. Dois segundos depois, ressoou o de Bryant. Os dois recusaram as ligações.

– Desculpe – disse Bryant. – O que você estava dizendo?

– Talvez a Beth se lembre de alguma coisa. Ela está passando um tempo aqui comigo – Nicola olhou relógio. – Deve chegar em casa daqui meia hora. Se quiserem esperar.

O telefone de Kim começou a vibrar no bolso.

– Não, está tudo bem – disse ela levantando.

Bryant vez o mesmo e estendeu a mão.

– Caso se lembre de alguma coisa, por favor, nos dê uma ligada.

– É claro – disse ela, levando-os à porta.

Kim se virou, para dar um *tiro no escuro*.

– Você se lembra de alguma das meninas ter uma queda especial por miçangas?

– Miçangas?

– Um bracelete, talvez?

Nicola pensou um momento e em seguida tampou a boca com a mão.

– Lembro, lembro, sim. Tinha uma menina chamada Melanie. Ela era mais velha do que eu, por isso não a conhecia muito bem. Era uma das "descoladas", das meninas que davam problema.

Kim ficou apreensiva.

– É, agora eu me lembro das miçangas, sim. Ela deu algumas para as melhores amigas. Elas meio que faziam parte de um clube.

Nicola pensou mais um pouco.

– É isso mesmo, eram três. Todas tinham as miçangas.

Kim sentiu o estômago revirar. Podia apostar que as três haviam fugido.

CAPÍTULO 42

– MERDA – xingou Bryant quando chegaram ao carro.

Kim estava nauseada.

– Você está pensando o mesmo que eu?

– Se estiver pensando que é possível que haja outro corpo, então estou.

– Troque a palavra possível por *provável* e acertamos bem no mesmo alvo – Kim pôs o cinto de segurança e se virou. – Você anotou aqueles nomes, né?

Bryant confirmou enquanto a detetive pegava o celular. O sargento fez o mesmo.

– Duas chamadas perdidas e uma mensagem do Dawson – disse ela.

– As minhas são do Woody.

Os dois acessaram as caixas de mensagem. Kim escutou a voz nervosa de Dawson e deletou a mensagem.

– Dawson quer que eu vá direto para Crestwood.

Bryant deu uma risadinha e disse:

– Woody quer que eu te leve para a delegacia dentro desse mesmo espaço de tempo e, pelo que ouvi dizer, por mais talentosa que seja, você ainda não descobriu como estar em dois lugares ao mesmo tempo. – Ele se virou para a detetive. – Então, chefe, coluna A ou coluna B?

Kim olhou para ele e ergueu uma sobrancelha.

– É, achei mesmo que diria isso.

CAPÍTULO
43

BRYANT ESTACIONOU na área de terra. Tinham levado 40 minutos para percorrer 13 quilômetros do centro de Birmingham até lá.

Kim abriu a porta.

– Vá falar com o Dawson, veja se ele está bem.

– Positivo, chefe.

O local começava a parecer mais a praça de alimentação de um festival de música do que o local de um crime. Ela caminhou depressa até a terceira tenda, onde parou por um instante. Virou-se e olhou para a parte de baixo da rua, para a casa do meio e a prisioneira lá dentro, depois acenou. Por via das dúvidas.

Cerys se virou quando ela entrou.

Kim olhou para o buraco.

– Onde ela está? – perguntou, sem se dar conta de estar atribuindo um sexo ao cadáver. Não havia como ter certeza de que o segundo corpo era de mulher, mas seu instinto afirmava isso, o que em geral bastava para ela.

– Daniel está com o corpo na outra tenda. Ele foi removido há mais ou menos meia hora. Conseguimos peneirar metade do buraco, e achei que gostaria de saber que achamos mais…

– Miçangas – finalizou Kim.

– Como você sabe?

Kim deu de ombros e perguntou:

– Mais alguma coisa?

Cerys suspirou e confirmou com um lento movimento de cabeça.

– Realizamos uma varredura completa no terreno e encontramos…

– Mais uma massa – interrompeu Kim novamente.

Cerys pôs a mão na cintura e reclamou:

– Então agora eu posso ir para casa?

Kim sorriu.

– Desculpa, é o cansaço. Estou tendo um dia daqueles. Terminarão esta segunda área amanhã?

– A primeira coisa que farei amanhã será a escavação da terceira área. Não a marcamos ainda. Não queremos dar vantagem para os abutres – disse Cerys, referindo-se à imprensa. – Ainda não temos certeza de que a terceira anomalia é outro corpo.

Kim sentiu a certeza lhe dar um nó estômago.

– A imprensa está observando todos os nossos passos, então fiz o pessoal terminar a varredura, guardar o aparelho e depois sair de perto da área de interesse para que não suspeitem de nada.

– Como você vai saber exatamente onde escavar se não marcou o local? – perguntou Kim.

– Contei os passos da tenda até lá. Confie em mim, eu vou saber.

Kim confiava nela.

– A boa notícia é que o buraco número um pode ser finalizado e tampado amanhã. Só preciso preencher a autorização para a primeira tenda ser removida.

– Mais alguma coisa importante?

– Alguns pedacinhos de tecido, todos etiquetados, ensacados e enviados ao laboratório. Podem ajudar na identificação.

Depois de se encontrar com Nicola, Kim achava que essa seria uma de três.

– Mais alguma coisa?

Cerys balançou a cabeça e se virou.

Kim gostava da tenacidade daquela mulher. A detetive aceitava que sua própria determinação vinha de algo mais do que a vontade de solucionar o caso. Por mais que tentasse se convencer de que aquilo não fazia diferença, fazia sim. Conhecia a dor do passado daquelas meninas. Nenhuma delas tinha acordado um dia e escolhido o futuro traçado para elas. A maneira como se comportavam não podia ser associada a um ano, mês, dia e horário específicos. Era uma jornada progressiva de altos e baixos até que as circunstâncias terminavam por sufocar a esperança.

Não eram as coisas grandes. Kim se lembra de chamarem-na somente de "menina". Todas elas eram chamadas de "menina", assim os funcionários não tinham que lembrar seus nomes.

Kim compreendia que sua própria motivação vinha de uma necessidade de buscar justiça para essas garotas esquecidas, e não diminuiria o passo até que tivesse conseguido.

E ela gostava de todos aqueles que tentavam acompanhar seu ritmo.

– Ei – chamou Kim, ao chegar à saída. – Obrigada.

Cerys sorriu.

Kim foi à tenda de serviço. Daniel estava de costas, mas ela viu que mais duas pessoas estavam ocupadas etiquetando sacolas plásticas.

– Ei, doutor, o que tem para mim?

– O quê? Sem nenhum insulto? Nenhuma ofensa?

– Olha, estou cansada, mas tenho certeza de que consigo bolar...

– Não, está tudo bem. Consigo viver sem eles hoje.

Kim notou que o dr. Bate estava mais taciturno do que de costume. Selava a sacola plástica que continha o crânio com os ombros levemente encurvados. Tiras brancas de fita escritas com pincel atômico preto informavam o local e o osso ali dentro.

Seu assistente estendeu o braço na direção da tampa da caixa de armazenamento, porém Daniel meneou a cabeça e disse:

– Ainda não.

Kim estava confusa. Já tinha visto corpos ensacados em uma caixa. Os mais pesados ficavam no fundo e os menores iam sendo colocados por cima, de modo que o mais leve e frágil ficasse no alto.

Normalmente, o crânio era o último item a ser guardado.

A detetive ficou parada ao lado dele, que pegou uma embalagem do tamanho de uma caixa de sanduíche, já revestida com lenços de papel. Um conjunto de pequenos ossos estavam empilhados na ponta direita da mesa. Sua mão tremia levemente.

– Adulto ou não adulto? – perguntou Kim.

– Com certeza, não adulto. Não tenho a menor ideia de como ela morreu. A nossa primeira inspeção não identificou nenhuma lesão no corpo dela.

A voz dele era baixa e controlada.

Kim ficou confusa.

– Espera aí, doutor. Como a primeira vítima era juvenil eu não podia insistir para que tentasse definir o sexo, mas do nada você está se referindo a esta no feminino, antes mesmo de levar os ossos para o laboratório?

Ele tirou os óculos e esfregou os olhos.

– Isso mesmo. Não hesitei em definir o sexo da vítima número dois, detetive... – Ele olhou novamente para a caixa de sanduíche. – Porque esta jovem estava grávida.

CAPÍTULO 44

– MAS QUE DIA DE CÃO – disse Bryant, estacionando o carro atrás da delegacia. Eram as primeiras palavras ditas desde que saíram do terreno. – Dawson estava caladão lá.

– Você está surpreso?

Dawson não tinha conseguido tirar os olhos da pequena embalagem até os ossos serem colocados na caixa maior, ao lado dos ossos da mãe.

– Vá para casa, Bryant. Vou lá ver o Woody, depois também vou embora.

Eram sete e pouco e estavam entrando na 13ª hora do sexto dia de trabalho. Bryant teria ficado ao lado dela, mas ele tinha família. Ela, não.

Kim usou o resto de energia que tinha para vencer a escada até o terceiro andar. Bateu e aguardou.

Quando Woody disse "entre", ela ficou admirada com o nível de fúria contida que podia existir em apenas duas sílabas.

Ele já estava com a bola de estresse na mão quando Kim sentou.

– Queria me ver, senhor?

– Três horas atrás, quando liguei, teria sido mais apropriado – rosnou ele.

Kim olhou para a mão direita de Woody e jurou conseguir ouvir a bola de estresse berrando por misericórdia.

– Tivemos novidades na escavação que demandavam…

– Stone, você esteve envolvida em um incidente traumático.

– Bryant não dirige tão mal assim – gracejou sem entusiasmo. Tinha sido um longo dia.

– Cale a boca. Você tem plena consciência do protocolo e da necessidade de retornar à delegacia para ser interrogada e fazer uma avaliação preventiva.

– Eu estava bem, pergunte ao Bryant…

– Me desculpe por ter escolhido não perder o meu tempo com isso – recostou-se e passou a bola de estresse para a mão esquerda. Droga, ela ainda estava correndo perigo. – Tenho uma obrigação, um dever a cumprir, que você torna praticamente impossível para mim exercer. Tenho que fornecer a você assistência e apoio psicológico.

Kim revirou os olhos.

– Quando eu precisar de alguém para me dizer como deveria estar me sentindo, pode ter certeza que mando te avisar.

– Você não sentir nada pode muito bem ser o problema, Stone.

– Não é problema para mim, senhor.

Ele se inclinou para a frente perfurando-a com os olhos.

– Não neste momento, mas uma hora toda essa negatividade vai afetar você e sua capacidade de trabalhar.

Kim duvidava disso. Sempre lidou com as coisas dessa maneira. As coisas ruins eram colocadas em caixas e lacradas. A chave era jamais abrir essas caixas e a única pergunta que se fazia era por que a maioria das pessoas não fazia isso.

O antigo adágio ditava que o tempo cura tudo. E ela havia dominado a arte de manipular o tempo. No tempo real, ela tinha fracassado em salvar a vida de Arthur Connop há apenas sete horas, mas as atividades comprimidas naquelas horas intermitentes distanciavam a lembrança. Na cabeça dela, o incidente podia ter acontecido na semana anterior. Portanto, aquilo encontrava-se em um passado muito mais remoto do que Woody acreditava.

– Senhor, obrigada pela sua preocupação, mas estou bem, mesmo. Aceito que não posso salvar todo mundo e não fico me martirizando quando pessoas morrem.

Woody levantou a mão.

– Stone, já chega. Minha decisão está tomada. Assim que este caso acabar, você vai procurar apoio psicológico ou vai ser suspensa.

– Mas…

Ele balançou a cabeça, interrompendo-a:

– Se não fizer isso, o mal aí dentro vai te destruir.

O que tinha por dentro não a preocupava. Estrava trancado e contido. Seu único medo era deixar aquilo sair. Libertar tais coisas certamente sinalizaria a sua destruição.

Ela suspirou. Aquela era uma luta para outro dia.

– Não discutiremos mais esse assunto, mas antes de ir, há outra coisa.

Fabuloso, pensou ela.

– Recebi uma ligação do superintendente, que recebeu uma ligação do superintendente chefe, e os dois querem *você* fora do caso – soltou, recostando-se. – Então me conte, quem foi que você deixou puto da vida hoje?

Não havia motivo para mentir. Era óbvio que tinha cutucado alguma onça com vara curta.

– Senhor, poderia te dar uma lista, mas ela não estaria completa. Entretanto, a única pessoa que estou ciente de ter deixado com tanta raiva assim foi Richard Croft, mas nunca imaginei que ele tivesse esse tipo de influência.

Houve uma pequena pausa quando os olhos deles se encontraram.

– A esposa dele – disseram, juntos.

– O que você falou para ele?

Ela deu de ombros.

– Muitas coisas – respondeu Kim, imaginando que a esposa de Croft devia amá-lo muito, apesar de tudo.

– Testemunha ou suspeito?

Ela fez uma careta e respondeu:

– Um pouco dos dois.

– Mas que droga, Stone. Quando vai aprender que existe um elemento político quando se está atuando nesse nível?

– Não, senhor, existe um elemento de política quando se está atuando no *seu* nível. O meu ainda está em busca de descobrir a verdade.

Woody a encarou furioso. Kim não queria que aquilo soasse exatamente daquela maneira. Ela confiou no fato de que ele tinha ciência disso e que sabia que em boca fechada não entra mosquito.

Ela ergueu o queixo e perguntou:

– Então, vai seguir as instruções e me tirar do caso?

– Stone, não preciso do seu estímulo para me manter de pé numa batalha. Eles já foram avisados de que você continua no caso.

Kim sorriu. Ela já devia saber disso.

– É óbvio que o parlamentar tem alguma coisa a esconder ou não teria soltado os cachorros em nós.

Pela primeira vez em dias, Woody ofereceu a ela a promessa de um sorriso.

– Então, acho que é melhor eu soltar os meus.

– Sim, senhor – disse Kim, com um sorriso.

CAPÍTULO
45

KIM TIROU OS OLHOS de Bryant e os lançou em Stacey.

– Ok, novo dia. Dawson vai direto para o local da escavação e liga quando tiver alguma novidade. Então, para recapitular. Dos seis integrantes da equipe de funcionários identificados, restam somente dois: Richard Croft e William Payne. Richard Croft não gosta muito de mim, por isso não acho que vá falar mais nada para nós. Mas ele está escondendo alguma coisa.

– Chefe, duas das objeções ao projeto do professor foram solicitadas pelo escritório de advocacia Travis, Dune and Cohen.

– Da esposa do Croft?

Stacey confirmou e explicou:

– Ela trabalha com o nome de solteira, Cohen.

– Ou seja, ele está escondendo alguma coisa e ela sabe o que é.

– Vale a pena dar uma ida ao escritório dela, chefe? – perguntou Bryant.

Kim negou com um movimento de cabeça.

– Essa advogada já tentou me tirar do caso e não vou dar mais munição a ela.

Kim deu de ombros e continuou:

– Ela não vai nos ajudar em nada. A esposa do Croft é cúmplice nisso em que o marido está metido e vai nos bloquear de todas as maneiras.

– Até que ponto você acha que ela chegaria? – perguntou Stacey.

– Depende do nível de estrago – respondeu Kim, lembrando-se da casa com portão, dos carros, isso para não mencionar a carreira.

Kim estava de pé diante do quadro que havia sido dividido em dois. A primeira metade tinha sido dividida em quatro. As informações sobre Teresa Wyatt e Tom Curtis ocupavam os dois segmentos superiores. Os dois quartos de baixo eram ocupados por Mary Andrews e Arthur Connop.

– Recebemos alguma coisa da perícia sobre o Arthur? – perguntou Kim.

– Vidro quebrado do farol do lado do passageiro e algumas partículas de tinta branca agarradas na perna da calça. Estão tentando descobrir a que tipo de veículo pertencem.

Kim ficou concentrada do lado esquerdo do quadro. Apesar de sua incapacidade de provar os assassinatos de Mary Andrews e Arthur Connop, sabia que as mortes deles estavam ligadas a algo sinistro que tinha acontecido 10 anos antes.

O que vocês fizeram? Ela perguntou silenciosamente a todos eles.

O lado oposto do quadro estava dividido em dois, representando as vítimas enterradas e removidas até então. Kim sabia que o quadro seria dividido novamente até o fim do dia.

Três nomes estavam escritos ao lado.

Melanie Harris

Tracy Morgan

Louise Dunston

– Como está a identificação? – perguntou Stacey, seguindo o olhar de Kim.

Ela respondeu sem se virar:

– Parece que essas três formavam um grupinho. Tenho esperança de que o dr. Bate possa nos dar mais pistas para identificarmos quem é quem.

– Você acha que há mais de três, chefe? – perguntou Stacey.

Kim negou com um gesto de cabeça. Havia uma razão pela qual um grupo específico havia sido o alvo.

– Consegue descobrir mais alguma coisa sobre essas três no Facebook sem ser detectada?

– Ah, consigo. Quando perguntei se alguém lembrava de mim, uma menina perguntou se eu era aquela menininha negra tímida que gaguejava e usava óculos grossos. Falei que era, sim.

Kim revirou os olhos e perguntou:

– O que descobriu sobre o pastor?

– O único pastor que consegui achar e que teve alguma ligação com Crestwood foi Victor Wilks, o cara que fez o trabalho de caridade. O nome dele apareceu em alguns posts. As garotas todas se referem a ele afetuosamente como "Pai". Ele costumava visitar o local uma vez por mês para fazer uma missa rápida para as meninas.

– Histórico?

– Difícil saber. Até agora descobri que ele passou alguns anos em Bristol, alguns em Coventry e um ano em Manchester. Mandei alguns e-mails para ver se pesco alguma coisa.

– Onde ele está agora?

– Dudley.

– Desde quando?

Stacey digitou no teclado antes de responder:

– Dois anos.

– Tem o endereço?

Stacey passou uma folha para Kim enquanto Bryant colocava o telefone no gancho.

– Chefe, era da recepção. Estão querendo te ver.

Kim franziu a testa. Estava ocupada demais para largar tudo e atender uma pessoa do nada.

– Liga para lá e...

– Esta não dá pra dispensar, chefe. A pessoa que está te fazendo uma visita é Bethany Adamson e ela está nervosa pra cacete.

CAPÍTULO 46

– POSSO AJUDÁ-LA? – perguntou Kim, na recepção.

A mulher se virou e Kim ficou perplexa na mesma hora. Não pelo quanto a moça lembrava Nicola; elas eram gêmeas idênticas. Ficou surpresa por causa da *pouquíssima* semelhança entre elas.

A mulher não estendeu a mão.

– Meu nome é Bethany Adamson e quero falar com você.

Kim virou para o corredor e gesticulou para que Bethany a seguisse.

Um regular *tá-tum* ressoava atrás dela no caminho para a sala de interrogatório. Kim digitou a senha e segurou a porta aberta. A moça passou em frente a ela, usando uma bengala na mão direita. Kim percebeu que a bota de Bethany não tinha salto, era prática e ia até o joelho. Saindo de dentro dela, a calça jeans preta ficava frouxa até a altura da coxa. Uma volumosa jaqueta de inverno deixava submerso o corpo magro que parecia mais frágil do que o da irmã.

– Não tenho muito tempo, srta. Adamson.

– O que tenho para falar não vai demorar muito, detetive.

O sotaque de Black Country era tão carregado que Kim ficou surpresa.

Gesticulou para que a moça continuasse, enquanto avaliava sua aparência. Se não soubesse, acharia que Bethany era irmã de Nicola, porém muito mais velha.

O cabelo louro estava bem preso em um rabo de cavalo, deixando à mostra raízes sujas e oleosas. O rosto, embora de estrutura idêntica, parecia mais magro e áspero do que o da irmã. A partilha de vitalidade e carisma com certeza não havia sido feita em favor desta gêmea. Kim percebeu que a mulher parecia estar colocando o peso inteiro do corpo na bengala. Ela aproximou-se da cadeira, mas Bethany negou com um movimento de cabeça.

A detetive também permaneceu de pé. Entreolharam-se separadas pela mesa de metal.

– Você falou com a minha irmã ontem.

Kim ficou chocada com a aspereza que viu no rosto da mulher. Os lábios eram finos e, ao franzir a testa, as sobrancelhas ficaram próximas uma da outra.

– Conversei. O nome de vocês duas apareceu durante uma investigação.

– A gente não tem nada para falar com vocês.

Kim estava intrigada.

– Como você sabe disso?

Bethany Adamson encarou Kim e elas cravaram olho no olho. Seus olhos eram frios e sem emoção. Nem mesmo raiva ou paixão eles continham. Eram mortos e inflexíveis. Se a essência do rosto era formada por suas características individuais, aquela mulher jamais havia vivenciado um momento de alegria.

– Eu sei e pronto.

Kim cruzou os braços.

– A sua irmã foi um pouco mais complacente.

– É que ela não entende, não é?

– Entende o quê?

Beth suspirou.

– Os primeiros anos da nossa vida foram dureza. A gente nasceu de uma piranha viciada em crack que ficava colocando e tirando a gente de orfanato igual livro em biblioteca. A gente cresceu e a chance de qualquer tipo de vida desapareceu porque ninguém nos queria. A gente só tinha uma a outra.

– Compreendo isso, srta. Adamson, mas...

– Os anos que a gente passou em Crestwood não foram um período feliz e você não entende como é nascer de uma mãe que só te quer para receber o auxílio do governo.

A mulher não parava de encarar Kim um segundo sequer.

– A gente não teve nenhum amor nem estabilidade na infância e não queremos ficar lembrando disso. Nenhuma de nós.

Kim compreendia mais do que jamais admitiria. Apesar do comportamento da garota, a detetive teve vontade de lhe estender a mão. Entendia de onde a atitude defensiva vinha, mas ela tinha uma pilha de cadáveres para lidar.

– O que aconteceu naquele lugar, Beth? – perguntou ela, em voz baixa.

– É srta. Adamson, se não se importa. Isso aí você é que tem que descobrir, detetive, mas não envolva nem a mim nem minha irmã. Não vai ser bom para nenhuma de nós.

– Nem se isso ajudar a pegar o assassino?

Nenhuma emoção registrada no rosto morto.

– Nem isso. Minha irmã é educada demais para pedir isso, mas eu não. Então deixe a gente em paz.

– Se esta investigação indicar que preciso falar com alguma de vocês de novo...

– Eu não faria isso se fosse você. Se não largar da gente, prometo que vai se arrepender.

Com uma velocidade surpreendente, Bethany Adamson percorreu a distância até a porta. Ela tinha ido embora antes de Kim ter se dado conta do que a outra dissera. Em vez de fazê-la sentir-se ameaçada, as palavras da mulher tinham induzido o extremo oposto.

Outra pergunta passou a queimar dentro de Kim.

Nicola e Beth tinham vivenciado a mesma infância, mas eram como estações do ano opostas. O que diabo tinha acontecido para transformar Bethany Adamson em uma criatura tão hostil e detestável?

CAPÍTULO 47

O CONJUNTO HABITACIONAL HOLLYTREE ficava entre Brierley Hill e Wordsley. O local, construído no início dos anos 1970, ocupava uma área de três quilômetros e atualmente era o lar de pelo menos três criminosos sexuais registrados.

Sempre que entrava ali, Kim lembrava-se dos círculos do Inferno de Dante. A camada exterior era formada por casas cinza pré-fabricadas que estavam com as janelas quebradas, tampadas com tábuas ou gradeadas. Cercas que separavam as propriedades já não existiam havia muito tempo. Os terrenos das casas vazias eram usados como um lixão oportuno para os bens da comunidade local. Carros velhos com a lataria heterogênea emporcalhavam a rua.

A camada interior era formada por pequenas casas de dois andares com doze residências por bloco. As paredes externas de todas elas pareciam participar de uma competição de vulgaridades escritas com *spray* e continham mais informações sobre a origem dos bebês do que se ensina na escola. Era uma batalha que a prefeitura havia lutado e perdido. Kim não precisava sair do carro para saber pútrido cheiro dos corredores dali, onde se distribuíam mais drogas que as farmácias Boots.

No centro do conjunto habitacional, três prédios altos erguiam-se acima dos outros imóveis, vigilantes. Embora contestados pela prefeitura, ali ficavam as residências das famílias desalojadas de outros conjuntos habitacionais da área. Se fosse possível contar os anos de reclusão que os moradores dali haviam cumprido, seria preciso começar a contar na Era do Gelo, por assim dizer.

– É, chefe, se é verdade que o Tolkien nomeou as terras sombrias de Mordor em homenagem a Black Country, com certeza estava olhando para cá.

Kim não discordou. Era a terra que a esperança esqueceu. Ela sabia – pois Hollytree tinha sido sua casa durante os seis primeiros anos de vida.

Bryant estacionou em frente a uma fileira de estabelecimentos que já haviam sido pequenos comércios locais. A última a fechar tinha sido a revistaria que ficava na ponta, depois de ter sido roubada por dois garotos armados com faca.

O estabelecimento central, onde no passado havia funcionado um restaurante especializado em peixe com batata, abria uma vez por semana e funcionava como centro social. Um grupo de sete garotas que tinham por volta dos 15 anos estava de bobeira à porta e fechavam a entrada com seus corpos e sua atitude. Bryant olhou para ela e Kim respondeu com um sorriso.

– Pega leve com as meninas, tá, chefe?

– Claro que não.

Bryant parou um pouco atrás e Kim se aproximou da líder da galera. O cabelo dela tinha três diferentes tonalidades de roxo e a pele nova e sem rugas era sarapintada de metal.

Ela estendeu a mão direita.

– Ingresso.

Kim a encarou, lutando para não rir.

– Quanto?

– Cem?

Kim negou com a cabeça.

– Que nada, está caro. Estamos em recessão, você sabe disso.

A menina deu um sorriso malicioso, cruzou os braços e argumentou:

– Por isso que o preço tá alto.

As parceiras deram uma risadinha e se cutucaram.

– Ok, responda a uma pergunta simples e fechamos o negócio.

– Não vou responder pergunta nenhuma, sua vaca, porque você não vai entrar, tá ligada?

Kim deu de ombros e começou a se virar.

– Tudo bem, vou embora, então, mas do meu jeito pelo menos você tinha uma chance.

A hesitação durou um segundo.

– Desembucha, então.

Kim se virou e olhou para um rosto ávido por dinheiro.

– Me conta quanto eu tenho que pagar se pedir um desconto de 15 por cento?

A confusão enrugou o rosto da garota.

– Porra, eu não sei a...

– Viu? Se fosse para a escola, conseguiria extorquir muito mais – Kim inclinou-se para a frente, de modo que os rostos delas ficassem a dois centímetros de distância. – Agora saia do caminho antes que eu te arraste pelo *piercing* do nariz.

Kim manteve a voz baixa e deixou os olhos fazerem o trabalho.

A garota ficou encarando durante um minuto inteiro. Kim não piscou.

– Vamos nessa, meninas, não vale a pena perder tempo com essa vaca – disse ela, movendo-se para a esquerda. O bando a seguiu.

Assim que liberaram a porta, Kim se virou e disse:

– Ei, mocinha, 10 pratas para olhar o carro.

A garota hesitou, mas uma segunda garota a cutucou por trás.

– Beleza – rosnou ela.

Bryant entrou com ela no estabelecimento que era só casca. Tudo de valor havia sido retirado, inclusive os ladrilhos do teto. Uma rachadura de dois metros saía do canto direito e estendia-se até a parede dos fundos.

Havia três homens de pé no canto oposto. Todos se viraram. Dois ficaram visivelmente em pânico na mesma hora e passaram por eles seguindo na direção da porta. Criminosos de carreira eram como cães de caça e conseguiam farejar a polícia a quilômetros de distância.

– Foi alguma coisa que a gente disse, meninos? – perguntou Bryant.

Um dos garotos chupou ar por entre os dentes em sinal de desrespeito e Kim balançou a cabeça. O sentimento era mútuo.

Kim reconheceu o homem que estava no crematório no dia em que foram atrás do corpo de Mary Andrews.

– Pastor Wilks, não o reconheci de roupa – gracejou Bryant.

Victor Wilks sorriu com uma tolerância mal dissimulada a um comentário que devia ter ouvido muitas vezes. Embora Bryant não estivesse tão errado assim.

Com a túnica, Wilks era uma figura que instantaneamente despertava reverência, respeito, familiaridade. Ali, em um ambiente normal, ele parecia comum, um homem qualquer. O cálculo inicial de Kim no crematório era de que devia estar beirando os 60 anos, porém, sem o uniforme, parecia 10 anos mais novo. A roupa casual composta de calça jeans clara e moletom azul acentuava um corpo que era mais músculo do que gordura.

– Querem beber alguma coisa? – ofereceu ele, apontando para uma urna prata.

Kim prestou atenção nos dois últimos dedos na mão direita dele. Curvavam para baixo, como um gancho. Era uma lesão que ela já tinha visto em lutadores de boxe que não usam luvas. Isso, mais sua altura acima da média, fez Kim supor que ele já tinha sido boxeador em algum momento da vida.

Kim olhou para a urna e cutucou Bryant, que respondeu:

– Não, obrigado, pastor... ministro...

– Victor, por favor.

– O que diabo você está fazendo aqui? – perguntou Kim. Nenhuma pessoa em sã consciência entraria naquele lugar por opção.

Ele sorriu.

– Tentando oferecer esperança, detetive. Esta área é uma das mais necessitadas do país. Tento mostrar a eles que existe outro caminho. É fácil julgar, mas o bem está em todo mundo, basta procurarmos.

A-ha, aí está, pensou ela quando a voz dele mudou para o modo sermão.

– Qual é a sua taxa de sucesso? – perguntou Kim, irritada. – Quantas almas dessas você salvou?

– Não trabalho com números, minha querida.

– Felizmente – comentou ela, andando pelo local.

Bryant começou a falar sobre a investigação.

– Soubemos que você visitava Crestwood regularmente, conversava com as meninas, fazia pequenas missas.

– É verdade.

– Também soubemos que de vez em quando você cobria William Payne.

– Isso também é verdade. Todos nós o cobríamos de vez em quando. A situação dele não era nada invejável, tenho certeza de que concordam comigo. O comprometimento dele para com a filha é admirável. É eternamente grato pela vida da Lucy. Ele toma conta dela incansavelmente. Todos os funcionários faziam o melhor para ajudá-lo.

Victor pensou um momento antes de acrescentar:

– Quer dizer, a maior parte dos funcionários.

Kim terminou de dar a volta no local e parou ao lado de Bryant.

– Por falar em funcionários, você pode nos dizer quem estava lá na época em que se envolveu com Crestwood?

Victor caminhou até a urna e Kim ficou surpresa por aquele utensílio de metal ainda não ter sido roubado e vendido como sucata.

Pôs um saquinho de chá em um copo de plástico.

– Richard Croft tinha acabado de assumir o cargo de gerência. Parece que o papel dele era primordialmente administrativo. Acho que a tarefa dele era apertar o orçamento e melhorar a eficiência. Tinha muito pouco contato com as meninas e gostava das coisas assim. Sempre tive a impressão de que nunca esteve realmente presente, que queria finalizar o serviço depressa, atingir suas metas e seguir em frente.

– E Teresa Wyatt?

– É claro que havia atrito entre eles. Ignoraram Teresa para o cargo de gerente e ela ficou ressentida quando Richard o assumiu.

Wilks mexia o saquinho de chá para tirar sabor dele.

– Teresa não era uma mulher assim tão cordial e ela e Richard entraram em desacordo assim que se conheceram. Se odiavam e todo mundo sabia disso.

Tudo muito interessante, pensou Kim, mas não ajudava nem um pouco a explicar porque duas, possivelmente três, meninas foram mortas no local.

– Acreditamos que a Teresa tinha o gênio um pouco difícil.

Victor deu de ombros e ficou calado.

– Você viu algum sinal disso?

– Não, pessoalmente, não.

– Mas alguma outra pessoa viu? – pressionou Kim.

Ele hesitou depois abriu as mãos:

– Não vejo que mal isso pode causar agora. Teresa comentou comigo que prestaram uma queixa contra ela. Já tinha ouvido uns boatos sobre ela de vez em quando dar uns tapas ou uns empurrões quando a frustração a fazia perder a cabeça, mas aquela vez foi diferente. Ela deu um soco tão forte na barriga de uma menina que ela cuspiu sangue.

Kim sentiu o pé começar a bater. Pôs a mão no joelho para fazê-lo parar.

– E prestaram queixa por causa disso?

Ele abanou a cabeça e começou a explicar:

– Não, Teresa não estava tão preocupada com a agressão quanto com o que a reclamante iria insinuar.

– Que era?

– Que Teresa Wyatt tinha batido na menina por ela ter se recusado a fazer sexo.

– E foi isso mesmo?

A expressão no rosto de Victor era de incerteza.

– Acho que não. Teresa foi honesta comigo sobre a agressão. Admitiu exatamente o que tinha feito, mas jurou que não tinha sido por causa de sexo. Ela sabia que uma alegação daquela a destruiria. Uma mancha ficaria grudada no nome dela como um sanguessuga pelo resto da vida.

Kim fechou os olhos e balançou a cabeça. Os segredos não paravam de surgir.

– Quem era a reclamante? – perguntou Kim. Ela apostaria a moto, a casa e o emprego que era uma das três.

– Ela não falou, detetive. A conversa que tivemos foi para o bem dela. Teresa queria falar sobre aquilo para endireitar as coisas na própria cabeça.

É claro que queria, pensou Kim. Deus nos livre da possibilidade de Teresa Wyatt ter sequer pensado em contar a verdade.

– E o Tom Curtis? – perguntou Bryant.

Vitor teve que pensar por um momento.

– Ah, você está falando do cozinheiro? Era bem calado. Não tinha atrito com ninguém. Era meio como um carneirinho, acho que dá para pensar isso dele. Levou uns puxões de orelha algumas vezes por se aproximar demais das meninas.

– Sério? – questionou Kim.

– Ele tinha 20 e poucos anos, era o funcionário mais jovem, então conseguia se relacionar melhor com elas. Algumas pessoas achavam que bem até demais… mas eram só boatos, então prefiro não comentar mais nada.

– Mas com certeza você tinha uma opinião a respeito.

Victor fechou a cara e ele levantou a mão direita.

– Não vou macular o nome de homem morto sendo que pessoalmente não vi prova alguma de impropriedade.

– Está insinuando que os outros viram? – pressionou Kim.

– Não cabe a mim dizer isso e não vou especular.

– Entendido, Victor – tranquilizou Kim. – Por favor, continue.

– Mary Andrews era uma mulher prática e provavelmente quem dava mais atenção às meninas. Era muito firme, mas amorosa e acessível também. Aquilo não era só um emprego para a Mary.

– E o Arthur?

Victor deu uma risada.

– Ah, o Arthur Connop, já ia me esquecendo dele. Um indivíduo muito infeliz, sempre achei isso. Frequentemente eu me perguntava o que tinha acontecido na vida dele para deixá-lo tão amargo e hostil. Sujeitinho estranho, não gostava de muita gente.

– Principalmente do William Payne? – perguntou Bryant.

Victor franziu o nariz.

– Ah, não acho que fosse algo pessoal. O William é uma pessoa de quem é difícil não gostar. Acho que o Arthur se ressentia do fato de o restante dos funcionários fazerem coisas para ajudar William de vez em quando. Arthur queria ter os mesmos direitos que os outros.

– Como ele interagia com as meninas?

– Quem, o Arthur? Nem um pouco. Odiava todas elas sem exceção. Por causa de sua natureza, ele era um alvo fácil. Elas pregavam peças nele. Escondiam as ferramentas, esse tipo de coisa.

– Elas pregavam peças no William?

Victor pensou por um momento. Algo lhe atravessou o rosto, mas ele negou com a cabeça.

– Na verdade, não, como William trabalhava no turno da noite, seu contato com as meninas era mínimo.

Kim inclinou-se para a frente. Havia alguma coisa que ele não estava contando.

– O que me diz das meninas de lá?

Ele recostou-se.

– Não era um grupo ruim. Algumas delas estavam ali apenas temporariamente por alguma situação familiar. Outras eram mandadas para a assistência social depois de acusações de abuso infantil. Havia as que permaneciam ali até um membro da família pedir a guarda delas e algumas não tinham familiar nenhum.

– Você se lembra das gêmeas Nicola e Bethany?

O rosto dele foi tomado por um sorriso.

– Nossa, lembro, sim. Eram menininhas lindas. Se bem me lembro, a Nicola era a mais extrovertida das duas. A Bethany geralmente se escondia atrás da irmã e deixava que ela falasse. Não se misturavam muito com as outras. Acredito que era porque tinham uma à outra.

– Nenhuma menina era problemática, então? – perguntou Kim. Aquilo não se parecia com nenhum orfanato em que ela tinha ficado.

– É claro que havia meninas mais difíceis. Garotas mais velhas, com quem não se conseguia diálogo. Havia três meninas em particular... desculpem, mas não lembro o nome delas. Já eram bem ruins quando estavam separadas, mas depois que se juntaram, se transformaram num grupinho tenso. Elas se desafiavam e criavam todo tipo de problema: roubavam, fumavam, se envolviam com garotos. – Ele desviou o olhar. – E outras coisas.

– Que outras coisas? – perguntou Bryant.

– Realmente não cabe a mim dizer.

– Elas machucaram alguém? – interveio Kim.

Victor levantou e ficou diante da janela.

– Não fisicamente, detetive.

– Como, então? – perguntou ela, trocando um olhar com Bryant.

Victor suspirou.

– Elas eram muito cruéis, principalmente juntas.

– O que elas fizeram? – pressionou Kim.

Victor permaneceu à janela.

– Uma das meninas era ali da região e sabia da Lucy. Um dia as três se ofereceram para brincar com a garota enquanto o William resolvia umas coisas. – Como era uma pessoa que confiava totalmente nos outros, o William aproveitou a oportunidade para ir ao supermercado. Quando voltou mais ou menos uma hora depois, não encontrou as meninas em lugar nenhum, nem a Lucy. Procurou em todos os cantos da casa.

Victor se virou e caminhou de volta na direção deles.

– Sabe onde ele a encontrou?

Kim sentiu o maxilar começar a ficar tenso.

– Elas tiraram a roupa da Lucy e a colocaram em uma lata de lixo. Não tinha força nos músculos suficiente para sair – ele engoliu em seco. – Ficou agarrada lá durante mais de uma hora, coberta de lixo, comida e a própria fralda suja. A pobrezinha só tinha três anos.

Kim sentiu a náusea aumentar dentro de si. Não importava o quanto eles tentavam ampliar o alcance desse caso, ele sempre apontava de volta para a porta da casa de William e Lucy Payne.

Era hora de terem outra conversa.

CAPÍTULO 48

– O QUE DIABO ESTÁ ACONTECENDO AQUI? – gritou Kim quando pararam o carro em frente à casa de Payne. Havia uma viatura de polícia e uma ambulância estacionadas em frente a ela. As portas de trás da ambulância estavam abertas.

Enquanto dava a volta nos veículos, dois paramédicos saíram da propriedade com uma maca.

O corpo pequeno e frágil de Lucy mal preenchia a maca. Carregavam-na como se fosse um bebê. A atrofia de seus membros era mais nítida fora da cadeira. Uma máscara de oxigênio cobria seu pequeno rosto, mas Kim viu os olhos dela e o medo que irradiavam.

A detetive encostou de leve no braço dela, mas os paramédicos estavam movimentando-se com agilidade para colocarem-na sem demora na parte de trás da ambulância.

William Payne saiu apressado da casa. Não havia cor alguma em seu rosto. Estava com os olhos arregalados e amedrontados.

– O que aconteceu? – perguntou Kim.

– Ela ficou sem ar à noite, mas parecia melhor hoje de manhã. Eu estava lá em cima trocando a roupa de cama e ela deve ter tido dificuldade de novo, mas não conseguiu fazer nenhum barulho. Não conseguiu me avisar.

Os dois ficaram parados na parte de trás da ambulância enquanto os paramédicos fixavam a maca no lugar.

William lutava para conter as lágrimas, o que deixava seus olhos cada vez mais vermelhos.

– Ela conseguiu apertar o botão no pingente, ouvi as sirenes distantes. Quando desci, ela estava ficando azul – William balançou a cabeça quando as lágrimas começaram a escorrer. Sua voz estava rouca e aterrorizada. – Lucy pode morrer porque não ouvi o pedido de ajuda dela.

Kim abriu a boca para tentar tranquilizá-lo, mas um dos paramédicos pulou para fora do veículo.

– Senhor, precisamos…

– Tenho que ir. Por favor, me dê licença…

Kim o ajudou a subir na parte de trás da ambulância.

As portas foram fechadas e a ambulância saiu em velocidade com as sirenes ligadas.

Kim ficou observando o veículo desaparecer de vista e sentiu um nó na garganta.

– A situação não parece nada boa, hein, chefe?

Kim balançou a cabeça e atravessou a rua para ir ao local das escavações.

Entrou na tenda da vítima número dois. Cerys estava ajoelhada no buraco. Ela se virou e sorriu.

Kim estendeu a mão. Cerys tirou a luva de látex e aceitou a ajuda de Kim para sair do buraco.

Sua mão quente e macia estava coberta pelo talco do interior da luva. Cerys foi até a ponta superior do buraco.

– Ouvi sirenes. Está tudo bem?

A detetive deu de ombros. Não havia muito por que explicar sobre Lucy. Cerys não estava envolvida naquela parte da investigação e Kim achava que sua própria reação emocional à garota não fazia sentido, portanto não valia a pena explicá-la a outra pessoa.

– O primeiro buraco está pronto, então? – perguntou Kim. A primeira sepultura tinha sido tampada e já estava gramada. Parecia um transplante de cabelo malfeito. A tenda tinha sido removida, mas haviam montado outra.

– Alguma coisa ali em cima?

– Estamos chegando perto. As leituras indicam que a massa está a menos de dois metros de profundidade.

Diferentemente de Cerys que, como cientista, não assumia que aquilo era um corpo até ver os ossos, o instinto de Kim lhe dizia que se tratava da terceira garota. Era só uma questão de definir quem era quem.

– Finalizamos o trabalho neste aqui mais tarde e o tampamos hoje à tarde.

– Mais alguma coisa?

– Achamos as miçangas – disse ela, movendo-se na direção da mesa dobrável. – Onze no total. E isto – Cerys ergueu um saco plástico.

Kim o pegou e sentiu a espessura do tecido.

– Flanela, suponho eu – opinou Cerys.

– Pijama?

– É possível, mas só a parte de cima.

– Não tinha calça?

Cerys negou com a cabeça.

Kim ficou calada. A falta da parte de baixo da roupa pôs uma imagem em sua cabeça que a fez ranger os dentes.

– Podia ser de um tecido diferente, a calça podia não fazer conjunto com a parte de cima, o material pode já ter decomposto.

Kim concordou com um gesto de cabeça. Era isso que esperava.

– Nada mais?

Cerys entregou a ela um pote de Tupperware cheio de fragmentos encrostados de barro.

– São pedacinhos de metal, mas não acho que seja algo ligado ao assassinato.

– Próximo passo?

Cerys limpou a mão na calça jeans.

– Vou para o terceiro buraco, vamos lá?

Kim foi com ela à tenda mais recente.

– Bem na hora, chefe – disse Dawson quando ela entrou.

Saliente na terra escura, Kim viu a forma inconfundível de um pé.

Sete pessoas dentro da tenda olhavam para a cova rasa. Não importava que aquilo era o que a maioria deles esperava encontrar. Todo corpo merecia um momento de respeito, uma silenciosa e unificada declaração em que todos juravam para si mesmos que levariam o culpado à justiça.

Cerys se virou para Kim. Entreolharam-se. Os olhos da detetive estavam assombrados, porém firmes.

Com a voz baixa e grossa ela disse o que todos em volta estavam pensando.

– Kim, você tem que achar o filho da mãe que fez isso.

Kim concordou com um gesto de cabeça e saiu da tenda. A intenção dela era exatamente essa.

CAPÍTULO 49

– CHEFE, RECEBI UMA MENSAGEM – disse Bryant ao saírem da tenda. – O dr. Daniel quer que a gente veja uma coisa.

Kim não disse nada e começou a descer a rua. Bryant ligou o carro e seguiu na direção do hospital Russells Hall. Sabia quando deixá-la em paz.

Uma fúria estava se formando dentro dela. Independentemente do que tinham feito, aquelas garotas não mereciam morrer. Alguém ter achado que a vida delas era descartável a deixava nauseada. Ela tinha sido uma dessas meninas e todas mereciam a chance de lutar.

Um início ruim na vida não ditava os atos do futuro. Kim era prova desse fato. Seus primeiros anos prometiam uma vida de crime, drogas, tentativas de suicídio e possivelmente até coisa pior. Todas as placas ao longo da estrada a tinham direcionado para a destruição da vida, dela mesma ou de outras pessoas. Mesmo assim, Kim levantou o dedo do meio para uma existência pré-determinada. Não havia nada que sugerisse que aquelas três vítimas não pudessem ter feito o mesmo.

Bryant parou o carro em frente à entrada principal. Kim saltou do veículo e começou a caminhar. Ele a alcançou quando chegou aos elevadores.

– Jesus, vai mais devagar, chefe. O rúgbi eu aguento. Acompanhar o seu ritmo é uma coisa completamente diferente.

Ela balançou a cabeça.

– Anda, vovô, aperta o passo aí.

Kim entrou no necrotério. Viu que os ossos da segunda vítima tinham sido dispostos na mesa ao lado da primeira.

Embora mortas, Kim não conseguiu deixar de sentir alívio pelo fato de a vítima número um não estar mais sozinha em meio à frieza clínica do laboratório. Se tinham sido amigas em vida, estavam juntas novamente.

O sentimento durou pouco, pois viu um conjunto de ossos ao lado da segunda vítima.

– O bebê? – perguntou ela.

Daniel fez que sim com a cabeça. Não trocaram cumprimentos.

Kim olhou mais de perto. Os ossos eram tão pequenos que não chegavam a ter um formato reconhecível, o que a detetive achou ainda mais triste.

E era trabalho de Daniel inspecionar aqueles ossos em busca de pistas e fingir que não eram os elementos constitutivos de um bebê. Exigia-se uma objetividade científica de todos eles. Era necessário extrair a emoção do processo. Mas em busca de pistas, ele tinha de dissecar uma vida que jamais nasceu. Era algo que ela não conseguiria fazer.

Não havia espaço para fazer piadinhas naquele momento.

– Quanto tempo? – perguntou ela.

– Os ossos começam a se desenvolver na 13ª semana. Um recém-nascido tem aproximadamente trezentos ossos. Eu estimaria que este pequenino tem entre 23 e 25 semanas.

Com certeza já era uma pessoa, pensou Kim. Tanto ética quanto legalmente. Abortos geralmente não eram realizados após a vigésima semana, a não ser que houvesse um risco muito grande para a mãe.

– Seria um duplo assassinato, então, chefe? Mãe e filho?

Kim fez que sim. Movimentou a mão lentamente na direção dos ossos. Queria cobri-los. Por que razão, não tinha ideia.

Daniel deu a volta na mesa e parou entre as meninas.

– Não sei se vai ajudar, mas tenho mais informações sobre a vítima número um. Tinha por volta de um metro e sessenta e se alimentava mal, eu diria que estava subnutrida.

Bryant pegou seu caderninho.

– Ela não cuidava dos dentes e os incisivos inferiores eram tortos. Já tinha quebrado dois dedos da mão esquerda e fraturado a tíbia direita. Essas lesões não ocorreram próximas da morte.

– Abuso infantil?

– Muito provável – respondeu ele, se virando, mas não antes de ela notar o movimento da garganta dele engolindo em seco.

Virou-se para a vítima número dois.

– Ainda não tenho o mesmo nível de informações da vítima número dois, mas achei que vocês precisavam saber de uma coisa.

Ele foi até a ponta superior da mesa e moveu lentamente a parte inferior do maxilar da vítima número um.

– Olhe com atenção a parte interna dos dentes.

Kim se aproximou inclinando o corpo. Viu aquilo que Daniel tinha notado, que os dentes inferiores eram tortos, mas, com exceção de que não havia gengiva nem carne, tudo aquilo parecia relativamente normal.

– Agora deem uma olhada na vítima número dois.

Kim se virou e se inclinou sobre o crânio da segunda mulher. Os dentes eram razoavelmente certos e não tinham nenhuma lesão evidente, mas havia algo diferente na cor geral do esmalte.

– Limparam a vítima número um? – perguntou ela.

– Não limpamos nenhuma das duas.

A tolerância para jogos de adivinhação de Kim evaporava depressa.

– Desembucha, doutor.

– A terra presente nos dentes da vítima número um entrou na cavidade da boca ao longo do tempo, depois da decomposição da carne, provavelmente cinco, seis anos após morte. A terra no interior dos dentes da segunda vítima já estava ali no dia em que foi enterrada.

Kim ligou rapidamente os pontos dispersados por Daniel. Só havia uma maneira de o solo ter se fixado na parte interna do dente com tanta rapidez.

A menina tinha sido enterrada viva.

CAPÍTULO 50

TRACY FOI A PRIMEIRA A "FUGIR", e havia momentos em que eu queria que isso não tivesse acontecido. A dor do arrependimento que senti depois era tão surpreendente e desconhecida que pelejei para nomeá-la.

Pensar retrospectivamente não é algo natural para um psicopata a não ser que um plano saia errado – mas nesse caso ele é analítico apenas, não emocional.

O mundo ficou fora do eixo enquanto eu lutava para derrubar aquele intruso. Após dominá-lo, compreendi que o arrependimento tinha origem não naquilo que eu tinha feito, mas no fato de que não a veria novamente, que não veria o balanço de seus quadris quando se movia pelo quarto.

Que o arrependimento só tinha correlação com aquilo que estava perdido para mim.

O mundo endireitou-se.

Apesar disso, eu sabia que Tracy era diferente. Há mulheres que se destacam mesmo quando ainda são bem jovens. Elas entram em um lugar e cabeças viram, olhos vagam. Não tem a ver com beleza, e sim com uma essência interior, um espírito que não se despedaça. Uma determinação que assegura ao seu dono a realização de tudo a que se propuser.

Isso é atraente e estimulante.

Eu sabia que o corpo de nove anos de Tracy havia sido vendido por 35 libras pela mãe, Dina. Uma semana depois, foi vendido por uma quantia consideravelmente maior quando ela entendeu o valor no mercado. Dois meses depois, Dina aposentou-se completamente do negócio.

Tracy foi recolhida pela assistência social dois dias depois de seu aniversário de 14 anos. Levaram-na para Crestwood e a colocaram em meio a outras garotas abusadas que tinham sido espancadas, estupradas, negligenciadas.

Não se sentiu agradecida.

Não era vítima e queria ficar exatamente onde estava.

Tinha aprendido da maneira mais difícil que não podia confiar em ninguém. Havia dois anos que Tracy estava escondendo de Dina parte do dinheiro que ganhava. Não reclamava dos desafios da vida. Simplesmente passava a tirar vantagem deles.

Contou-me tudo sobre sua infância. Aquilo me lembrava uma narrativa factual sendo lida em um livro. Uma ou duas vezes sua voz esmoreceu, mas recuperou-se rapidamente e seguiu em frente.

Eu escutava, mexia a cabeça e oferecia apoio.

E depois fizemos sexo. Correção... Eu fiz sexo e ela se debateu. Estupro é uma palavra feia que não define o que houve entre nós.

Depois, ela levantou e me olhou nos olhos. Estava com a expressão fria, calculista, em desacordo com um rosto tão jovem.

– Isso vai sair caro pra você – ameaçou ela.

Eu não tinha medo da Tracy contar para alguém o que tinha ocorrido entre nós. Não confiava em ninguém, somente nela mesma. Arranjaria uma maneira de usar aquilo contra mim, de modo que conseguisse se beneficiar.

Eu admirava seu otimismo juvenil e não fiquei surpreso quando me prensou num canto alguns meses depois.

– Estou grávida, e é seu – afirmou ela, triunfante.

Achei aquilo divertido, ainda que duvidasse das duas partes da declaração. Uma das coisas de que mais gostava na Tracy era sua habilidade de manipular qualquer situação em proveito próprio.

– E? – perguntei. Nós dois sabíamos que a negociação estava aberta.

– Quero dinheiro – respondeu.

Sorri. É claro que queria. A verdadeira pergunta era quanto. Transações anteriores afixaram um número na minha cabeça. Seria o preço de um aborto mais um pequeno extra. O custo normal de uma negociação.

Permaneci em silêncio, usando a mais poderosa ferramenta de negociação existente.

Ela inclinou a cabeça e aguardou. Também a conhecia.

– Quanto? – perguntei, de modo indulgente. Aquela garota tinha algo de diferente.

– O suficiente.

Gesticulei a cabeça. É claro que lhe daria o suficiente.

– Quinhentos...

– Não passou nem perto – interrompeu ela, semicerrando os olhos.

Valia a pena abrir com uma oferta baixa, já tinha funcionado duas vezes.

– Cinco mil ou abro a boca.

Dei uma gargalhada alta.

– Abortos não...

– Não vou fazer porra de aborto nenhum. Sem chance. Quero dinheiro para fugir – ela deu uns tapinhas na barriga. – Para começar de novo.

Nem no inferno um negócio daquele ia acontecer. Sou uma pessoa razoável. Eu sabia que se ela fizesse acusações naquele momento, ninguém acreditaria nela, mas com um DNA ambulante eu nunca me livraria. A data de nascimento dele seria uma ameaça constante.

Aquele bebê não podia nascer.

Demonstrei ter entendido com um gesto de cabeça. Precisava de tempo para pensar, tempo para planejar.

Mais tarde naquela noite eu estava preparado.

– Temos que beber alguma coisa para comemorar a nossa separação – falei, servindo uma generosa dose de vodca em um pinguinho de Coca-Cola.

– Está com o meu dinheiro? – perguntou ela, levantando o copo.

Confirmei com a cabeça e bati no bolso de trás.

– O que você está pensando em fazer?

– Vou para Londres, depois arrumo um apartamento, um trabalho, aí volto para escola e tiro algum diploma.

Ela continuou a falar e eu, a encher o copo dela. Vinte minutos depois seus olhos estavam caídos e as palavras, emboladas.

– Venha comigo, quero te mostrar uma coisa – estendi minha mão, ela recusou, se levantou a caiu para trás. Levou um tempinho para tentar novamente. Dessa vez ziguezagueou na direção da porta como um cachorro em uma pista de corrida. Ultrapassei-a e abri a porta dos fundos. A repentina rajada de ar fresco a fez cair sobre mim. Equilibrei-a, mas suas pernas dobraram para a frente e ela caiu no chão.

Tracy riu ao tentar impulsionar o corpo para levantar. Ri junto ao pegar a parte de cima de seus braços e sair andando com ela pela grama. Depois de 25 passos no sentido noroeste, soltei-a. Tracy caiu no buraco de costas. Riu de novo. Eu também.

Ajoelhei-me no buraco ao lado dela e pus as mãos ao redor de seu pescoço. A sensação da pele nas palmas era estimulante, mesmo quando ela tentou soltar minha mão aos golpes. Seus olhos estavam fechados e ela estremecia debaixo de mim em um estado de semiconsciência. O movimento dos quadris e a ondulação dos seios eram hipnóticos. E não podiam ser ignorados. Rasguei o frágil short com um movimento ligeiro e na mesma hora estava dentro dela.

Seu corpo era maleável nas minhas mãos e ela oscilava entre a consciência e a inconsciência. Movia-se como se em um estado onírico. Não se debatia como na primeira vez.

Quando levantei, seus olhos estavam revirados. Agachei-me ao lado dela no espaço limitado e estendi o braço para pegar o short rasgado – o guardaria para sempre. Ele me ajudaria a lembrar. Uma vez mais pus as mãos na garganta dela. Fiquei com os dedos pairando acima da laringe, e eles simplesmente não pressionavam. O bonito rosto ainda sorria em seu estado de torpor.

Frustrado, pulei para fora do buraco. A primeira pá de terra caiu no torso. Ela não abriu os olhos.

Trabalhei freneticamente e enchi o buraco em minutos. Esse método de desova era novo para mim.

Pisoteei a terra e recoloquei a grama.

Fiquei meia hora com ela. Não queria que ficasse sozinha.

Sentei ao lado da sepultura e a xinguei pelo que tinha me obrigado a fazer. Se não tivesse sido tão gananciosa. Se tivesse simplesmente aceitado o dinheiro para o aborto, tudo ficaria bem.

Mas aquele bebê jamais poderia nascer.

CAPÍTULO 51

BRYANT SUSPIROU ao abrir uma bala de hortelã. Era uma reação instantânea quando saía de um ambiente em que era proibido fumar.

– Você consegue pensar em alguma coisa pior do que ser enterrado vivo? – perguntou quando chegaram ao carro.

– Consigo, sim. Ser enterrada viva com você – respondeu tentando melhorar o próprio humor.

– Muito obrigado, chefe, mas estou falando sério, consegue pelo menos imaginar uma coisa dessas?

Ela negou com a cabeça. Era uma maneira de morrer hedionda demais para se compreender. Imaginou que a maior parte das pessoas gostaria de partir tranquilamente durante o sono. Ela sempre preferiu a ideia de levar um tiro.

A vítima número dois teria de estar inconsciente ou incapacitada de alguma maneira quando colocada no buraco. Ela teria recuperado a consciência envolta pela densa escuridão da terra. Teria sido incapaz de ver, escutar ou mover um músculo. Devia ter tentado gritar, uma reação natural ao terror horrível. Sua boca teria ficado cheia de terra e toda respiração que pelejasse para dar teria obstruído ainda mais o nariz e a garganta. O fôlego teria lentamente deixado o corpo quando a boca, ao tragar, não consumisse nada além de solo.

Kim fechou os olhos e tentou imaginar o medo, o pânico absoluto que devia ter paralisado a garota de 15 anos seminua. Era uma escuridão que Kim não conseguia compreender.

– Como um mal dessa magnitude cresce em um homem? Onde isso começa?

Kim deu de ombros.

– Edmund Burke fez uma boa observação ao dizer: *para que o mal triunfe, basta que os homens bons não façam nada.*

– O que está querendo dizer, chefe?

– Estou dizendo que essas podem não ter sido as primeiras vítimas dele. Raramente o primeiro sinal de uma mente maligna é um assassinato a sangue frio. Com certeza houve sinais anteriores que foram ou perdoados ou ignorados.

Bryant concordou e depois se virou para ela.

– Quanto tempo acha que ela levou para morrer?

– Não muito – respondeu Kim, mas sua mente acrescentou que a sensação deve ter sido de uma vida inteira.

– Graças a Deus.

– Quer saber de uma coisa, Bryant? Não consigo mais fazer isso – disse ela abanando a cabeça.

– O que, chefe?

– Não posso mais ficar me referindo a essas vítimas usando um número: vítima um, vítima dois. Elas já sofreram o bastante com isso quando estavam vivas. Temos três corpos e três nomes e precisamos fazer a ligação entre eles.

Kim olhou pela janela e foi tomada por uma lembrança repentina. Seu aniversário de 15 anos tinha caído no período entre as famílias adotivas números quatro e cinco.

Dois dias antes, um funcionário do orfanato a tinha abordado.

– O aniversário da Kim é amanhã e a gente está fazendo uma vaquinha para comprar um presente. Você quer participar? – ele lhe perguntou.

Kim ficou olhando-o durante um bom e longo minuto para ver se ele se dava conta de que havia acabado de lhe pedir para contribuir com a própria vaquinha. O rosto dele tinha permanecido sem expressão alguma.

– Para onde, chefe? – perguntou Bryant, aproximando-se da saída do hospital.

Com a informação que Daniel Bate acabara de dar, Kim sabia que somente uma pessoa podia ajudá-los, apesar da ameaça que havia sofrido mais cedo naquele mesmo dia.

– Acho que Brindleyplace, Bryant. Está na hora de ir ver as gêmeas.

Ela se concentrou na estrada.

– Preciso descobrir os nomes delas.

CAPÍTULO 52

NICOLA ADAMSON abriu a porta na segunda batida, de pijama de cetim. Com o cabelo desgrenhado, os cumprimentou com um enorme bocejo.

– Me desculpa se acordamos você – expressou Bryant.

Aquele "se" não tinha que estar na frase, ainda que a hora do almoço já tivesse passado há muito tempo.

Ela bocejou novamente e esfregou os olhos.

– Fiquei até tarde na boate. Ontem cheguei às cinco da manhã... hoje, tanto faz.

Nicola fechou a porta e foi direto para a cozinha. Embora ela mesma tivesse só 34 anos, Kim se perguntou se alguma vez tinha saído da cama com uma aparência tão fantástica.

– Falo com vocês na boa, gente, mas me deixem fazer um café primeiro.

Kim empurrou uma bolsa para o lado e sentou no sofá.

– A sua irmã me procurou hoje de manhã.

Nicola virou o rosto na mesma hora.

– Ela fez o quê?

– Não ficou muito feliz com a ideia de você nos ajudar.

Nicola balançou a cabeça e desviou o olhar. O pote de café instantâneo bateu de volta no armário emitindo um baque surdo.

Kim teve a impressão de que aquela não era a primeira vez que Beth tinha interferido.

– O que ela falou com você?

– Ela me avisou para deixar vocês duas em paz e para não abrir feridas antigas.

A tensão deixou o corpo de Nicola.

– Só está preocupada comigo, imagino. Ela parece meio áspera, eu sei, mas só está sendo superprotetora. – Ela deu de ombros e sentou. – Os gêmeos são assim mesmo.

É verdade, pensou Kim.

– Mas eu já sou bem crescidinha e me ofereci para ajudar, então, se têm alguma coisa para me perguntar, vão em frente – sorriu ela. – Principalmente agora que já tenho café.

– A sua irmã machucou a perna há pouco tempo? – perguntou Kim, querendo saber se aquilo tinha alguma relação com a amargura da moça.

– Não, é de infância. Ela caiu de uma macieira quando tinha oito anos. Quebrou os ossos do joelho. Conseguiram emendar, mas no clima frio a lesão volta a doer. Então, em que posso ajudar?

Bryant pegou o caderninho.

– Temos mais informações sobre as vítimas e achamos que talvez possa nos ajudar na identificação.

– É claro, se eu puder.

– Provavelmente a primeira vítima era bem alta. Devia ser magra e tinha os dentes de baixo tortos…

– Melanie Harris – disse Nicola com convicção.

– Tem certeza?

– Ah, tenho. Ela sofria muito por causa daqueles dentes. As meninas mexiam muito com ela na escola, antes de ela se juntar às outras duas. Ninguém mais fez *bullying* com ela depois disso. Ela era meio esquisita ao lado das outras duas, por ser tão mais alta, tipo uma guarda-costas – Nicola ficou séria. – Disseram para nós que ela tinha fugido.

Kim e Bryant ficaram calados.

Nicola movimentou a cabeça de um lado para o outro e perguntou:

– Quem ia querer machucar a Melanie?

– Isso é o que estamos tentando descobrir.

– Há uma segunda vítima, Nicola – disse Kim, em voz baixa. – E essa estava grávida.

Nicola inclinou-se sobre a mesa e estendeu o braço para pegar a bolsa que Kim tinha afastado. Pegou um maço de cigarro e um isqueiro de plástico. Kim não tinha visto nenhum indício de que ela tinha o hábito de fumar quando a visitaram no dia anterior.

Ela colocou um cigarro na boca, e ficou movimentando o dedão para tentar acender o isqueiro. Conseguiu na terceira tentativa.

– Tracy Morgan – sussurrou Nicola.

Kim olhou para Bryant, que ergueu as sobrancelhas.

– Tem certeza?

– Tenho, sim. Não é algo de que eu tenha orgulho, mas quando nova eu era muito enxerida. Meus boletins escolares sempre tinham a frase "A Nicola se sairia bem se tomasse conta da própria vida do jeito que toma conta da dos outros".

Bryant deu uma risadinha.

– Sei como é, tenho uma em casa que é desse jeitinho aí.

Nicola deu de ombros e continuou:

– Costumava escutar escondida atrás das portas. Eu me lembro de ter ouvido a Tracy falar que estava "embuchada", como ela mesma disse.

– Alguma ideia de com quem ela estava saindo? – perguntou Kim. Podia ser outra pista.

– Não, eu a ouvi falando que ia procurar o pai, mas não fiquei muito tempo lá para que não me pegassem.

Nicola deu um trago no cigarro assim que compreendeu:

– Tem uma terceira vítima, não tem?

Ficaram calados e deram um minuto para ela digerir a notícia.

– Você pode nos dizer alguma coisa sobre a...

– Louise era a outra. Não lembro o sobrenome, mas ela era a líder, a mais durona. Ninguém mexia com a Louise. Mesmo depois de as outras duas terem fugido... desculpa, depois de terem *falecido*... ninguém se atrevia a mexer com ela. – Ficou um momento em silêncio. – Agora que estou pensando nisso, ela vivia insistindo que as amigas não tinham fugido.

– Você sabe de alguma coisa sobre a Louise que nos ajudaria a confirmar a identificação?

Nicola apagou o cigarro em um cinzeiro de vidro lapidado.

– Ah, sei, sim. A Louise usava dentadura. Ela tinha perdido três dentes em uma briga com umas meninas de outra escola. Odiava a aparência que tinha sem ela. Certa noite, uma das meninas de Crestwood pregou uma peça e a escondeu. A Louise quebrou o nariz dela.

– Você sabe de algo sobre um incidente com a filha do William Payne?

Nicola franziu a testa antes de responder:

– Ah, você está falando do vigilante da noite? – perguntou antes de negar com a cabeça. – A gente quase não o via. Nunca ouvi falar de nada em particular, só me lembro de elas terem ficado um mês ou coisa assim de castigo por causa de alguma coisa que haviam aprontado. Mas estavam sempre tramando algum tipo de sacanagem. Mesmo assim... elas não mereciam isso.

Bryant virou a página do caderninho.

– Você se lembra do Tom Curtis?

Nicola semicerrou os olhos.

– Era mais novo que os outros funcionários. Era meio tímido e algumas meninas tinham uma quedinha por ele. – Nicola levou a mão até a boca. – Ah, não, vocês não estão achando que ele podia ser o pai… – Suas palavras escapuliram, embora não tivesse conseguido terminar de pronunciar seu pensamento.

A ideia tinha passado pela cabeça de Kim, mas ela preferiu não responder. Ela sentiu que àquela altura Nicola não podia contribuir com mais nada e se levantou.

– Obrigada pelo seu tempo, Nicola. Por favor, não compartilhe essa informação com ninguém até que as vítimas tenham sido formalmente identificadas.

– É claro.

Kim saiu na direção da porta e se virou.

– Qual delas foi primeiro?

– Como?

– Quem desapareceu primeiro, Melanie ou Tracy? – perguntou Kim. Nicola já tinha lhes dito que Louise fora a última. Nicola esfregou o rosto, meditativa.

– Tracy foi a primeira porque Melanie e Louise acharam que ela tinha desaparecido por causa da gravidez.

Kim agradeceu com um movimento de cabeça e já estava na metade do caminho até a porta.

– Detetive…

Kim se virou.

– Apesar do que minha irmã disse, estou mais do que disposta em ajudar da maneira que puder.

Novamente Kim agradeceu com um movimento de cabeça.

– Para onde, chefe? – perguntou Bryant.

O relógio de Kim informava que já passava das três da tarde.

– De volta para a delegacia.

Ela pegou o celular e ligou para Dawson.

– Oi, chefe – atendeu.

– Qual é a situação aí, Kevin?

– Estão fechando a segunda sepultura e a Cerys já desenterrou metade do terceiro corpo. O dr. Bate está a caminho. Como ela não está enterrada muito fundo, acham que conseguem tirá-la hoje à noite.

Kim tinha ciência do quanto estava exigindo de sua equipe.

– Assim que o doutor chegar aí, pode bater em retirada. Não vamos conseguir muito mais antes de amanhã de manhã.

– Chefe, prefiro ficar, se eu puder.

Dawson não aceitar uma folga era algo inédito.

– Kevin, você está bem?

Sintonizada à voz dele, ela captou a repentina tensão.

– Chefe, vi os corpos de duas meninas serem retirados deste terreno até agora e se estiver tudo bem para você, eu gostaria de permanecer aqui para acompanhar o que está acontecendo.

Às vezes ele a surpreendia.

– Ok, Kevin, te dou uma ligada mais tarde.

Ela desligou e meneou a cabeça.

– Você está mesmo tão surpresa assim? – perguntou Bryant.

– Não, ele é um menino bom, só falta bom senso de vez em quando.

– E eu gostaria de tê-lo na minha equipe para sempre – concluiu Bryant.

Os dois nem sempre se bicavam, mas Bryant era objetivo quando precisava.

Kim saiu do carro e Bryant o trancou.

– Vá ver como andam as coisas com a Stacey. Coloque os nomes no quadro.

Queria que o anonimato delas fosse apagado o mais rápido possível.

– E depois vá pra casa.

Kim caminhou na direção da moto e ficou parada depois de destravar o capacete.

Havia algo de errado com Nicola. Seu instinto estava berrando, ela tinha que ter percebido alguma coisa.

Era como se os olhos tivessem visto algo que o cérebro não registrou.

CAPÍTULO 53

PELA SEGUNDA VEZ EM UM DIA, Kim viu a entrada principal do hospital Russells Hall. Estacionou a moto na calçada e arriscou levar uma multa.

Entrando no hospital, passou por um grupo de pacientes e visitantes dando baforadas debaixo da placa de "Proibido fumar".

Ela se aproximou da recepção à esquerda. Uma mulher, com um crachá em que estava escrito Brenda, sorriu para ela.

– Lucy Payne, foi internada hoje de manhã.

– Você é parente?

– Prima.

Brenda apertou algumas teclas do computador.

– C5, enfermaria.

Kim passou pelo café e conferiu o quadro com o mapa. Pegou um elevador até o segundo andar e se dirigiu para a ala esquerda, seguindo um leito com rodinhas que estava sendo removido da sala de cirurgia. Ela entrou na enfermaria logo atrás.

Havia ali um zumbido suave de máquinas e vozes baixas. O carrinho com os medicamentos passava de uma em uma das seis baias. Kim viu que tinha pegado o final do horário de visita. Os parentes estavam sentados em silêncio depois de já terem dito tudo em que conseguiram pensar e aguardavam apenas o relógio atingir a hora.

Ela se aproximou da mesa da enfermeira.

– Lucy Payne?

– Ala lateral, segunda porta.

Kim passou pela primeira porta, que era uma cozinha minúscula. Levantou o punho para bater na segunda porta, mas interrompeu o gesto um pouco antes de encostar na madeira.

Lucy dormia em paz na enorme cama, com a cabeça apoiada em cinco travesseiros. Havia um monitor preso no indicador direito. Uma máquina bipava ritmicamente à sua direita. Em cima do alto armário ao lado da cama havia um ursinho de pelúcia cinza e um único cartão em que estava escrito "Melhore Rápido".

Kim entrou no quarto e passou por William Payne, que roncava de leve em uma cadeira no canto. Ficou em pé ao lado da cama e olhou para o corpo que dormia. Lucy parecia ter bem menos de 15 anos.

Ainda assim, já tinha sofrido tanto. Não havia pedido por aquela doença cruel que aos poucos roubava sua força e sua mobilidade, tampouco havia pedido pela mãe que a abandonara. E, é claro, não tinha pedido para ser enfiada em uma lata de lixo por três meninas idiotas.

Lucy tinha quase morrido mais cedo. Havia tentado gritar e só o que emergiu foi silêncio. Apesar da vida que levava, essa garota corajosa e determinada tinha resistido, agarrando-se com força à beirada do precipício porque, sem a menor sombra de dúvida, queria viver. Ter conseguido pressionar o botão de emergência no pingente era prova desse fato.

Também não deram muita chance de sobrevivência a Kim quando a carregaram do apartamento no arranha-céu em Hollytree. Tristes olhares silenciosos e suspiros profundos acompanharam-na até o hospital, onde recebeu soro por via intravenosa, mas sem esperança de êxito. Seu corpo de seis anos pesava 10 quilos. Mechas de seu cabelo caíam e ela não conseguia falar. Mas no terceiro dia, reergueu-se.

Kim pegou um lenço e limpou uma fina linha de baba que escorria pelo queixo de Lucy.

Finalmente, ela compreendeu a afinidade com aquela jovem que conhecia havia alguns dias. Lucy era uma guerreira. Não se entregaria diante das cartas que o destino tinha lhe dado. Todos os dias ela lutava para viver, ainda que as probabilidades não estivessem a seu favor.

Podia ter optado por não apertar o botão. Ter se rendido à doença e escolhido o caminho da paz derradeira, mas não agiu assim e somente uma coisa a impediu. Esperança.

Kim se perguntou se a qualidade de vida da garota poderia ser melhor do que aquela. A existência dela poderia ser mais segura e agradável? Kim não fazia ideia, mas sabia que por dentro aquela menina magrinha era tão forte e determinada que se sentia obrigada a admirá-la.

Kim colocou o lenço no armário ao lado e sentiu uma mudança atrás de si quando o ronco suave parou.

Ela não se virou.

– Você sabe que temos que conversar – disse delicadamente.

– Sei, detetive, sei sim – respondeu William.

Kim despediu-se com um gesto de cabeça e saiu do quarto. Era hora de ir para casa.

Tinha trabalho a fazer.

CAPÍTULO 54

BETH FOLHEAVA UMA REVISTA. Não fazia ideia sobre o que era, mas estava deixando o tempo correr.

Sentia a ansiedade de Nicola. Elas não tinham se falado desde o retorno de Beth. Conhecia a irmã. Nicola queria lhe perguntar qual era o problema, mas temia a resposta. A verdade era: ela não aguentaria a resposta.

Nicola sempre odiou as ocasiões em que ficavam com raiva dela. Era do tipo que gostava de agradar as pessoas. Queria que todo mundo ficasse feliz. E essa característica havia custado caro para ela. Havia custado caro para as duas.

E a vontade de agradar custaria caro para elas novamente.

Beth estava com tanta raiva que não conseguia levantar a cabeça. Encarava a página. Nicola não aguentaria segurar a língua por muito mais tempo. Beth virou uma página com indiferença.

– A Myra conversou comigo ontem – expressou Nicola. – Falou que você foi muito grossa com ela.

– Fui mesmo – disse Beth. Se a irmã escolhesse conversar sobre assuntos sem importância, em vez de abordar os verdadeiros problemas entre as duas, tudo bem para ela. Nicola acabaria cedendo.

– Por que você tem que ser tão má? A mulher não fez nada com você.

Beth deu de ombros.

– Aquela velha vadia é uma enxerida, que só quer se intrometer na vida dos outros. Por que está preocupada com o que ela acha?

– Porque ela é a minha vizinha e eu tenho que morar aqui – respondeu antes de ficar um momento em silêncio. – Você falou para ela que te chamei pra morar comigo?

Beth sorriu para si mesma. Aquela mentirinha devia ter deixado a vagabunda acordada durante horas.

– É, falei mesmo.

– Você está tentando dificultar a minha vida enquanto fica aqui?

– Ai, Nicola. Pedi pra fazer uma coisa e você me ignorou. Você pediu pra eu ser legal com aquele trapo velho e eu te ignorei. Qual é a diferença?

– Pelo amor de Deus, Beth, sei que está com raiva de mim. Anda logo e me conta o porquê.

Beth sorriu por dentro. Ela conhecia bem a irmã. Sempre conheceu. Virou outra página.

– Qual dos motivos você quer?

– Qualquer motivo que você me der. Qualquer coisa pra acabar com esse silêncio com que você está me tratando. Você sabe que odeio quando fica com raiva de mim.

Ah é claro, Beth sabia muito bem disso.

– Eu disse pra não falar com ela.

– Com quem? – interrogou Nicola. A pergunta em sua voz saiu forçada. Nicola sabia muitíssimo bem de quem ela estava falando.

Beth virou outra página, ciente de que isso frustraria ainda mais a irmã. Nicola queria atenção total. Odiava que ela continuasse sentada concentrada em outra coisa, em vez de estar completamente tomada pela atmosfera entre as duas. Como ela estava.

– Está falando da detetive? – perguntou Nicola.

– Arrãn.

– Jesus, Beth, como você pode ser tão fria? Estão achando corpos enterrados no lugar em que a gente morava.

– E?

– A gente conhecia aquelas meninas. A gente conversava com elas, comia com elas. Como pode não estar nem aí?

– Porque elas não eram nada pra mim. Eu nem gostava delas, então por que eu ia ter que ligar pra elas agora?

– Porque elas estão mortas e, mesmo que tenham feito coisas erradas, não mereciam morrer. Algum monstro simplesmente as enterrou e se esqueceu delas. Tenho que tentar ajudar.

– Você está mais preocupada com elas do que comigo.

– Do que está falando?

Dessa vez a confusão era verdadeira. Ali residia o problema. Não tinham como seguir em frente até que Nicola admitisse o que tinha feito.

– Você ficou sabendo do que fizeram comigo e nem se coçou.

– Beth, não sei o que fizeram com você. Me conta.

Ela virou outra página da revista e meneou a cabeça.

– Pergunta para detetive, quem sabe ela não te conta o que você fez, já que está tão decidida assim a se envolver?

– Só me envolvi porque eu sei que aquilo está de alguma forma ligado à gente.

Beth parou a mão à meia altura. A página caiu de seus dedos. A irmã ter feito essa conexão já era um progresso. Ela queria que Nicola lembrasse. Queria uma desculpa. Queria ouvir as palavras pelas quais aguardava havia 10 anos.

Porém ainda não.

– Tô te falando, Nicola, larga mão disso.

– Mas eu quero que isso tudo fique claro.

Beth ouviu a emoção na voz da irmã. Ela não olhou. Não conseguiu olhar.

– Beth, gostaria de saber o que foi que fiz para te machucar. Como fracassei de modo tão terrível. Você é minha irmã. Existem segredos demais entre nós duas. Amo você e só quero saber a verdade.

Beth jogou a revista de lado e levantou:

– Nicola, cuidado com aquilo que deseja... porque você pode conseguir.

CAPÍTULO 55

KIM TINHA MARCADO A REUNIÃO para um pouco mais tarde. A tensão do caso estava atingindo a todos. O mínimo que podia fazer era dar à equipe uma hora extra de sono.

Quando terminou de passar as informações a Woody sobre os últimos acontecimentos, Bryant, Stacey e Dawson já estavam às suas mesas.

– Bom dia, pessoal, tenho certeza de que já sabem, mas o interesse da mídia no nosso caso explodiu. A montagem da terceira tenda causou um frenesi. Ele agora está na primeira página de todos os jornais e a Sky News fez um programa para debatê-lo ontem à noite.

– É, eu vi, chefe – gemeu Bryant.

– Sei que não preciso lembrar vocês de que não é para falarmos com ninguém da imprensa, por mais persuasivo que seja. Este caso é explosivo demais para ser descarrilhado por alguma declaração nossa fora de contexto.

Kim se incluiu nessa orientação. Sabia das próprias limitações quando provocada pela imprensa, motivo pelo qual sabiamente era mantida longe dela.

– E se algum de vocês precisar de um lembrete sobre o quanto estamos na merda, sintam-se à vontade para dar um pulo à sala do Woody e ler qualquer uma das matérias.

A mesa de seu chefe parecia uma banca de jornal, e mais cedo ele tinha comentado com ela todas as matérias durante a reunião dos dois.

– Sério, chefe? – perguntou Dawson.

Kim fez que sim. Era melhor que soubessem que estavam sob ataque.

– Qual é, Kevin? Você sabe como isso funciona. No terceiro dia, a culpa é sempre nossa, e conseguimos chegar ao quinto desde a descoberta da primeira ossada, então eu diria que estamos muito bem.

Kim sentiu a onda de negatividade atravessar a sala.

Ela suspirou.

– Se a atenção da mídia é tão importante para vocês, deviam ter escolhido uma carreira no *showbiz*. Somos policiais. Ninguém gosta da gente.

– Mas é um pouquinho deprimente, chefe. Derruba um pouco nosso entusiasmo – disse Stacy.

Kim percebeu que discurso motivacional não era o seu forte.

– Todos vocês, olhem para aquela parede, e estou falando para olharem com muita atenção.

Era muito mais fácil para ela olhar para o quadro branco agora que as meninas tinham nome. Estava dividido em três colunas:

Vítima 1 – Melanie Harris
Idade – 15
Altura maior do que a mediana, subnutrida, defeito na dentição, meia de borboleta
Decapitada

Vítima 2 – Tracy Morgan
Idade – 15
Grávida, parte de baixo do pijama desaparecida
Enterrada viva

Vítima 3 – Louise Dunston – ?
Idade – 15
Dentadura para os três dentes de cima

– Aquelas três garotas perderam a vida para um monstro. Foram estupradas, espancadas e enterradas. Isso não foi uma matéria no jornal sobre as meninas. Foi a vida, a realidade delas. Levantamos da cama todo dia para encontrar a pessoa que achou que podia sair impune desse crime. Alguns dias atrás essas meninas eram anônimas, estavam esquecidas e silenciadas. Isso acabou. Melanie, Tracy e Louise agora terão voz por nossa causa. E não tenho a menor dúvida de que *vamos* pegar esse filho da mãe – Kim ficou um momento em silêncio, depois olhou ao redor da sala. – E se vocês precisam de mais motivação do que isso, estão no emprego errado.

– Obrigado, chefe – disse Bryant, com um movimento de cabeça.

– A bordo – acrescentou Stacey com um sorriso.

– É isso aí – aderiu Dawson.

Ela assumiu sua posição habitual na beirada da mesa vaga.

– Ok, Kevin, progresso no terreno?

– O dr. Daniel removeu o corpo hoje mais ou menos às duas da manhã. Cerys fez uma inspeção inicial na sepultura, mas vão peneirá-la esta manhã.

– O doutor disse algo sobre a dentadura?

– Não falou quase nada. Ele é uma figura muito estranha, chefe.

– Comente isso com a Cerys. Pode estar na sepultura ainda.

– Stacey, alguma coisa?

– Tô com o celular do Tom Curtis. Tem mais de 50 chamadas perdidas nas duas horas antes da morte dele.

Kim inclinou-se para a frente e disse:

– Prossiga.

– São todas do telefone do Croft.

– Jesus Cristo – chiou Kim. – Mais alguma coisa?

– A fita do asilo dos velhinhos é inútil, por isso a gente não tem nada que aponte para crime em relação à morte da Mary Andrews.

– A perícia deu alguma notícia sobre Arthur Connop?

– Análise da lasca de tinta atestou, com 99,9% de certeza, que é de um Audi TT.

– Mais alguma coisa?

– Os registros atuais de Crestwood na prefeitura são uma bosta. Ainda tô monitorando o Facebook extraoficialmente e ligando pra ex-moradoras oficialmente. Parte das meninas registradas como fugitivas estavam lá naquela noite, já outras na lista tinham ido embora algumas semanas antes.

Humm... pensou Kim. Ou era uma bruta ineficiência por parte da prefeitura ou uma deliberada tentativa de confundir o registro final relativo à ocupação. Àquela altura, as duas opções eram possíveis.

Embora Kim não estivesse totalmente satisfeita com a presença de Stacey no grupo do Facebook, aquilo parecia estar gerando informações mais úteis do que os registros oficiais.

– Stacey, faça perguntas sobre Tom Curtis. Descubra se era muito próximo das meninas. Quero saber se existia algum boato sobre comportamento inapropriado.

– Positivo, chefe.

– Ok, Kevin, volte para lá. Bryant, acho que você e eu devemos procurar o Croft de novo.

– Humm... Chefe, tem mais uma coisa – falou Stacey.

– Prossiga – disse Kim, estendendo o braço para pegar a jaqueta.

– Tenho três endereços. Os últimos três em que as garotas moraram.

Kim trocou um olhar com Bryant. Era o pior serviço para qualquer detetive. Independentemente das circunstâncias pelas quais elas tinham sido colocadas em orfanatos, Kim tinha certeza de que membros da família ficariam profundamente afetados pela descoberta das mortes.

Bryant pegou a lista ao passar pela mesa de Stacey.

Primeiro se encontrariam com os vivos, em seguida lidariam com os mortos.

CAPÍTULO 56

KIM FEZ UM ACENO COM A CABEÇA para a viatura estacionada em frente ao portão. Embora a Polícia de West Midlands não tivesse autorizado vigilância 24 horas na casa de Richard Croft, viaturas foram orientadas a realizar conferências periódicas via interfone quando estivessem na área.

Bryant pressionou o botão do alto-falante e aguardou o portão abrir. Esperou 10 segundos e pressionou novamente.

Entreolharam-se. Na última vez em que estiveram ali, a resposta tinha sido imediata.

– Continue apertando – disse Kim, descendo carro.

Ela foi à viatura. O policial abaixou o vidro.

– Há quanto tempo você fez a última verificação?

– Uns 20 minutos. Disse que trabalharia de casa hoje de manhã e que só ia para o escritório mais tarde. Um carro saiu alguns minutos depois. A babá, eu acho.

Kim deu uma corridinha até Bryant. Richard Croft estava sozinho em casa nos últimos 20 minutos.

– Alguma coisa?

Ele fez que não.

– Ok, vamos entrar.

Ela ficou um momento parada e planejou a rota portão acima. Era de ferro forjado com adornos em forma de flores, ferro retorcido e folhas. Seus olhos identificaram uma trilha para os pés perto do muro no lado esquerdo. Usou as duas mãos para balançar o portão. Era firme.

Kim se lembrava de Keith contando a ela que anos atrás um operário da região tinha se atrapalhado com um carrinho de mão quando estava jogando uma carga de sucata na fornalha e caído lá dentro. O vigário da região foi chamado para orar diante do líquido fundido enquanto ele era entornado em moldes. Recordava-se de desejar que ele se transformasse em algo bonito.

Desculpa, parceiro, pensou ela ao começar a subir. Passou a perna direita por cima das setas de 30 centímetros que adornavam o alto do portão.

– Sem chance – disse Bryant lá de baixo.

– Anda logo, mocinha – disse Kim.

– Vou virar uma se tentar fazer isso aí.

Enquanto descia os 2,5 metros do outro lado, pensou que com alguma sorte Richard Croft estaria ouvindo música longe demais do interfone, por isso não os escutou. Ou que o sistema de alta tecnologia para liberar a entrada tinha estragado e ele estava descendo a pé para abrir o portão. Ela o preferia moderadamente irritado do que morto.

Correu pela entrada sentindo nas pernas uma inclinação que não era evidente de carro. Ao se aproximar da casa, não viu movimento.

Simultaneamente, esmurrou a porta e tocou a campainha. Deu alguns passos atrás para ver a direção na qual as câmeras de segurança estavam apontadas. Uma filmava o portão da frente. A outra, os malditos carros. Nada cobria a parte de trás da casa.

– Continue batendo – ela instruiu Bryant, que a tinha alcançado e aparentava estar intacto.

Kim deu a volta pela lateral da casa e tropeçou em uma pá apoiada na parede.

Sentiu algo sendo triturado sob os pés antes de perceber a vidraça quebrada. Gritou o nome de Bryant o mais alto que conseguiu. Ele apareceu do outro lado.

A porta de acesso à *orangerie*, que estendia-se por toda a casa, tinha sido estilhaçada.

Quase entrou na casa, mas parou antes de colocar o pé no chão.

– Me siga – orientou ela, correndo para a frente da casa. No caminho, pegou a pá em que havia tropeçado.

Entregou-a a Bryant.

– Quebre aquela janela. Não quero que a porta dos fundos seja contaminada antes da perícia chegar aqui.

Bryant se afastou o máximo que conseguiu e golpeou com a pá. A vidraça quebrou com o impacto.

Kim pegou uma pedra e quebrou os pedaços pontiagudos, deixando a entrada mais segura.

Subiu no vaso de terracota e se apoiou no ombro de Bryant. Com o pé, encontrou um objeto sólido debaixo da janela. Soltou o peso nele, que a aguentou. Somente quando já estava lá dentro, percebeu que era uma escrivaninha antiga e que tinha entrado pelo escritório.

Já em terra firme, estendeu a mão para ajudar Bryant a se equilibrar e entrar. A pesada porta de carvalho os levou ao vestíbulo. Ela virou para a esquerda e Bryant a seguiu na direção da escada. Reconheceu o cômodo seguinte, pois era o local a que tinham ido na primeira visita à casa. Ela o inspecionou rapidamente.

– Nada na sala – gritou ela ao entrar novamente no vestíbulo. Ouviu Bryant gritar que também não havia nada na suíte principal.

Passou pela porta da biblioteca e parou abruptamente.

Prostrado no meio do tapete encontrava-se o corpo de Richard Croft, com uma faca de 20 centímetros cravada nas costas.

Kim chamou Bryant e se agachou, tomando cuidado para não encostar em nada. A poça de sangue tinha encharcado o tapete nos dois lados do corpo.

Bryant apareceu ao lado dela.

– Caramba.

Kim pôs dois dedos no pescoço dele.

– Ainda está vivo.

Bryant pegou o celular e chamou uma ambulância.

Kim saiu para procurar o interfone e o encontrou em uma parede ao lado de uma enorme geladeira da Smeg.

Apertou um botão e ficou olhando no monitor o portão de ferro fundido começar a se mover de lado.

Percebeu que o alarme da casa não estava acionado. Kim ficou impressionada. As pessoas usavam o alarme para proteger suas posses quando estavam fora de casa. Mas não para a preservação da vida quando antigos colegas estavam morrendo a um ritmo nada natural.

Ela balançou a cabeça, correu até a porta da frente e a abriu com força.

Assim os paramédicos teriam acesso direto ao interior da residência. Deu uma corrida pelo perímetro do terreno e parou a dois metros do ponto de entrada. Virou-se e inspecionou o quintal. Numa primeira observação, não conseguiu identificar nenhum ponto de vulnerabilidade. A parte de trás da propriedade era delimitada não por um muro, mas por uma cerca de dois metros. Grades decoradas aumentavam mais meio metro a altura dele. Todos as tábuas pareciam intactas.

– Ok, seu filho da mãe. Se não passou por cima, deve ter atravessado.

Começando pela parte de cima, Kim movimentava a mão esquerda empurrando uma tábua da cerca de cada vez. Os mourões eram de madeira, porém resistentes. Havia arbustos diante delas, mas eles não as tampavam. Um canteiro estendia-se ao longo da cerca. Um invasor que tentasse entrar pela lateral ficaria imediatamente exposto a alguém que estivesse na parte de trás da casa.

Kim analisou a cerca que protegia os fundos do terreno. A cada três metros, havia um pinheiro que se erguia por cinco metros. A maioria das árvores não tampava bem a cerca – com exceção da quarta na fileira.

Seu um metro de largura escondia uma parte da cerca e seu mourão. Kim percorreu 30 metros na direção dos fundos do quintal dando passos largos e com o polegar empurrou uma tábua de leve. Ela moveu-se ao seu toque e Kim viu que aquela parte da cerca não estava mais presa ao mourão.

A detetive ouviu os passos de alguém correndo pela lateral da casa.

– Senhora? – chamou um policial.

Ela saiu de trás da árvore, demonstrando a eficiência do ponto de entrada e possível esconderijo.

– O que quer que eu faça, senhora?

– Vigie aquela porta de trás. Não deixe ninguém chegar perto dela.

Ele se posicionou diante da porta, olhando para fora.

Kim voltou para trás do pinheiro e empurrou a cerca de novo. Ela se moveu com facilidade e deixou um espaço pelo qual dava para passar tranquilamente.

– Mas que droga – xingou ela. Aquele filho da mãe era esperto. Kim saiu dali e voltou para o quintal com o intuito de garantir que nenhuma pista deixasse de ser recolhida.

Trepou no balanço na mesma hora em que ouviu sirenes subindo em velocidade pela entrada da propriedade e parando à porta da frente.

Olhou por cima da cerca e viu que o terreno do outro lado era um barranco que descia até os fundos de uma área industrial. Depois dele havia um conjunto habitacional composto por um emaranhado de valas e ruas, várias sem saída.

Um pouco parecido com aquele maldito caso, pensou Kim, voltando para o chão.

Caminhou lentamente em linha reta da cerca quebrada até a porta dos fundos, olhando de um lado para o outro.

Parou a pouco mais de um metro do guarda.

– Como vai, senhora?

Kim abriu a boca para perguntar-lhe o que achava que ela estava fazendo quando percebeu que era o mesmo policial com quem Bryant tinha conversado havia alguns dias. E ele agia exatamente como o sargento o havia instruído, estava puxando conversa com ela.

Kim revirou os olhos, balançou a cabeça e saiu na direção da frente da casa. Bryant estava parado ali olhando as portas da ambulância serem fechadas.

– Como ele está?

– Ainda está respirando, chefe. A faca ainda está nele. Os paramédicos não querem tirá-la até saberem o que é que ela está segurando. De maneira perversa, pode ser a arma usada com a intenção de matá-lo que o está mantendo vivo.

– Ah, a ironia – comentou ela, sentando na escada de pedra.

– E aí vem a criadagem – avisou Bryant quando um Corsa Vauxhall parou derrapando no cascalho. A mulher que conheciam como Marta saiu do carro. Seu rosto estava desprovido de cor.

– O que… o que…

Kim permaneceu sentada, mas Bryant moveu-se na direção da garota.

– O sr. Croft foi gravemente ferido. Você precisa entrar em contato com a esposa dele e pedir para ela ir ao hospital o mais rápido possível.

Ela fez que sim e entrou com passos vacilantes. Mais duas viaturas entraram derrapando na propriedade, seguidas pela van da perícia.

– Sei lá – disse Bryant, quando Kim ficou de pé –, mas acho que a polícia é igual ônibus. Num minuto não tem nenhum, depois…

– Sargento Dodds – apresentou-se um policial musculoso com as mãos dentro do colete à prova de balas. Bryant o tirou de lado para explicar o que tinha acontecido no local e Kim agarrou o primeiro perito que saiu da van.

– Me siga – foi como se apresentou. Ela percorreu a lateral da casa e levou o homem alto e louro aos fundos do quintal. Apontou atrás da árvore.

– A invasão do terreno foi na cerca quebrada – apontou para a porta. – Aquele é o ponto de entrada.

– Entendido, senhora.

Ela voltou para a frente da casa e se deparou com Marta estendendo-lhe um celular.

– A sra. Croft quer falar com você.

Kim pegou o telefone.

– Sim.

– Detetive inspetora, de acordo com Marta, minha casa está consideravelmente deteriorada.

– Nem tanto quanto o seu marido.

– Quero uma explicação a respeito do que estão fazendo na minha propriedade. Fiz uma solicitação específica para que tirassem você…

– Hospital Russells Hall, caso esteja interessada – disse Kim e desligou o telefone.

Ela o devolveu para Marta enquanto Bryant saía da casa.

– Pronta? – perguntou ele.

Ela fez que sim e os dois saíram na direção do carro perto do portão.

– Está fazendo amizade com a sra. Croft, hein, chefe?

– Ah, estamos ficando cada vez mais próximas – comentou Kim, com acidez na voz.

– Para onde agora, chefe?

– Conjunto Habitacional Hollywood – respondeu Kim em voz baixa. Era uma tarefa que não podiam mais evitar. – Estamos prestes a arruinar o dia de uma família.

CAPÍTULO 57

BRYANT VIRAVA O CARRO para lá e para cá no labirinto de ruazinhas até o triângulo de arranha-céus no centro dele. O conjunto habitacional tinha 540 residências e duas gangues principais eram responsáveis por espalhar o medo entre os moradores.

Os "Delta" eram um grupo de jovens da região de Dudley. Os "Bee Boys" eram de duas quadras depois, onde começava Sandwell.

Bryant estacionou o carro perto do parquinho. Embora tivesse um balanço, uma gangorra e alguns bancos, o local não via uma criança havia décadas. Era conhecido como "O Fosso" e ali os representantes de cada grupo se encontravam e tratavam dos "negócios". De acordo com o que Kim sabia, três corpos haviam sido descobertos no Fosso nos últimos dois anos e nenhuma das mortes teve testemunha.

Pela contagem de Kim, pelo menos 70 residências davam vista direta para a área, mesmo assim ninguém viu coisa alguma.

O acesso deles à Swallow Court estava livre. A presença da polícia, embora indesejada, não era restringida. A comunidade vivia isolada do mundo exterior e os crimes que aconteciam no interior do enclave eram resolvidos no enclave. Líderes de gangues sentiam-se seguros, pois sabiam que nenhum cidadão comum falaria abertamente com a polícia.

– Ai, Deus do céu – expressou Bryant, colocando a mão sobre o nariz. Kim tinha respirado fundo antes de entrar no bloco do meio. A entrada era escura e fedia a urina. A área era pequena e sem janela. Duas lâmpadas estouradas não haviam sido trocadas e a única fonte de iluminação era uma grade quadrada no teto que protegia uma lâmpada tubular.

– Que andar? – perguntou Kim.

– Sete. Escada?

Kim fez que sim e foi para o pé da escada. Os elevadores naqueles prédios eram conhecidos por não funcionarem direito e, se ficassem presos entre andares, era improvável que os ajudariam.

Ficar exausto ou morrer largado no elevador? Escolha fácil.

No terceiro andar, Bryant tinha contado sete seringas, três garrafas de cerveja quebradas e duas camisinhas usadas.

– E quem foi que disse que o romance está morto? – perguntou ele ao entrarem no corredor do sétimo andar. – Logo ali, chefe – informou Bryant, apontando para o apartamento 28C.

Havia uma evidente marca de soco no meio da porta, aberta por uma menina que Kim calculou ter três ou quatro anos. Ela não sorriu nem falou, apenas chupou suco de uma mamadeira.

– Rhianna, sai da porra dessa porta – gritou uma voz de mulher.

Bryant entrou, tirando a menina de seu caminho. Kim fez o mesmo, ficou ao lado dela e fechou a porta.

– Com licença – chamou Bryant, parado no corredor encardido. – Polícia... podemos...

– Mas que inferno... – Eles escutaram em meio ao barulho de alguém que começou a fazer várias coisas de modo atabalhoado.

– Já senti o cheiro – falou Kim em voz alta, passando por Bryant e entrando na sala. As cortinas estavam fechadas, mas não se encontravam no meio.

Uma garota com brincos de argola e expressão pastosa abanava o ar com as mãos. O cheiro de maconha deixava a atmosfera densa.

– O que vocês estão fazendo aqui, caralho? Vocês não têm o direito...

– Rhianna nos convidou para entrar – disse Kim, quase tropeçando em um bebê conforto com um recém-nascido. – Viemos falar com Brian Harris.

– É o meu pai. Ele tá deitado.

Já passava das 11h30.

– Então, você é irmã da Melanie? – perguntou Bryant.

– De quem? – questionou ela com desdém.

Kim ouviu uma porta ser aberta no corredor. Um homem meio vestido seguiu na direção deles, xingando.

– Que porra vocês tão fazendo aqui?

– Sr. Harris – disse Bryant, cordialmente, posicionando-se na frente dela. Ele ergueu seu distintivo e apresentou os dois. – Estamos aqui para falar sobre a Melanie.

Ele parou abruptamente e franziu a testa.

Kim estava começando a pensar que tinham ido ao endereço errado. Mas era óbvio que Melanie havia herdado a altura do pai. Ele tinha mais de um metro e oitenta. Todas as suas costelas eram visíveis e a cintura da calça jeans estava abaixo dos quadris magricelos. Os braços raquíticos tinham um monte de tatuagens de cadeia.

– O que aquela vadiazinha fez desta vez? – perguntou ele, olhando para trás do sofá. Kim seguiu o olhar dele. Um staffordshire marrom escuro arquejava deitado em uma jaula feita para um yorkie grande. Suas tetas estavam inchadas e vermelhas. Em uma caixa de papelão ao lado da jaula, quatro filhotes aconchegavam-se uns nos outros. Kim não sabia dizer se já tinham aberto os olhos, mas os haviam separado da cadela por alguma razão.

Um filhote separado da mãe tão precocemente sofreria problemas de comportamento mais tarde, problemas que poderiam ser explorados como símbolo de status para os Delta.

Kim observou os olhos da cadela mais velha, que ficaria prenha na primeira oportunidade.

Ela olhou para Bryant, que também observava os cães. Eles entreolharam-se

– Não tenho porra nenhuma a ver com o que aquela garota fez. Dei ela muitos anos atrás.

O bebê abaixo deles começou a chorar.

A mulher sentou e colocou o pé direito na parte de trás do bebê conforto. Pegou um iPhone e começou a mandar mensagens com uma mão.

Brian Harris sentou ao lado da filha. Deu um cutucão nela com força.

– Acende a chaleira, Tina.

– Acende você, preguiçoso filho da mãe.

– Acende lá senão boto você e esses filhos seus no olho da rua.

Tina o encarou com desprezo, mas foi à cozinha. Rhianna a seguiu. Harris inclinou-se para a frente, acendeu um cigarro e soprou a fumaça em cima da cabeça do neném.

Bryant se esforçou para manter a calma na voz ao sentar-se no sofá em frente. Kim permaneceu em pé.

– Pode nos contar quando foi a última vez que viu a sua filha, sr. Harris?

Ele deu de ombros e respondeu:

– Não sei exatamente. Ela era criança.

– Quantos anos ela tinha quando a deu? – perguntou Kim.

Brian Harris não demonstrou emoção alguma à pergunta.

– Não lembro, não, faz muito tempo.

– Ela dava muito problema?

– Dava nada, só comia muito. Gulosinha aquela vaca – disse ele, rindo do próprio humor.

Nem ela nem Bryant disseram uma palavra.

– Olha só, eu tinha dois filhos para cuidar quando a escrota da mãe deles foi embora e fiz o melhor que eu podia.

Ele deu de ombros como se estivesse prestes a receber o prêmio de "Pai do Ano".

– Então ela foi a azarada, só isso, né? – questionou Kim.

Brian esfregou o rosto, deixando à mostra uma fileira de dentes amarelos.

– Ela era uma menina esquisita. Tinha uns pernões e era pele e osso. Tava longe de ser uma pintura.

Bryant inclinou-se para a frente.

– Você a visitou pelo menos uma vez depois que ela foi para o orfanato?

Ele negou com a cabeça e disse:

– Isso ia fazer a situação ficar mais difícil pra ela. Tive que cortar na raiz. Nem sei onde foi que enterraram ela. Pode até ser naquele lugar que estão fazendo a escavação – disse ele, dando um trago no cigarro.

– E você não pensou em entrar em contato com a polícia para verificar se uma das vítimas em Crestwood podia ser a sua filha? – perguntou Kim, exasperada. Um retalho de emoção restauraria sua fé na humanidade.

Ele inclinou-se para a frente.

– A Melanie é uma das meninas?

Finalmente, pensou Kim, uma centelha de interesse na filha abandonada 15 anos atrás.

A expressão no rosto dele se transformou num franzir de testa.

– Não vou ter que pagar nada, não, né?

Kim cerrou as mãos no fundo dos bolsos. Em certas ocasiões ela gostaria de poder trancá-las ali dentro para o seu próprio bem.

Tina retornou e entregou ao pai uma bebida fumegante. Com a expressão no rosto dela, Kim não confiaria em nada que contivesse naquela caneca.

– Sr. Harris, sentimos muito em informá-lo que, embora dependamos de uma identificação formal, suspeitamos que Melanie é uma das garotas recentemente descobertas.

Brian Harris tentou dar a impressão de ter sido afetado, porém o egoísmo estampado em seus olhos falou mais alto.

– Olha só, dei ela há muitos anos, então esse negócio não tem muito a ver comigo.

Kim ficou observando Rhianna dar a volta no sofá e ir à jaula. Ela enfiou os dedos entre as barras e começou a puxar a papada do cão, que não tinha para onde ir. Com o pé direito, Kim arredou para o lado da menina, que foi para a caixa de filhotes. Isso evitou que ela tivesse que agir.

– Tina, tire a menina dali.

Tina resmungou e levantou. Pegou a mão da menina e foi para o quarto. Com a criança fora da sala, Kim não aguentou mais. Podia ter usado os punhos, mas tinha outras ferramentas disponíveis.

– Sr. Harris, gostaria de te deixar com uma imagem na cabeça. Uma última lembrança, caso queira. A sua filha de 15 anos foi morta de forma hedionda. Os ossos do pé foram esmagados para que não pudesse fugir enquanto algum doente filho da mãe arrancava a cabeça dela. A Melanie se debateu, berrou e possivelmente gritou por você enquanto o filho da mãe a retalhava – Kim inclinou-se e parou bem perto do rosto daquele repugnante projeto de pai. – E essa informação não te custou nenhum centavo.

Ela olhou para Bryant.

– Vamos embora.

Passou por ele e caminhou na direção da saída. Bryant a seguiu, mas, do lado de fora, hesitou antes de fechar a porta.

– Espere aqui, só quero perguntar mais uma coisa para ele.

Enquanto esperava, Kim se deu conta de que não existia um manual de conduta prática para informar a morte de um ente querido à família. Mas se tivesse detectado pelo menos um fiapo de amor ou apego, até mesmo arrependimento, teria seguido o protocolo. Decidiu que as outras famílias seriam notificadas por outra pessoa. Não confiava em sua capacidade de permanecer calma caso se deparasse com esse tipo de indiferença familiar novamente.

A porta foi aberta e ela ficou olhando chocada o colega sair do apartamento.

– Bryant, você só pode estar de brincadeira comigo.

CAPÍTULO
58

– AQUI, você carrega os filhotes que vou pegar a mãe.

Bryant enfiou a caixa nos braços dela. Os quatro filhotes começaram a se mexer de um lado para o outro e Kim viu que os olhos já estavam abertos. Quase.

– Como diabo você…

– Falei para ele que estava disposto a fazer vista grossa para o nível de atividade criminosa que vimos hoje na residência dele se ele me desse os cachorros – Bryant a seguiu escada abaixo. – Mas não falei nada sobre serviço social.

Kim desceu apressada o resto das escadas e parou no carro.

– Hãã… E agora, dr. Dolittle?

Ele colocou a cadela no banco de trás do carro e a caixa bem ao lado dela.

– Você dirige.

– Para onde? – perguntou ela, entrando no carro.

– Qual é, chefe, você sabe onde eu moro.

– Jesus – exclamou ela engatando a marcha e percorrendo o caminho de saída do conjunto habitacional. Em seguida, deu uma olhada rápida para trás. A cadela estava espiando por cima da caixa. Um dos filhotes se esforçava para alcançar o focinho dela.

– Nunca mais me chame de impulsiva de novo, Bryant. O que é que a patroa vai dizer sobre isso?

Ele deu de ombros.

– Me fala que outra opção eu tinha.

Kim ficou calada. Por mais que desejassem, sabiam que eram incapazes de salvar o mundo inteiro, mas às vezes era preciso lidar com aquilo que estava bem diante deles.

Kim parou ao semáforo.

– Chefe, olha.

Kim deu mais uma olhada para trás. A cadela estava lambendo o filhote que conseguia alcançar. Os outros tentavam subir na lateral da caixa.

Cinco minutos depois, estacionou em frente à residência de Bryant, uma casa geminada de três quartos em Romsley.

Ele saiu do carro.

– Ok, será que pode pegar...

– Sem chance – recusou Kim. – Está por sua conta nessa parada aí.

– Covarde – brincou ele.

– Você está certíssimo.

Bryant pegou a coleira da cadela adulta. Ela pulou do carro espontaneamente e ficou parada. Pôs a caixa debaixo do braço esquerdo e partiu na direção da porta de casa.

Kim fez uma oração silenciosa. Como já tinha visto a esposa de Bryant de mau humor, temeu jamais ver o colega novamente. Daria-lhe 10 minutos e depois iria embora. Pegou o celular e ligou para o serviço social. Falou durante um breve momento e desligou. Uma ligação sobre a "situação de risco" feita por uma policial desencadeava uma resposta imediata. Um assistente social bateria na porta dentro de uma hora. Kim suspeitava que Tina estava perdida, mas Rhianna e o bebê tinham uma chance.

Bryant abriu a porta de casa e saiu. Não dava para ter certeza, mas parecia que seus membros estavam intactos.

– Continua casado? – brincou ela passando para o banco do passageiro.

– A mãe e os filhotes estão reunidos em um cobertor ao lado do aquecedor. Tem arroz com frango esquentando no forno e a patroa está procurando na internet informação sobre como cuidar de filhotes.

– Você vai ficar com eles?

Ele fez que sim:

– Por enquanto, até crescerem mais um pouco.

– Como você conseguiu essa proeza?

Ele deu de ombros.

– Contei a verdade, chefe – disse ele com simplicidade.

Kim visualizou os cachorros na casa dele fazendo bagunça e sendo mimados.

Ela balançou a cabeça desesperada.

– Ok, agora me deixe na delegacia e vá para o hospital. Um de nós tem que estar lá para interrogar o Croft caso surja uma oportunidade.

– Você não vai?

Kim negou com um gesto de cabeça e explicou:

– Provavelmente não é uma boa ideia. Pode ser paranoia da minha parte, mas não acho que a sra. Croft gosta muito de mim.

CAPÍTULO
59

O RONCO DA NINJA morreu quando Kim parou na área de terra. Tirou o capacete e o colocou no lado direito do guidão.

Ela observou o local do alto da rua. A terra dos buracos um e dois havia sido devolvida ao terreno e as tendas de trabalho, removidas. A cerca temporária não mais cercava a propriedade e a imprensa tinha ido embora. Os guardas não estavam mais presentes e alguns equipamentos encontravam-se reunidos no canto superior do terreno. Tinha voltado a ser um lote vago da prefeitura onde a feira itinerante para entreter os moradores acontecia anualmente. Somente algumas suculentas e flores maltratadas pelo tempo na parte baixa do terreno serviam de vestígio do que tinha acontecido ali nos últimos dias.

Aquela parte da investigação havia terminado. As pistas dos mortos tinham sido desenterradas e montar tudo aquilo era um trabalho que dependia dela e de sua equipe.

Um dia, os nomes das três garotas estariam disponíveis em uma página da Wikipédia. Seriam um link no artigo principal sobre a história de Black Country. O triplo homicídio constituiria uma eterna mácula em sua herança.

Os leitores passariam os olhos no artigo descrevendo as conquistas dos fabricantes de corrente de Netherton, que tinham forjado as âncoras e correntes do *Titanic*, e os 20 cavalos Shire que puxaram a carga de uma tonelada pela cidade.

O comércio de produtos de metal que teve início no século 16 seria esquecido face a uma manchete tão impressionante.

Não seria um registro dos momentos mais admiráveis da região.

– Achei que pudesse ser você, chefe – disse Dawson, saindo da tenda. Seus olhos encaixavam-se em círculos escuros. A calça jeans estava suja e a blusa, amarrotada, mas o tempo que passou ali e o comprometimento com o caso tinham lhe dado o direito de estar com a aparência destruída.

Kim queria cumprimentá-lo pelo trabalho bem feito, mas de alguma forma as palavras agarram-lhe na garganta. Normalmente, um dia depois de ela dar um tapinha nas costas dele, Dawson dava um jeito de deixá-la injuriada novamente.

– Dawson, tenho que dizer uma coisa, você consegue me frustrar como ninguém. É um detetive bom pra caramba, mas de vez em quando age como um menino de três anos. – Ela parou. Aquilo não estava saindo da maneira como queria. – Escuta só, sei que está passando por uma semana difícil, mas, apesar disso, você está sendo uma verdadeira estrela.

Dawson jogou a cabeça para trás e deu uma risada.

– Obrigado, chefe. Vindo de você, isso significa muito.

– Estou falando sério, Kevin.

Seus olhos encontraram-se. Ele sabia.

– Escuta aqui, tire o dia de folga amanhã. Nós todos já trabalhamos oito dias direto. No sábado de manhã vamos passar umas horas tomando café com *muffin*, por conta do Bryant, analisando o que temos e planejando a semana que vem.

– Já faz uma semana, chefe. Ainda está me enquadrando por causa daquilo?

Ela negou com a cabeça e explicou:

– Que nada, só acho que o Bryant está merecendo mais.

Em seguida, entrou na última tenda que restava no local e viu Cerys sozinha à mesa dobrável ao lado da sepultura.

– Perdeu todos os seus amigos, Cerys? – perguntou Kim.

A arqueóloga levantou o rosto e sorriu.

– A minha equipe está no hotel fazendo as malas para cair na estrada. Foi uma semana cheia.

Kim concordou com um gesto de cabeça e perguntou:

– E você?

Cerys respirou fundo.

– Ainda não. Vou terminar esta sepultura em algumas horas. Não acho que tenha restado alguma coisa para encontrarmos. A terceira vítima não estava enterrada tão fundo quanto as outras, mas gosto de ser meticulosa.

– Então você vai embora mais tarde? – perguntou Kim

– Não. Vou ficar aqui cuidando da documentação até bem tarde – ela estendeu a mão e pegou uma vasilha da Tupperware. – Miçangas de novo, mas é claro que você já sabia disso. Havia resíduos de roupas presas ao corpo, mas Daniel está com eles no laboratório. O tecido estava frágil demais para ser retirado aqui.

– Mais alguma coisa?

Cerys apontou para um canto da sepultura de aproximadamente 30 centímetros quadrados. Seu rosto estava tenso e cansado.

– A não ser que haja alguma coisa que nos interesse bem ali, infelizmente, não.

– Você achou uma dentadura?

Cerys franziu a testa.

– Não. Deveria?

– Era a última forma de identificação que eu estava procurando.

– Com certeza não soltou do corpo, se é que estava nele.

Droga, sem aquela peça final, não podia ter certeza de que a identificação de Nicola era precisa.

Kim demonstrou ter entendido com um gesto de cabeça e saiu da tenda. Ela parou e entrou novamente.

– Cerys, você está bem?

Ela se virou, surpresa ou pela pergunta ou pela pessoa que a fez. Deu um sorriso, que saiu forçado e sem cordialidade.

– Quer saber de uma coisa, Kim? Não estou, não. Meu corpo está tomado por uma raiva de que não consigo me livrar. Veja bem, não me interessa o que essas meninas fizeram ou deixaram de fazer. Só sei que foram tratadas como menos do que seres humanos. Foram torturadas, enterradas e deixadas aqui para apodrecer e eram só meninas, porra. Quero estar lá quando você pegar o filho da mãe que fez isso. Quero fazer exatamente as mesmas coisas com ele e me sinto angustiada porque acho que sou capaz de infligir a mesma crueldade.

Kim viu o corpo dela murchar. Às vezes se esquecia de que Cerys não tinha trabalhado em muitas cenas de crime e uma tão perturbadora quanto aquela era uma iniciação infernal.

Ela olhou para a detetive e meneou a cabeça.

– Como consegue fazer isso, Kim? Como você acorda e trabalha com isso todo dia sem perder a cabeça?

Kim refletiu sobre a pergunta.

– Construo coisas. Pego amontoados de ferrugem e sujeira e transformo em algo bonito. Crio uma coisa que equilibra a feiura daquilo que fazemos. Isso ajuda. Mas você sabe o que realmente faz diferença?

– O quê?

– Saber que vou pegá-lo.

– Você acha mesmo?

Kim sorriu.

– Ah, vou, porque a minha paixão para fazer isso excede muito a energia de que ele vai precisar para me evitar. Não vou parar até que ele tenha sido punido pelo que fez. E tudo que você fez aqui, todas as pistas que desenterrou, todos os ossos que removeu, me ajudarão a fazer isso. É difícil pra caramba, Cerys, mas vale a pena.

Cerys concordou e sorriu.

– Eu sei e acredito em você. Vai pegá-lo.

– Ah, vou, sim. E, quando pegar, mandarei lembranças suas.

O silêncio instalou-se entre elas. Kim não tinha mais nada para perguntar à mulher que havia trabalhado incansavelmente durante dias, o que demandou muito dela, tanto física quanto emocionalmente.

Kim aproximou-se e estendeu a mão. Embora a pele estivesse grossa em algumas partes, o aperto foi delicado e cordial.

– Obrigada por tudo, Cerys, e faça uma boa viagem para casa. Espero que nos encontremos de novo.

Cerys sorriu.

– Digo o mesmo, detetive.

Kim despediu-se com um gesto de cabeça e saiu da tenda. Tinha que encontrar uma dentadura.

CAPÍTULO 60

DANIEL E KEATS estavam reunidos ao redor de uma pasta sobre uma mesa quando ela entrou.

Daniel se afastou quando Keats se virou.

– Oh, detetive, que bom te ver.

Kim o encarou com raiva.

– Não, estou falando sério. Para mim, sua falta com certeza fez crescer minha afeição. Acho que a minha natureza sensível e delicada deve até achar a sua língua ferina quase tolerável.

– É mesmo, você teve uma semaninha bem tranquila, não teve? – disse Kim erguendo as sobrancelhas.

– Tem toda razão, detetive – ele começou a contar nos dedos. – Tive um duplo esfaqueamento em Dudley, um idoso que desabou na festa de aniversário de 88 anos e duas incertezas médicas. Ah, e o rastro de cadáveres que você deixou no seu caminho.

– Fico feliz por ocupar o seu tempo, mas será que conseguiu descobrir alguma coisa minimamente útil?

Ele pensou um momento e disse:

– Não, mudei de ideia. Acabei de perceber que não senti falta nenhuma de você.

– Keats – rosnou ela.

– Mandei os resultados da autópsia para você hoje de manhã. Teresa Wyatt foi empurrada para debaixo d'água, como você já sabe. Não brigaram muito porque a vítima já estava submersa. Não detectei nenhuma outra marca no corpo e não há sinal de agressão sexual. Ela estava bem saudável para a idade dela. Não acho que restem dúvidas sobre a causa da morte de Tom Curtis, mas o que posso te dizer é que a garrafa de uísque muito provavelmente o teria matado. O estado do coração era tão ruim que é improvável que chegasse aos 45. Ah, e a última refeição dele foi salada com bife. Coxão mole, eu acho.

Kim revirou os olhos.

– Com relação à Mary Andrews você sabe muito bem que não chegou a tempo ao crematório e, para fazer uma dedução razoável sobre a morte, geralmente preciso de um corpo. Arthur Connop morreu devido a um traumatismo interno grave, causado pela altercação com um veículo. O fígado dele já estava fazendo hora extra, mas os outros órgãos internos eram bem saudáveis para um homem na idade dele.

Keats levantou as mãos, como se dissesse, é isso.

– Nenhum indício, nenhum vestígio, nada?

– Não, detetive, porque você não está fazendo um programa de TV. Se tivéssemos que fazer uma hora de entretenimento intrigante, eu poderia do nada descobrir que Teresa Wyatt tinha engolido uma fibra do tapete compatível com o da casa do suspeito. Podia até mesmo encontrar um cabelo desgarrado no corpo de Tom Curtis que milagrosamente caiu do assassino com raiz e tudo. Mas não sou uma minissérie de TV.

Kim gemeu. Tinha tido uma cárie que doía menos do que os sermões de Keats. A testa franzida informava que ele ainda não havia terminado.

Ela voltou a se inclinar sobre a bancada de aço e cruzou os braços.

– Quantas mulheres o Estripador de Yorkshire assassinou? – perguntou Keats.

– Treze – respondeu Daniel.

– E como o pegaram?

– Dois policiais o prenderam por estar usando placas falsas – respondeu ela.

– Depois de 13 corpos, ele ainda não tinha sido preso por causa de um fio de cabelo desgarrado nem por fibras de tapete. Ou seja, só posso passar aquilo que o corpo me diz. Nenhum tipo de prova pericial vai tomar o lugar do bom e velho trabalho policial: dedução, instinto e inteligência, raciocínio prático. O que me faz lembrar de uma coisa: cadê o Bryant?

Kim deu uma olhada para ele, que se virou de novo para a bancada. A detetive viu a etiqueta do jaleco branco saindo por cima da gola. Estendeu a mão e a colocou para dentro com o indicador.

Keats virou-se. Ela ergueu uma sobrancelha. Ele sorriu e virou-se novamente.

Kim virou-se para Daniel.

– Doutor, você encontrou uma dentadura?

Entreolharam-se e Kim ficou impressionada pelo cansaço em seus olhos. Sabia que ele tinha trabalhando no terreno até tarde para remover o corpo da terceira vítima. Ela teria feito o mesmo.

– O quê? Sem insulto, sarcasmo nem comentários mordazes?

Sentiu que Daniel era parecido com ela. Assim que as perguntas eram apresentadas, ele exigia respostas e não parava até consegui-las. Em um caso como esse, não havia escala de serviço, horário de expediente nem folga. Apenas a necessidade de descobrir. Ela entendia.

Kim inclinou a cabeça e sorriu.

– Não, doutor. Hoje não.

Ele encarou-a e devolveu o sorriso.

Keats tinha voltado sua atenção para a bancada e folheava um catálogo de ferramentas.

– Não tem dentadura nenhuma – começou Daniel.

– Droga.

– Mas devia ter. Faltam três dentes na frente.

Kim suspirou. Agora tinha o nome das três meninas. Incontestavelmente, aquele era o corpo de Louise.

– Você conferiu com a Cerys? – questionou ele.

– Não está lá.

– Tem mais uma coisa – disse Keats, em voz baixa.

Daniel movimentou-se e olhou para onde Keats tinha apontado o dedo indicador.

Demonstrou ter compreendido acenando com a cabeça lentamente.

– O quê? – perguntou Kim.

Keats virou-se para ela incapaz de falar. Kim sentiu-se nervosa na mesma hora. Aquele homem tinha visto corpos em estados terríveis de decomposição. Havia tolerado sem problema algumas cenas de crime horrendas, decomposição e as formas de vida subsequentes. Kim o tinha visto fazer uma análise preliminar em um cadáver e se referir à comunidade de larvas como "pequenos companheiros". O que diabo podia instilar tamanho horror nele?

– Olhe aqui – instruiu Daniel, apontando para o osso púbico. Kim viu que uma rachadura estendia-se pelo centro do osso.

Ela ergueu a cabeça.

– A pélvis está quebrada?

– Olhe com mais atenção.

Kim inclinou-se o máximo que conseguia e viu que a ponta do osso tinha ranhuras. Ela contou sete no total. A do centro era mais funda do que as outras. Os dois lados do osso partido tinham um evidente ziguezague. Kim viu que a serrilha avançava pouco mais de dois centímetros antes de se encontrar com a rachadura mais comprida no osso.

Kim deu um passo para trás horrorizada, olhou para Daniel e Keats, depois para o corpo novamente, incapaz de compreender aquilo que estava diante de seus olhos.

– Isso mesmo, detetive – expressou Keats com a voz rouca. – O filho da mãe tentou serrar a menina ao meio.

O silêncio instalou-se entre eles, que olhavam fixamente para o esqueleto que já havia sido uma menina. Não era um anjo e tinha seus defeitos, ainda assim, uma menina. Kim deu um passo para o lado e quase caiu em Daniel.

Ele equilibrou-a nos braços.

– Você está bem?

Kim fez que sim, desencostando-se dele. Preferia não falar até que a náusea tivesse passado.

O toque do celular assustou todos eles. Devolveu a atividade à sala, como se tivessem pressionado a tecla de pause. Era Bryant, que estava ligando do hospital.

Sentiu a boca seca ao atender.

– Chefe, estou perdendo tempo aqui.

– Ele ainda está na cirurgia? – perguntou ela, olhando para o relógio. Se fosse esse o caso, a situação não estava nada boa para Richard Croft.

– Não, o levaram de volta para o quarto há uma hora. Tiraram a faca e já estou com ela embalada. O Richard fica apagando e retomando a consciência, mas a sra. Croft não me deixa chegar nem perto dele.

– Estou a caminho – disse ela antes de desligar.

– Aonde está indo? – perguntou Keats.

Ela baixou os olhos na direção do corpo número três e respirou fundo.

– Estou indo começar uma briga.

CAPÍTULO 61

PERCEBI QUE LOUISE estava desconfiada de mim. Ela era diferente das outras duas. Melanie era tímida e carente, desesperada por afeição e reconhecimento. Tracy tinha a malandragem das ruas e era sensual, mas Louise era conduzida por uma tendência para a maldade.

Louise não era como as outras duas. Não tinha sofrido abuso, não tinha sido abandonada nem negligenciada. Simplesmente não gostou das regras novas que vieram acompanhadas de um padrasto e de um bebê novos.

Louise gostava de ficar no comando, percebi isso no primeiro dia, quando ela decidiu em que cama ficaria. A menina que dormia na cama teve o atrevimento de não querer trocar de lugar e acabou com o pulso fraturado pela aporrinhação que tinha causado.

Não era difícil acreditar no nível de violência que ela tinha infligido ao irmão de sete meses, motivo pelo qual acabou sendo retirada de casa.

Diferentemente de Tracy, Louise não tinha equilíbrio. Era simplesmente implacável. Não tinha sexualidade, humor e eu não tolerava sequer vê-la.

Ninguém mexia com Louise. Havia um ódio dentro dela que ansiava ser libertado. Ele borbulhava entre a dor e o ressentimento.

Mas eu sabia algo sobre ela de que ninguém mais tinha conhecimento.

Louise era má, e era violenta. Mas fazia xixi na cama. Com o auxílio de um relógio de pulso que vibrava, às quatro da manhã Louise deixava sua cama quente e ia ao banheiro. Não voltava até esvaziar a bexiga.

– Oi, Louise – cumprimentei certa noite quando ela saía do banheiro.

– O que você quer? – perguntou, cobrindo a boca.

– Acho que devemos ter uma conversinha. Você parece meio agitada ultimamente.

– Você acha? – perguntou ela, colocando a mão na cintura. – Minhas amigas estão caindo que nem mosca.

Dei de ombros e comentei:

– É óbvio que elas não gostam tanto de você e preferiram te deixar para trás.

Ela fez um biquinho e semicerrou os olhos, dando a impressão de que o rosto havia se acumulado no meio.

– É, ou talvez elas não puderam escolher.

Oh, ponto para mim. Só mesmo um psicopata para reconhecer outro.

Não havia razão para fazer jogos com Louise. O destino dela estava definido. Mas aproveitei o momento para me divertir um pouco.

– Como assim? – perguntei.

– Eu sei que você tem alguma coisa a ver com isso. Finge ser bonzinho com a gente, mas tem algo errado com você.

Parabenizei Louise silenciosamente por sua percepção.

– Como se você pudesse falar alguma coisa. Quem machuca o irmãozinho bebê de propósito? Você carrega uma maldade que afasta todo mundo. Aposto que suas amigas foram embora porque não te aguentaram mais. Até sua família te odeia.

Ela empinou o queixo e soltou:

– Estou pouco me lixando.

– Então por que ainda faz xixi na cama?

Ela avançou em mim com os punhos a caminho do meu rosto, mas eu estava preparado. Peguei o pulso dela e virei o corpo de modo que ficasse de costas para mim. Prendi a garganta com o antebraço. Ela começou a agitar o rosto de um lado para o outro, mas consegui prender meu queixo em cima de sua cabeça. Cobri boca com a mão esquerda quando ela tentou gritar.

Andei com Louise para a frente e ela tentou morder os meus dedos. Abanava os braços, mas eles não me acertavam. Seus esforços para viver enfraqueceram quando saímos. Pus a mão direita em seu ombro e apertei com mais força.

Arranquei o último suspiro de vida dela como se fosse uma boneca. Senti o fim de sua existência quando o corpo desabou contra mim, como se alguém tivesse lhe chupado os ossos.

Tirei a mão direita do ombro dela e a pus no pescoço só para conferir. Sob minha impressão digital, a pele estava silenciosa.

Joguei-a no ombro e a carreguei para o local onde o buraco aguardava.

Diferentemente das outras duas, não senti nada pela carne que joguei no chão. A carência de Melanie tinha me dado nojo. Seu rosto obsequioso havia feito minha pele formigar.

Tracy tinha inspirado desejo em mim. A própria ganância levou-a ao seu fim.

Mas Louise não despertava nada. Era o meio que levava a um fim.

Ela era o seguro.

A maneira como morreu era sem emoção.

Então abri as pernas dela e peguei a serra.

CAPÍTULO 62

ERA A SEGUNDA VEZ, em dois dias consecutivos, que Kim percorria os corredores do hospital Russells Hall. Como estava fora do horário de visitas, se apresentou como policial ao interfone.

A prioridade número um dos profissionais da medicina era cuidar dos pacientes, mas eles tentavam ser flexíveis com policiais.

Kim passou por uma pequena sala de espera na enfermaria. Bryant levantou ao vê-la. Ela gesticulou para que voltasse a sentar.

Ela parou à mesa da enfermeira e disse:

– Richard Croft?

A mulher vestida de azul-escuro era baixa e roliça. Debaixo do uniforme, uma cinta elástica estava à procura de uma cintura, mas fracassava completamente em sua missão.

– Detetive, não acho que ele esteja pronto para as suas perguntas.

Kim demonstrou ter entendido com um gesto de cabeça, mas queria que ela também a entendesse. A detetive inclinou-se e falou em voz baixa:

– Enfermeira, só esta semana, seis cadáveres caíram no meu colo e todos eles precisam de respostas. Richard Croft chegou muito perto de ser o sétimo e talvez seja capaz de ajudar.

A mulher franziu ainda mais a testa.

Kim levantou a mão antes de dizer:

– Eu te garanto que não farei nada que seja ruim para a saúde dele.

Isso era mentira, pois Kim não tinha a menor intenção de cumprir essa promessa.

A enfermeira inclinou a cabeça na direção do terceiro quarto.

– Só uns minutinhos, ok?

Kim fez que sim e movimentou-se silenciosamente pelo corredor.

Parou à porta e ficou olhando não para o corpo inerte na cama, mas para a esposa de Richard que, na poltrona, estava absorta no conteúdo de seu celular.

Quando Kim apoiou-se no batente da porta, Nina Croft levantou a cabeça com seu cabelo preto brilhante. A expressão fixa no rosto dela era de polida tolerância. Mas, ao pousar os olhos em Kim, não sobrou nele nem resquício de tolerância e polidez. Kim ficou momentaneamente surpresa com o quanto um rosto atraente como aquele podia ser tão afetado pelo veneno interior. De repente, sua beleza desapareceu e foi substituída por olhos semicerrados e uma boca fina e maligna.

– Que diabos está fazendo aqui?

– Sra. Croft, precisamos interrogar o seu marido.

– Agora não, detetive Stone, e com certeza não você. – Nina Croft levantou. Exatamente como Kim queria.

Richard Croft gemeu na cama. Kim deu um passo na direção dele e Nina imediatamente bloqueou o caminho.

– Saia – ordenou ela.

Kim tentou dar a volta, mas Nina a agarrou com força pelo braço e a empurrou na direção da porta. Se não estivesse ali como policial em serviço, Kim teria dado um tapa na boca dela. Às vezes o sacrifício simplesmente não valia a pena.

– Saia deste quarto e se afaste do meu marido agora.

Nina a levou com passos pesados até a porta da enfermaria. Quando passaram pela sala de espera, Kim lançou um olhar na direção de Bryant, que o captou. Ela inclinou a cabeça na direção do quarto, que agora estava sem o guarda-costas.

Assim que chegaram do lado de fora da enfermaria, a mulher deu um empurrão no braço de Kim e o soltou, como se estivesse coberto de feridas de lepra.

– Não gosto dos seus métodos, detetive, e não gosto de você.

– Sua opinião não vai me tirar o sono, acredite.

A mulher se virou para voltar.

– Na verdade, não é dos meus métodos que você não gosta, não é mesmo, sra. Croft?

Nina se virou. Bom.

– Você não é idiota. Fez uma pesquisa sobre mim antes de pedir para me tirarem do caso. Na certa o que você despreza mesmo é meu índice de sucesso.

Nina aproximou-se dela.

– Não, o que desprezo é o fato de você ter feito o meu marido se sentir um suspeito, o que me diz que não está qualificada para lidar com esta investigação. É óbvio que você é inapta...

– Por que me quer fora deste caso, já que sabe muito bem que vou solucioná-lo, não interessa quanto tempo leve?

Nina Croft encarou-a com o rosto furioso.

– Ainda mais sabendo que o seu marido está em perigo. Qualquer esposa normal iria querer que o assassino fosse pego o mais rápido possível para que o seu amado ficasse em segurança.

– Tenha muito cuidado com o que fala comigo, detetive Stone.

– Do que é que você tem medo, sra. Croft? Por que está tão aterrorizada com a possibilidade de eu conseguir as repostas? E o que o seu marido fez no passado, afinal?

Nina deu um passo para trás e cruzou os braços.

– Você nunca vai provar que o meu marido fez alguma coisa imprópria.

– Interessante você não dizer que ele não fez nada de errado... apenas que eu não vou conseguir provar.

– Um jogo de palavras, detetive.

– O seu marido sabe de alguma coisa que aconteceu em Crestwood 10 anos atrás e, apesar de ele estar conseguindo se segurar à vida neste exato momento, outras pessoas não tiveram tanta sorte.

A mulher permaneceu impassível. Kim não se lembrava de ter conhecido uma mulher tão sem empatia quanto Nina Croft. Ela balançou a cabeça sem acreditar.

– Você obstruiu esta investigação de todo jeito. Tentou, sem sucesso, me retirar do caso. Usou sua influência jurídica para solicitar objeções à escavação...

As palavras de Kim desvaneceram ao despertar da verdade.

– Foi *você* que matou o cachorro do professor! Como não aceitaram seu pedido para embargar a escavação, você decidiu fazer de tudo para impedir que a escavação acontecesse. Jesus, qual é o seu problema?

Nina deu de ombros.

– Fique à vontade para me prender pelo uso inadequado de grampeadores, detetive.

Um movimento atrás da cabeça de Nina Croft informou-lhe que Bryant já tinha saído da enfermaria.

Kim aproximou-se do rosto da mulher.

– Você é uma mulherzinha fria, desprezível e sem escrúpulos. Não se importa com nada nem ninguém. Acho que você sabe exatamente o que aconteceu naquela época e só está interessada em ajudar a si mesma. E eu te prometo uma coisa, vai chegar o dia em que nos encontraremos de novo, e a sua prisão, por ter obstruído o curso da justiça, vai ficar famosa.

Kim parou quando Bryant passou pelas primeiras portas duplas.

– E agora sim você tem um motivo para fazer uma queixa. Então, por favor, faça bom proveito.

Bryant chegou e parou ao lado dela.

– Conseguiu o que queria? – perguntou Kim.

Bryant fez que sim e se virou para Nina.

– O seu marido está te chamando.

Nina ficou olhando para os dois, se dando conta de que tinha sido passada para trás. A cor inundou o seu rosto. Nina Croft não gostava de perder.

– Sua vaca maliciosa…

Kim se virou e saiu caminhando.

– Estava conquistando a simpatia da moça, né, chefe?

– Agora somos melhores amigas. O que você conseguiu?

– Nadica de nada.

Kim parou de andar.

– Está brincando?

– Não.

– Temos uma vítima viva. O único sobrevivente de um filho da mãe que matou pelo menos duas pessoas e o Croft não sabe nos dizer nada?

– Chefe, ele mal consegue pronunciar duas palavras, mas com um sistema de sim ou não consegui descobrir que ele estava em pé olhando para o lado contrário ao da porta quando enfiaram a faca nas costas dele. Ele caiu para a frente e perdeu a consciência imediatamente.

Kim bufou.

– Caramba, minutos, Bryant. A gente deve ter se desencontrado dele por uma questão de minutos. Quem fez isso sabia que tinha uma pequena janela de oportunidade quando a Marta estava fora fazendo compras e conhecia a única maneira de entrar e sair sem ser visto.

Estava escuro quando saíram do hospital.

– Aqui, já falei para o Kevin. Tire o dia de folga amanhã. No sábado a gente tenta montar esse quebra-cabeça todo. Foi uma semana infernal.

Dessa vez, Bryant não discutiu.

Kim passou pela lateral do hospital e foi ao local em que havia estacionado a moto. Virou em uma esquina e foi absorvida pela escuridão.

Quando estava pegando o capacete preso na roda, o celular começou a tocar.

CAPÍTULO 63

ELA APERTOU O BOTÃO para atender. A luzinha vermelha indicou que a bateria estava acabando.

– E aí, Stacey?

– Chefe, passei um pente-fino nuns posts antigos no Facebook e encontrei uma coisa que acho que você precisa saber.

– Prossiga.

– Mais ou menos oito meses atrás, uma das meninas viu Tom Curtis no Dudley Zoo com a família. Ela postou um comentário sobre o peso dele e perguntando o que elas viam nele naquela época. Fizeram algumas piadas infantis sobre a salsicha quente dele no pão de alguém e bobagens desse tipo, mas depois começaram a falar das três meninas também.

Kim fechou os olhos sobre o que ela sabia que estava por vir.

– É óbvio que ele estava fazendo sexo com uma delas, chefe.

Kim pensou na menina grávida de 15 anos.

– Mencionaram o nome da Tracy?

– Não, chefe, aí é que está. Tom Curtis estava dormindo com a *Louise*.

Kim balançou a cabeça sentindo o ódio aumentar dentro de si.

– Tudo bem aí, chefe?

– Estou bem, Stacey. Bom trabalho, agora vai embo...

As palavras dela desvaneceram quando a bateria do celular acabou.

Ela pôs o telefone no bolso e deu um chute na parede.

– Droga, droga, droga – rosnou Kim.

A raiva que lhe rasgava as veias não tinha para onde ir. A segurança daquelas meninas tinha sido confiada àqueles filhos da mãe e eles fracassaram feio. Parecia que cada um deles havia descoberto uma forma de abusar das crianças.

O abuso infantil era categorizado em quatro áreas principais: abuso físico, abuso sexual, maus-tratos emocionais e negligência. Pelo cálculo de Kim, os funcionários de Crestwood tinham cometido todos os quatro.

A ironia residia no fato de que a maioria das meninas em Crestwood tinha sido colocada ali para ficarem *distantes* dos maus-tratos.

Nenhuma delas estava lá por opção. Por conta da própria experiência, ela sabia que orfanatos como aquele eram áreas de despejo, de descarte, como um aterro sanitário. Um lugar para indivíduos indesejáveis e problemáticos onde, na melhor das hipóteses, as crianças eram desumanizadas e destituídas de sua identidade, e, na pior, ainda mais abusadas.

Kim tinha presenciado isso. Um tratamento ruim tornava-se uma expectativa. E lentamente, como um toco sendo martelado no solo, a cabeça da pessoa só podia ficar acima do chão durante um determinado tempo.

Kim deu a volta na moto, tentando expelir o calor de suas veias. Ela fechava e abria as mãos para tentar aliviar a tensão que se formava.

As meninas chegaram a Crestwood por razões diferentes, e nenhuma delas era boa.

Melanie tinha sido descartada com muita facilidade pelo pai. Presenteada ao Estado para que houvesse uma boca a menos à sua mesa. O critério usado foi o de que ela era a criança menos atraente. Como Melanie podia não ter ficado sabendo disso? Como acomodava isso na cabeça? Jogada fora pelo homem que deveria cuidar dela, só porque era feia.

A criança tinha implorado por qualquer migalha de atenção, algum reconhecimento de que era uma pessoa que merecia afeto. Tinha tentado inclusive comprar amizade para encontrar seu lugar. Era feliz em ser a escória do grupo, contanto que o grupo a aceitasse.

Essa era a história de Melanie. Mas não havia uma história apenas. Todas as crianças no sistema de assistência social tinham uma história. A própria Kim possuía uma história. Mas a dela não tinha começado sozinha. Uma imagem de Mikey flutuou diante de seus olhos. Não era a imagem que ela queria, mas a que sempre lhe vinha. Ela retornou para a escuridão da esquina quando a emoção lhe deu um nó na garganta.

Prematuros de três semanas, Kim e Mikey tinham nascido com a saúde frágil. A de Kim melhorou muito rápido, ela ganhou peso e os ossos se fortaleceram. Com Mikey não aconteceu o mesmo.

Quando tinham um mês e duas semanas, a mãe, Patty, os levou para casa, um apartamento em um arranha-céu de Hollytree.

A primeira memória de Kim era de três dias após seu quarto aniversário: a imagem da mãe segurando um travesseiro com força sobre o rosto do irmão gêmeo. Ele debatia as pernas curtas na cama e seus pulmões lutavam por ar. Kim tentou puxar a mãe, mas ela estava segurando firme.

Kim se jogou no chão, arreganhou a boca e afundou os dentes na panturrilha da mãe como um cão raivoso. Usou toda a força que conseguiu reunir e não soltou. A mãe deu um giro e o travesseiro caiu da cama, mesmo assim Kim não soltou. A mãe cambaleou pelo quarto, gritando e balançando a perna para tentar se livrar dela, mas somente quando estavam a uma distância segura da cama Kim destravou o maxilar.

Ela se lembra de ter corrido até a cama e sacudir Mikey para que acordasse. Ele farfalhava, tossia e puxava o ar. Kim o posicionou atrás de si e encarou a mãe.

O ódio nos olhos da mulher que lhes havia parido deixou Kim sem ar. Ela ficou apoiada na cama, mantendo Mikey atrás de si.

A mãe se aproximou e disse:

– Sua vadiazinha idiota. Você não sabe que ele é o demônio, porra? Ele tem que morrer para as vozes pararem. Você não entende isso, porra?

Kim negou com a cabeça. Ela não entendia. Ele não era o demônio. Era seu irmão.

– Vou pegar esse menino, eu te prometo, vou pegar esse menino.

Desse momento em diante, Kim passou a ter que manter um passo à frente da mãe o tempo todo. Houve outras tentativas durante o ano seguinte, mas Kim jamais saiu do lado de Mikey.

Durante o dia, ela mantinha um bóton no bolso e espetava o braço para ficar acordada. À noite, pegava café direto no pote, enchia a mão e o enfiava na boca, absorvendo os grânulos amargos pela língua.

Somente quando ouvia o ritmado barulho do ronco da mãe, ela se permitia descansar.

De vez em quando, o serviço social os visitava. Um indivíduo sobrecarregado conduzia uma inspeção superficial com uma prancheta, um exame em que ela de alguma maneira conseguia passar.

Desde essa época Kim pensava consigo mesma que, como deixavam que eles permanecessem aos cuidados a mãe, a nota para passar devia ser baixíssima.

Nenhum vestígio de crack – confere.

Nenhum vestígio de pai cambaleando de bêbado – confere.

Crianças sem nenhuma cicatriz visível – confere.

Uma semana depois do sexto aniversário deles, Kim saiu do banheiro e encontrou o irmão algemado ao aquecedor.

Kim olhou para ela com horror, confusa durante alguns segundos. Era o tempo de que a mãe precisava. Ela agarrou uma mecha de cabelo atrás da cabeça da filha. Arrastou-a até o aquecedor e a algemou com o irmão.

– Se tenho que pegar você para pegar esse aí, é isso que vou fazer.

Essas foram as últimas palavras que ouviu da mãe.

No final daquele dia, Kim tinha conseguido contorcer o pé direito, enfiá-lo debaixo da cama e pegar um pacote com cinco cream crackers e meia garrafa de Coca-Cola.

Durante dois dias, permaneceu convencida de que a mãe voltaria. Que teria um de seus raros momentos de lucidez e os soltaria.

No terceiro dia, se deu conta de que a mãe não voltaria e que os tinha deixado ali para morrer. Quando sobravam somente dois biscoitos e alguns goles de coca, Kim parou completamente de comer. Dividiu os dois últimos biscoitos no meio duas vezes, transformando-os em oito bocados para Mikey.

De hora em hora, forçava a mão pela algema, arrancando lascas de pele todas as vezes.

No final do quinto dia, os biscoitos tinham acabado. Restava um único gole de líquido na garrafa de Coca.

Mikey virou o rosto para ela – tão magro, tão pálido.

– Kimmy, fiz xixi de novo – sussurrou ele.

Ela encarou seus olhos – tão perturbados por uma poça a mais em meio à podridão debaixo deles. A expressão séria do irmão a fez soltar uma gargalhada alta. Depois que começou a rir, não conseguiu mais parar. Mesmo sem saber por que, Mikey a acompanhou até que as lágrimas começaram a rolar pelas bochechas deles.

E quando as lágrimas pararam de cair, ela o abraçou com força. Pois já sabia. Sussurrou no ouvido de Mikey que a mamãe estava a caminho com uma refeição e que ele só tinha que esperar mais um pouco. Deu um beijo na lateral da cabeça do irmão e disse que o amava.

Duas horas depois, ele morreu em seus braços.

– Durma bem, querido Mikey – sussurrou ela quando o último suspiro deixou seu exaurido e frágil corpo.

Horas ou dias depois ela escutou um barulho alto e apareceram pessoas. Muitas pessoas. Pessoas demais. Quiseram pegar Mikey e ela estava fraca demais para impedi-los. Teve que deixá-lo ir. De novo.

A estadia de 14 dias no hospital era um borrão de tubos, agulhas e jalecos brancos. Os dias tinham se fundido em um só.

O 15º dia era muito mais nítido. Levaram-na do hospital para o orfanato. E deram-lhe a cama número 19.

– Com licença, senhorita, você está bem? – perguntou uma voz vinda do alto.

Kim ficou perplexa ao se dar conta de que tinha deslizado pela parede e estava sentada no chão.

Ela limpou as lágrimas e levantou depressa.

– Estou bem, obrigada, estou bem.

O motorista da ambulância hesitou um segundo e depois saiu andando.

Kim ficou parada respirando fundo para dissipar a esmagadora tristeza enquanto colocava as lembranças de volta na caixinha. Jamais se perdoaria pelo fracasso em proteger o irmão.

Soltou o capacete da roda. Seu corpo estava repleto de espírito de luta e determinação.

Não, ela não desistiria. Kim não fracassaria com aquelas meninas porque, droga, elas eram importantes para alguém. Eram importantes para ela, caramba.

CAPÍTULO 64

STACEY RECOSTOU NA CADEIRA e espreguiçou. Um calor queimou os músculos de seu pescoço. Ela girou a cabeça para a esquerda e para a direita. Algo estalou na omoplata direita.

A chefe tinha falado para ir embora e era isso que faria.

Fechou o Facebook e sua página de e-mails estava por baixo. Havia alguns sem ler em negrito no alto, mas os veria no sábado de manhã. Tudo que queria naquele momento era um longo e quente banho de banheira com espuma seguido de uma pizza entregue em casa e uma dose de *Real Housewives.* Não importava qual versão.

O zumbido do computador parou, mergulhando a sala no silêncio.

Ela deslizou os pés para dentro do sapato embaixo da mesa, vestiu o casaco e caminhou até a porta.

Sua mão esquerda hesitou sobre o interruptor de luz, pois algo não lhe saía da cabeça. Algo que tinha visto, mas para o qual ainda não havia elaborado um significado.

Voltou resmungando para sua mesa. O zumbido parecia mais alto, como se estivesse sob pressão. Stacey achou que estava extrapolando.

Digitou sem olhar e entrou direto em seu e-mail. Foi a segunda mensagem não lida que fez seu coração disparar. Leu-a desde o início, de olhos arregalados.

Quando chegou ao final do texto, sua boca tinha secado.

Com os dedos tremendo, Stacey pegou o telefone.

CAPÍTULO 65

KIM ESTACIONOU A MOTO na lateral do prédio cercado. Ela desceu e caminhou até a parede.

Eram apenas oito, mas parecia bem mais tarde. O ar frio da noite já tinha despencado e estava abaixo de zero, levando as famílias a trancar as portas, fechar as cortinas e se aconchegar diante de uma bruxuleante chama laranja e um filme na TV.

Foi uma ideia que havia ocorrido a Kim quando, durante um breve momento, tinha ficado parada diante de sua casa, um local que mal havia visto na última semana, mas sabia que não podia descansar. As respostas estavam emergindo da neblina, porém faltava uma peça que ainda a perturbava.

O local da escavação estava vazio. Todos os vestígios de atividade haviam sido removidos. Ver o lugar fechado era sinistro. As tendas brancas tinham voltado ao depósito, onde aguardavam a próxima vítima. O equipamento removido iria embora no dia seguinte. Cerys também.

A olho nu e no escuro, o terreno tinha a mesma aparência que na semana anterior. Até os poucos ramalhetes de flores e suculentas tinham desaparecido.

Mas Kim sabia que podia andar até as três sepulturas e identificar a localização exata. E isso permaneceria assim muito tempo após as cicatrizes na terra terem sido curadas.

Kim não conseguiu deixar de pensar em quanto tempo mais as meninas continuariam perdidas caso o professor não estivesse tão determinado em encontrar as moedas enterradas.

No entanto, devido à tenacidade dele, três jovens garotas que repousavam nesse despretensioso pedaço de terra seriam enterradas apropriadamente. E Kim estaria presente em todas as cerimônias.

Sabia que o caso tinha comovido todos eles. Cerys tirou os corpos do chão. Daniel examinou as meninas para identificar a causa da morte e era responsabilidade dela juntar todas as peças.

Olhou para a casa do meio. Havia atividade lá dentro. Lucy e William tinham voltado do hospital. E sua vida juntos continuaria normal. Por enquanto.

Kim tirou os olhos da janela iluminada. Havia chegado a hora de ter uma conversa muito difícil com William Payne, mas ele não iria a lugar algum, e estava faltando uma peça, que ela tinha que encontrar antes.

A dentadura estava ali em algum lugar e, de alguma maneira, ela era importante. Como não estava no corpo nem na sepultura, só podia estar no prédio. A localização lhe diria tudo. E dessa vez Kim tinha vindo preparada.

Ela olhou dentro do alforje e tirou dele um martelo. Sabia que se removesse duas tábuas da cerca, conseguiria passar pela abertura.

Kim tirou a luva de couro preta e colocou a lanterna na boca. Usou o martelo para retirar os pregos que seguravam as tábuas ásperas nos mourões verticais.

Os dois primeiros saíram fácil. Tentou afastar a tábua do mourão à força, mas os dois pregos fixos do outro lado resistiram. O de cima bambeou fácil, mas o de baixo não se mexia. Ela conseguiu forçar a tábua para baixo e ela ficou na vertical, ainda presa por um prego teimoso.

Ficou claro que 10 anos atrás o orçamento da prefeitura para trabalho manual excedia em muito o orçamento para a compra de material de qualidade.

Kim repetiu o mesmo processo com a segunda tábua, o que gerou um espaço amplo o suficiente para passar. Quando já estava do outro lado, ela balançou as mãos e as levou à boca. O vento gelado em seus dedos expostos havia deixado as pontas dormentes.

Não havia informado a Bryant nem ao restante da equipe sobre seus planos. Não tinha autorização judicial para entrar no prédio. E um mandado teria demorado demais.

Tinha ouvido em alto e bom som a mensagem de Woody sobre a lealdade da equipe.

Sem a ajuda da luz do dia, tinha que puxar na memória o leiaute dos fundos do prédio. Iluminou o chão com a lanterna. O mato estava alto e o chão, cheio de tijolos e entulho.

Kim apontou a luz para a janela aberta pela qual tinha entrado no prédio antes. Tentou percorrer um caminho reto do ponto A ao ponto B, mas tropeçou em um bloco de cimento. Xingou e seguiu em frente.

Chegou à janela e lembrou que tinha usado o latão de lixo para pular a cerca. Ela voltou, tomando cuidado para evitar o bloco de cimento, pegou o latão e o posicionou debaixo da janela quebrada.

Iluminou com a lanterna a beirada da abertura para ter uma ideia de onde havia caco de vidro. Pôs a lanterna na boca e deu um impulso com as duas mãos para pular a janela quebrada.

Pronto, estava lá dentro.

CAPÍTULO 66

SOUBE QUE ESTAVA CERTO na primeira vez em que a vi. O empenho e a tenacidade a tinham ajudado muito. Talvez até demais.

Porque foi o que a trouxe de volta a mim. No início eu achava que não nos encontraríamos mais, mas esse não era mais o caso.

Meu seguro, meu conveniente desvio não tinha sido o suficiente. Para algumas pessoas, ele seria. Mas não para ela.

Ali estava, sozinha, tarde da noite, entrando em um prédio abandonado, em busca de respostas. Ela não descansaria enquanto não tivesse descoberto os segredos.

Todos eles.

Era uma questão de tempo até seu raciocínio metódico a levar a mim. Não podia correr esse risco.

Se não tivesse sido tão inteligente, eu a teria deixado viver. As pessoas tinham que se responsabilizar pelos próprios atos.

Lembro-me de quando tinha 12 anos e estava na cantina. Robbie tinha um sanduíche de frango. Ele parecia tão mais gostoso do que o meu, que era de presunto e queijo. Pedi para trocar e ele riu na minha cara.

Uma costela quebrada, um olho roxo e dois dedos fraturados depois, comi o sanduíche e ele estava gostoso.

Entende? Aquilo não precisava ter acontecido. Se ele simplesmente tivesse trocado, ficaria bem. Tentei explicar isso para os professores, mas eles não conseguiam entender. Todos eles deram justificativas pela minha falta de remorso.

Eu não era perturbado. Eu não estava em busca de atenção. Eu não estava me comportando mal porque a minha avó tinha morrido.

Eu só queria o sanduíche.

Era uma pena a detetive ter que morrer. A presença de sua mente aguçada e garra infalível fariam falta, mas ela havia criado aquilo para si mesma.

Não era minha culpa.

Minha única culpa era o erro que havia cometido alguns anos antes, um erro que não cometi mais, desde então.

Contudo, mesmo as maiores mentes cometem erros ocasionais.

E enquanto eu a observava atravessar a cerca, me dei conta de que a detetive tinha acabado de cometer o seu último.

CAPÍTULO 67

KIM COLOCOU OS PÉS na bancada de fórmica e o vidro estalou sob sua bota. No silêncio escuro, o som parecia ensurdecedor.

Deu um impulso para descer e lançou a luz da lanterna pela cozinha. Nada tinha mudado nos últimos dias desde sua última invasão e aquela não era sua área de interesse.

Ainda assim, ela ficou um momento parada, imaginando as garotas entrando ali sorrateiramente quando não havia ninguém, para pegar um pacote de batata frita ou alguma coisa para beber. Quantas vezes Melanie tinha entrado e saído daquele cômodo antes de ser brutalmente decapitada?

Kim começou a andar e deu um pulo quando alguma coisa agarrou em seu rosto. Ela passou as unhas nas bochechas para desgrudar as fibras delicadas e apontou a luz para um buraco com o formato de uma cabeça em uma teia de aranha na porta. Abanou a cabeça e esfregou o rosto e o cabelo. Um único fio permaneceu fazendo cócegas em sua orelha.

Quando passou da entrada para o corredor, uma rajada de vento entrou uivando no prédio pelas janelas quebradas. Uma viga rangeu acima de sua cabeça.

Durante um segundo, Kim questionou a prudência da decisão de entrar no prédio sozinha à noite, porém não ficaria amedrontada por insetos e vento.

Ela movia-se pelo corredor, tomando o cuidado de desligar a lanterna quando passava por portas abertas na frente da propriedade.

Embora o prédio fosse rodeado por uma cerca, não podia arriscar que alguém na rua ou nas casas em frente visse a luz.

Passou por uma área de serviço à esquerda e, à direita, ficava um salão. Imaginou Louise ali, rodeada de admiradoras, convocando suas tropas como líder do grupo – até algum filho da mãe tentar serrá-la ao meio.

Kim seguiu na direção do cômodo no final do corredor, onde o incêndio tinha começado. O escritório do administrador.

Ao entrar nele, apagou a lanterna. Um poste na rua ao lado do ponto de ônibus lançava uma meia-luz na sala.

Você ficou parada aqui e pediu ajuda a ele?, Kim perguntou silenciosamente para Tracy. *Procurou Richard Croft e pediu o conselho dele antes de ser enterrada viva?* Kim achava que não.

Kim se livrou desse pensamento e inspecionou a sala. Havia dois arquivos atrás da porta aberta. Abriu uma gaveta de cada vez. A luz do poste não iluminava aquela parte da sala. Vasculhou cada uma delas com a mão.

Nada.

Aproximou-se da estante de livros no outro lado da porta. Era uma estrutura de madeira sólida que terminava a 15 centímetros do teto. Passou a mão por cada uma das prateleiras vazias e subiu na segunda para examinar o topo. Embora sua mão estivesse preta devido ao escuro e à fuligem, não encontrou nada. Soprou o pó preto das mãos e limpou o restante na calça jeans.

Foi à mesa perto da janela e abriu as gavetas. Na de baixo, encontrou uma caixinha de dinheiro. Balançou-a de leve. Estava vazia.

Kim levantou e inspecionou a sala. A dentadura estava ali. Ela sentia. Onde a colocariam para ter certeza de que seria destruída?

Seus olhos se voltaram para a estante perto da porta. O incêndio tinha começado no corredor em frente ao escritório, no local mais distante do quarto das meninas. Por algum motivo, o fogo tinha escolhido sua própria direção e seguido pelo corredor, deixando o escritório de Croft intacto.

Pôs a lanterna no bolso e parou diante da estante de livros. Dessa vez, examinou cada uma das prateleiras, partes de cima, de baixo e painéis laterais. Ajoelhou no chão e procurou alguma fresta debaixo da prateleira mais baixa.

Nada.

Espirrou por causa da poeira e da fuligem que subiram das superfícies em que tinha mexido.

Em pé diante da prateleira de livros, abriu os braços. Com dificuldade, conseguiu dar um abraço gigante no móvel inteiro. Começou a puxá-lo de um lado e depois do outro, puxando-o para a frente dois centímetros de cada vez. Após algum esforço, havia um espaço de pouco mais de 20 centímetros entre a estante e a parede. Não muito, mas o suficiente para enfiar o braço.

Kim começou a passar a mão de um lado para o outro no forro de compensado. Estava com o rosto prensado na lateral para conseguir chegar o mais longe possível.

Deslizou a ponta dos dedos em uma superfície lisa, diferente do áspero compensado. Enfiou o braço o mais fundo possível, esticando o ombro. Encostou novamente. Fita adesiva. Com os dedos, encontrou a ponta dela. Fazendo muita força, enfiou o corpo no espaço apertado.

Imediatamente, lembrou-se da família adotiva número três, a pena para a desobediência era ficar de castigo em um canto. Calculava que aproximadamente um terço da estadia de cinco meses tinha sido passada naquele canto. E nem sempre a culpa tinha sido dela. Às vezes armavam para que desse essa impressão.

Kim ficou paralisada quando fechou a mão ao redor do inconfundível formato de um dente.

A palavra *pena* flutuava por sua cabeça e ela fechou os olhos. Chacoalhou a cabeça, descrente. Por que diabo não tinha visto aquilo antes? De repente ela enxergou tudo com muita nitidez. Decapitação, Enterro Prematuro e Serração – todas formas de pena capital.

Tirou o braço de trás da estante. A dentadura podia esperar. Não possuía mais a importância de antes.

Tinha que pedir reforço. Finalmente juntou as peças para solucionar o caso. Procuraria uma última pessoa e as meninas poderiam descansar em paz.

Tarde demais, Kim viu uma sombra no corredor moldada pela luz do poste na rua.

E não viu mais nada.

CAPÍTULO 68

KIM ABRIU OS OLHOS e sentiu a tira de tecido enfiada na boca e amarrada com um nó atrás da cabeça.

Estava deitada de lado com as mãos e os pés amarrados formando um ramalhete de membros, e os joelhos presos sob o queixo.

Sua cabeça latejava e doía ainda mais do que o corpo. Era uma dor que começava no alto da cabeça e espalhava-se como tentáculos pelas têmporas, orelhas e maxilar.

O chão de concreto gelado passava pelas roupas e penetrava seus ossos.

Kim, por um momento, não se lembrou de onde estava, nem por que motivo encontrava-se naquele lugar. Gradualmente, começou a ter flashes do dia, mas eram como uma colagem. Visualizou Richard Croft deitado com o rosto no chão em uma poça de sangue. Lembrou-se vagamente da reunião com a equipe, mas não sabia ao certo se ela tinha acontecido no dia anterior. Achou que havia retornado ao local da escavação e conversado com Cerys, mas isso era mais uma suposição do que uma memória.

Quando as imagens começaram a se organizar de forma cronológica, Kim lembrou-se que havia voltado a Crestwood para encontrar a dentadura.

Através da névoa, lembrou que a tinha encontrado – antes de ser tomada pela escuridão.

Não tinha ideia de quanto tempo havia ficado inconsciente, mas sabia que se encontrava na administração. Poeira e fuligem lhe cobriam a pele.

Sua visão começou a clarear e os olhos se ajustaram à luz. A sala estava do mesmo jeito e o poste do lado de fora arremessava nela uma luz enevoada.

O silêncio era quebrado somente pelo som de água pingando em algum lugar ao longe. Com sua contínua regularidade, o barulho era uma presença sinistra.

Kim forçou as amarras que a prendiam. Elas resistiram e sulcaram-lhe a carne. Tentou novamente, ignorando a dor, mas a corda queimava sua pele esfolada.

Em busca de algo na sala que pudesse lhe ajudar, vasculhou sua memória. Não se lembrou de nada, mas sabia que não podia ficar caída esperando.

Algo passou apressado por sua cabeça e a estimulou a agir. Tentou afastar-se alguns centímetros para a frente, retorcendo-se como um verme chamuscado. O esforço gerou novas ondas de dor que emanavam do crânio e a bile queimou-lhe o fundo da garganta. Rezou para não vomitar e sufocar.

De repente, ouviu um barulho, parou de se contorcer e os sentidos ficaram alertas.

Moveu a cabeça na direção da porta. Era uma pessoa. O porte lhe era familiar.

Kim piscava na escuridão enquanto seu agressor adentrava pela fresta de luz que iluminava a sala...

Seus olhos movimentaram-se dos pés para as penas, o torso, os ombros – e pararam no rosto de William Payne.

CAPÍTULO 69

WILLIAM PAYNE caminhou lentamente na direção dela. Não tinha expressão alguma nos olhos e Kim começou a balançar a cabeça involuntariamente de um lado para o outro. Não, aquilo não estava certo. Os músculos do estômago revoltavam-se com o cenário diante de si. Não era o que estava esperando.

Ele inclinou-se ao lado dela e começou a desfazer os nós que a prendiam como gado. Movimentava os dedos depressa, mas sem jeito.

Kim tentou falar, mas o tecido na boca deixou sua pergunta ininteligível.

William balançou a cabeça e sussurrou.

– Não temos muito tempo.

Ele abriu a boca para falar algo mais, mas parou ao ouvir um assobio no corredor.

Willian pôs um dedo nos lábios e voltou para as sombras da sala. Como Kim não podia falar por causa da mordaça, supôs que ele estava lhe dizendo para não revelar sua localização.

A pessoa no corredor continuava a assobiar e o barulho ficava cada vez mais alto. O jeito de andar de quem se aproximava não era parecido com o de William Payne. Eram passos decididos, confiantes, determinados.

Novamente, a porta foi preenchida por uma sombra, mas dessa vez Kim não teve que esperá-la entrar no raio de luz.

Aquela *era* a pessoa que a detetive estava esperando.

CAPÍTULO 70

– BRYANT VOCÊ TEM QUE ACHAR A CHEFE – ladrou Stacey ao telefone. – É o pastor. É o Wilks. Ele matou as meninas e não consigo falar com ela pelo telefone.

– Desacelera, Stacey – disse Bryant, com o som da televisão ao fundo diminuindo. Ela imaginou que ele estava levando o telefone para outro cômodo. – Do que é que você está falando?

– Os e-mails que mandei para tentar descobrir alguma coisa. Rolou uma confusão em Bristol 12 anos atrás quando uma família encontrou pino de metal nas cinzas do parente deles. O crematório foi acusado de misturar os funerais e, depois do incidente, o Wilks foi embora de lá rapidinho.

– Stacey, sem querer ofender, mas isso não significa que ele é culpado de...

Stacey conteve sua frustração. Não tinha tempo.

– Conferi os arquivos e duas semanas antes uma menina chamada Rebecca Shaw fugiu do orfanato Clifton.

– E por que isso viraria notícia de jornal? – perguntou Bryant.

– Porque ela já tinha sido notícia um tempo antes, quando foi atropelada. Os joelhos ficaram muito machucados...

– E ela precisou colocar pinos de metal – completou Bryant.

Stacey ouviu o barulho das peças se encaixando.

– Era assim que ele desovava as meninas antes – disse Stacey. – Mas não podia arriscar isso de novo.

Ela ouviu Bryant respirar fundo.

– Jesus, Stacey, quantas...

– Bryant, você tem que achar a chefe. O celular dela ficou mudo hoje mais cedo e tive a impressão de que ela não estava bem.

– Como assim?

– Sei lá, ela estava distraída, agitada. Acho que ela não estava indo para casa. Estou preocupada com...

– Stacey, avisa todo mundo que ela está desaparecida. Fico feliz em ser zoado depois se ela estiver sã e salva.

– Vou fazer isso, mas Bryant…

– Oi?

– Ache ela.

A palavra *viva* ressoou inaudita entre eles.

– Vou achar, Stacey, prometo.

Stacey colocou o telefone no gancho. Acreditava nele. Bryant acharia Kim.

Só queria que ele não chegasse tarde demais.

CAPÍTULO 71

ELE ENTROU NA SALA e apoiou uma pá na parede.

Kim observava os pés dele se aproximando. Não conseguia erguer o pescoço e olhar para cima, embora estivesse desesperada para fazer isso. Queria olhar dentro dos olhos do filho da mãe diabólico que tinha tentado cerrar uma menina ao meio.

Com a voz baixa e jovial, como se conversasse sobre onde jantar naquela noite, ele falou:

– Foi muita gentileza dos seus amigos terem cavado uns buracos para mim. Ficou muito fácil recavar aquele último. Acho que você será muito feliz lá.

Kim forçou as cordas e tentou cuspir a mordaça.

Sentiu a amarra no pulso direito afrouxar um pouco, mas não o suficiente.

Victor Wilks deu uma gargalhada alta.

– Isso deve ser uma novidade para você, detetive. Normalmente é você quem está no controle, só que isso acabou.

Kim sentiu a frustração aumentar. No mano a mano, ela o pegaria de jeito. Arrancaria a vida daquele puto na porrada. Só a controlava porque a tinha amarrado como um maldito peru.

Victor ajoelhou-se e ela finalmente pôde ver dentro de seus olhos. Estavam empolgados e triunfantes.

– Li muito sobre você, detetive. Entendo sua paixão, entendo sua determinação. Entendo até a afinidade que deve sentir pelas jovens vítimas – usava uma voz melódica, como se conduzisse uma missa para um recém-falecido. – Você foi uma daquelas meninas, não foi, minha querida... só que diferente delas, você se transformou em um ser humano decente.

Kim forçou a corda. Queria muito arrancar o pescoço de Wilks e tirar a expressão presunçosa de seu rosto aos murros.

Victor deu um passo para trás e riu.

– Oh, Kim. Eu sabia que você era uma lutadora. Pude sentir o seu espírito na primeira vez em que a vi.

Kim grunhiu por trás da mordaça.

Ele inclinou a cabeça e viu o ódio nos olhos da detetive.

– Você acha que não vou sair impune disto?

Kim fez que sim e grunhiu novamente.

– Ah, mas vou, sim, minha querida. Nunca mais vão encostar neste terreno. Com certeza não nesta vida – ele deu uma risadinha. – Com certeza não na sua. Esta terra agora é o local em que foram enterradas três adolescentes assassinadas. Ninguém vai conseguir autorização para escavar aqui de novo. Agora me conte uma coisa, quem sabe que você está aqui?

Kim se contorceu na direção dele. A sombra de William Payne em pé atrás da porta aberta era visível para ela. Precisava que o pastor se virasse para não ver a anomalia à luz.

O movimento estimulou Victor apenas a trocar a perna em que apoiava seu peso. Continuava de lado para a porta.

– E você se esqueceu de um detalhe vital, minha querida. Eu já fiz isso. Pelo menos três vezes… então imagino que você ache que sou relativamente bom em…

As palavras dele desvaneceram quando a sombra à sua esquerda saiu da escuridão.

Kim gemeu ao ouvir o movimento do ar. Sabia que William tinha agido cedo demais. Os três passos de que precisava para chegar a Victor Wilks tinham dado a ele tempo para se levantar e firmar o corpo.

O pastor desviou com facilidade do primeiro golpe. Embora William fosse mais jovem e alto, Victor Wilks ocultava uma força bruta atrás de sua considerável gordura.

Victor aproveitou que William deu uma cambaleada para trás e se aproximou dele em um segundo. Levantou o punho e acertou a lateral da cabeça de Payne, que voou para o lado.

Em seguida, Victor deu um gancho de esquerda, jogando a cabeça e William na direção contrária. A postura do pastor confirmou para Kim que estava certa sobre ele ter dedicado tempo ao ringue de boxe. William não tinha a menor chance.

Ela tentou avançar até o meio da sala retorcendo-se, na esperança de se transformar em uma obstrução que pudesse fazer Victor Wilks tropeçar, dando a William uma vantagem.

Kim nunca tinha se sentido tão inútil na vida.

– Você devia estar agradecido pelo que fiz, seu bosta patético – falou Victor enquanto William deslizava pela parede. – Depois do que aquelas vadias fizeram com a sua filha. Você devia estar me agradecendo.

William já estava na metade da parede quando se arremessou para a frente mirando as genitais de Victor.

O movimento fez o pastor se afastar para trás e ficar fora de alcance. Seu pé acertou a cabeça de Kim, causando uma explosão atrás de seus olhos.

Foram necessários alguns segundos piscando para Kim se livrar das estrelas. Ela viu Victor agarrar William pela garganta e levantá-lo. O pastor o prensou na parede, segurando-o pelo pescoço com a mão esquerda. Kim viu horrorizada os olhos de William revirarem.

Victor deu um último soco na cabeça de William, depois o largou.

Kim soltou um berro quando William Payne pôs a mão no peito e caiu no chão.

CAPÍTULO 72

DEPOIS DE TER SIDO DERRUBADO pelo soco de Wilks, o rosto de William ficou caído a centímetros do dela. Kim procurou sinais de vida, porém, à luz limitada, foi incapaz de saber.

Victor Wilks inclinou-se entre eles, depois arrastou o corpo inerte de William para longe dela como se fosse um saco de batatas.

Ela o viu colocar dois dedos no pescoço de William.

– Está vivo. Por enquanto.

Kim suspirou aliviada.

Victor se aproximou e ajoelhou ao lado da detetive. Tirou uma faca do bolso e pôs a lâmina na garganta dela.

– Tenho certeza de que o seu último desejo é conversar comigo, detetive… e vou concedê-lo, mas, se gritar, corto sua garganta. Estamos entendidos?

Kim não fez movimento algum e continuou a encarar seus olhos sem alma. Não era mais o afável pastor que falava com a voz macia para uma congregação de pessoas em luto ávidas por conforto. O triunfo presunçoso tinha desaparecido, deixando em seu lugar o coração escuro de um assassino.

Wilks puxou a mordaça, que caiu e parou no pescoço de Kim.

– Você vai pagar pelo que fez, seu filho da mãe – vociferou ela. As palavras irritaram sua garganta, que, por causa da mordaça, tinha ficado seca como lixa.

Engoliu três vezes para umedecer a boca seca.

Ele agachou ao lado do corpo de William e ficou com a faca parada acima da artéria carótida dele.

– Ah, eu acho que não, minha querida. Você é a única que chegaria perto de suspeitar de mim. Vi isso no seu rosto outro dia. Mesmo que você mesma ainda não soubesse disso. Eu sabia que não ia demorar muito para você juntar as peças.

– Você assassinou três meninas inocentes?

– Dificilmente eu as chamaria de inocentes.

Kim sabia que ia ter que atrasá-lo o maior tempo possível. Ninguém sabia onde estava. Victor estava certo de que ninguém iria ajudá-la. Sua única chance de escapar estava caída inconsciente a dois metros dela.

Mas tinha que fazer o assassino continuar falando. Enquanto ele conversava, ela continuaria respirando. Kim estava com raiva de si mesma por não ter juntado as peças mais depressa. Algo que Nicola havia dito tinha soado estranho. Tracy Morgan não teria dito que ia pegar dinheiro com o pai da criança. Ela teria dito "pai do bebê'" ou o nome da pessoa. Mas ela tinha falado que ia pegar dinheiro com o Pai.

– O filho da Tracy era seu?

– É claro que era meu. A putinha idiota achou que ia conseguir me chantagear. Ela até quis ficar com o bebê e começar uma vida nova.

– Você a estuprou?

– Digamos que ela bancou a difícil.

Todas as células de seu ser ansiavam por pegar aquela faca e enfiá-la com força entre os olhos dele.

– Seu demônio filho da mãe. Como você pôde fazer isso?

– Por que ela era um nada, detetive. Como muitas outras, ela não tinha ninguém. Não havia propósito na vida dela.

– Por que ela não te denunciou?

Kim já sabia o motivo antes de a sentença sair de sua boca.

– Porque ela achava que merecia aquilo. Bem no fundo ela também sabia que era um nada. A vida daquela menina – ou a inexistência dela – não afetava ninguém. A presença dela não afetava nada. Ninguém chorou, ninguém sofreu. Ela não valia nada.

O ódio de Kim começou a aumentar. Ela compreendia aquele sentimento. A ciência de que as únicas pessoas que se tinha por perto recebiam dinheiro para estar ali era uma sensação corrosiva. O sentimento de que não valia nada, uma vez assimilado, jamais ia embora. Cotidianamente, aconteciam coisas que reforçavam essa crença.

– Então Tracy foi a primeira? – perguntou Kim. Tinha que mantê-lo falando enquanto pensava em um jeito de se soltar.

– Foi... Tracy foi a primeira. As parceirinhas dela teriam ficado bem se não tivessem sido tão persistentes. Elas ficaram insistindo que Tracy não tinha fugido.

– Mas você a enterrou viva – disse Kim, incrédula.

Wilks deu de ombros, mas Kim viu algo passar por seus olhos.

– Não conseguiu matá-la? – perguntou surpresa. – Você não tinha a intenção de enterrá-la viva. Ia matá-la, mas não conseguiu. Ai, meu Deus, você sentia alguma coisa de verdade pela menina.

– Não seja ridícula – ladrou ele. – Não sentia nada por ela. Simplesmente dei vodca para ela para ficar mais fácil fazer as coisas. Já tinha decidido o meu plano de ação.

Kim sentiu a bile elevar-se em sua garganta. Diante de seus olhos pairou a imagem de Tracy Morgan – embriagada, mole. Aquilo era tentador demais para o filho da mãe demoníaco resistir.

– Você a estuprou de novo, não foi?

Kim viu o sorriso dele.

– Olha aí, detetive. Eu sabia que estava certo a seu respeito. Você sabe mesmo como usar essa sua cabeça.

– Mas você é um homem de Deus.

– E Ele me conhece melhor do que ninguém, mesmo assim me ofereceu essas oportunidades. Se Ele achasse que havia qualquer coisa de errada no que eu estava fazendo, teria me impedido. As outras duas não acreditaram que a Tracy tinha fugido. Todo o restante acreditou. Circulou o boato de que ela estava grávida, então todo mundo achou que ela tinha ou fugido com o pai da criança ou ido a algum lugar para dar um jeito naquilo.

– Menos as amigas dela?

– Elas eram duas vadiazinhas persistentes que não deixavam essa história pra lá.

– Você tentou jogar a culpa no William Payne deliberadamente?

– Não com a Tracy. Eu só queria que ela desaparecesse. Mas fiquei sabendo que as três meninas que eram um problema para mim tinham feito uma coisa desprezível com a filha dele, aí decidi me garantir.

Kim compreendeu. A partir daquele momento, ele, habilmente, tinha decidido ir aos turnos da noite de William e oferecer a ele um tempo maior com a filha. Se os outros funcionários soubessem daquilo, fariam vista grossa por causa da doença de Lucy. Victor sabia que, ao fazer isso, a primeira suspeita recairia sobre William Payne.

– Quem achou a dentadura? – perguntou Kim.

– Teresa Wyatt. Ela sabia que Louise não iria a lugar nenhum voluntariamente sem a aquela dentadura. Só a tirava para dormir. Então ela somou dois mais dois e chegou exatamente ao número que eu queria. Ela conferiu a escala de plantão e descobriu que todas as três meninas tinham desaparecido no turno do William. É claro que todos eles sabiam do incidente com a Lucy. Não era uma dedução muito difícil acreditar que ele tinha cometido os crimes.

– Então eles o acobertaram?

Victor deu uma risadinha.

– Ah, acobertaram, sim, detetive, com certeza fizeram isso.

– Para proteger o William?

– De jeito nenhum. Oh, quando aquilo aconteceu, todos ficaram com pena dele. A vida do William não era nada invejável. Ele via a filha desintegrar dia após dia, e não podia fazer nada. Sem ele, Lucy não teria ninguém. Mas eles fizeram aquilo por eles mesmos.

Kim não gostou de ele estar se referindo a William no passado. Perguntou a si mesma se a sepultura que tinha cavado era suficiente para enterrar duas pessoas.

– Tenho certeza de que você já conhece os segredos deles. Uma investigação teria destruído a todos. Os desvios financeiros de Richard teriam sido descobertos. Teresa seria indiciada por agressão e abuso sexual contra Melanie. Tom ficaria exposto por ter dormido com Louise e ninguém acreditaria que havia sido consensual. E Arthur odiava todos os três com fúria. Eles transformavam a vida dele em um martírio. E as meninas já estavam mortas, então não havia nada a se ganhar.

Kim ouviu uma sirene ao longe, mas sabia que não podia ser para ela. *Havia uma maneira de usá-la para manter-se viva?*, ela se perguntou. Concentrou-se em Victor novamente.

– Quem foi o líder?

– Em conjunto eles tomaram a decisão de que não ganhariam nada indo à polícia. As garotas que sobraram tinham que ser separadas o mais rápido possível e os documentos que os incriminassem, destruídos.

– O incêndio?

– Isso, o caos e a dispersão das meninas criariam um pesadelo administrativo.

– Ninguém falou com William?

– Não precisaram. Algumas palavras minhas sobre o estado de espírito dele e o ódio em relação às meninas selaram o pacto.

– Então foram eles que atearam fogo no lugar?

– Foram, mas as meninas não ficaram em perigo em momento algum. O incêndio começou no lugar mais longe do quarto. Os alarmes dispararam e Arthur Connop já estava esperando para tirar as meninas do prédio.

– Então três meninas perderam a vida. William perdeu o emprego e alguns dos funcionários perderam a cabeça. E você saiu ileso?

– Como eu disse, Ele está ao meu lado.

– E Ele estava ao seu lado em Manchester, Bristol e nos outros lugares em que você trabalhou?

– Ele está comigo sempre – disse Victor com um sorriso.

– Você tem certeza disso? – perguntou Kim.

Ela viu a dúvida atravessar o rosto de Victor quando a sirene ficou mais alta. Sabia que não teria outra oportunidade de viver. Muito em breve, o pastor viraria aquela faca para ela e a enterraria na antiga sepultura de uma das vítimas.

Ela tinha que deixá-lo em pânico, a ponto de fazer algo idiota.

A sirene ficou mais alta e Kim teve uma ideia.

– Mas você se esqueceu de uma coisa muito importante, Victor – disse ela abrindo um sorriso largo. – Algo que vai te arruinar.

Quando Victor se inclinou na direção dela para escutar melhor por causa das sirenes, William soltou um gemido, rolou o corpo e ficou de barriga para cima.

Kim viu o pingente com o alarme de emergência de Lucy pendurado no pescoço dele. Não havia sido no peito que ele tinha colocado a mão.

A sirene ficou ainda mais alta. Os pés e mãos da detetive estavam amarrados uns aos outros.

– O que exatamente eu esqueci?

Seu rosto estava ao lado do dela. Tinha certeza de que a sirene não era para ele e queria saber que rastros havia deixado, para poder cobri-los.

Mesmo amarrada, Kim sabia que tinha vantagem.

– Foi você mesmo quem disse que sei usar a cabeça.

Kim inclinou a cabeça para trás, depois a arremessou para a frente com força. Sua testa acertou a ponte do nariz de Wilks. Ela viu estrelas explodirem na cabeça e durante um segundo não soube ao certo se o barulho do osso quebrado era dela ou dele.

O gemido de dor que saiu da boca de Wilks a informou que com certeza era o dele.

Ele levou as mãos instintivamente ao rosto, e a faca caiu a 15 centímetros das mãos amarradas dela. Victor levantou cambaleando e ela ficou retorcendo o corpo na direção da faca.

– Sua puta do caralho – gritou ele, cambaleando pela sala.

Quando suas mãos atadas agarraram o cabo da faca, Victor se deu conta de que não estava mais com ela.

Ainda segurando o rosto, ele foi buscar a pá no corredor.

Quebrar o nariz dele tinha lhe dado um minuto, mas, amarrada, se levasse um golpe de pá da cabeça, ela já era.

O som da sirene era ensurdecedor.

Ela virou a faca na própria direção e cortou o pedaço de corda que William tinha conseguido afrouxar. Mas isso não livrou nenhum de seus membros, embora tenha lhe dado mais uns cinco centímetros de movimento.

Kim trabalhava depressa com as mãos. Mais dois passos e ele estaria em cima dela.

William estendeu a mão direita e agarrou o tornozelo de Victor. Ele tropeçou e caiu, mas levantou rapidamente.

Kim usou o dedo do meio para puxar uma das cordas com mais força. Ela apertou todos os seus membros. Era a que juntava as mãos aos pés.

Ela se esforçou ainda mais. Ofegante e buscando o ar com tomadas de fôlego curtas e vigorosas, ela pôs toda a sua energia em cortar aquela corda.

Victor parou acima dela, com os olhos queimando de ódio e sangue pingando do nariz. À luz do poste na rua, o sangue tinha formado um bigode e uma barba em seu rosto.

Ele levantou a pá bem no alto e golpeou. Ela rolou para a esquerda. A pá bateu no chão a poucos centímetros de sua cabeça. O barulho explodiu no ouvido dela.

Kim sentia a tensão da corda diminuindo. Na sua imaginação, ela via a corda se desfazendo sob a pressão da lâmina, mas não estava esfiapando rápido o bastante.

Novamente, ele levantou a pá acima da cabeça. O ódio nos olhos de Wilks era mortífero.

Kim sabia que ele não erraria o segundo golpe.

A sirene desligou e o repentino silêncio foi tenebroso. Victor ajeitou a mão no cabo da pá com um triunfante brilho nos olhos.

Kim viu a ponta da pá se aproximando da cabeça.

Seu tempo tinha acabado. Ela soltou a faca e usou toda a força que tinha para separar as mãos, rezando para que tivesse enfraquecido a corda correta.

Suas mãos e pernas soltaram-se e ela atacou os joelhos dele, porém não era mais possível parar o movimento descendente da pá. A ferramenta bateu na parte de baixo de suas costas, com força.

Kim deu um grito de dor e passou uma rasteira nele, que tombou para trás e despencou no chão. Ao cair, bateu com força o cotovelo na parede.

Kim ignorou a dor nas costas. Sabia que tinha que aproveitar ao máximo a oportunidade. Os ferimentos que tinha infligido não o manteriam quieto por muito tempo. Ela agarrou as pernas dele e subiu em seu corpo. Victor tentou levantar o torso, mas Kim foi muito rápida. Deu um impulso e sentou nele com as pernas abertas. Victor rolava e retorcia debaixo dela, mas Kim cravou os joelhos em suas costelas.

Quando Kim ouviu pés esmagando cacos de vidro, percebeu que havia movimentação na cozinha.

– Aqui – gritou ela.

A detetive encarou os olhos que transpareciam apenas medo. Ela sorriu olhando-o e disse:

– Parece que Ele também se cansou dos seus crimes.

Novamente, Wilks tentou virar o corpo e se livrar dela.

Kim fechou a mão e esmurrou o nariz, no exato lugar em que havia dado a cabeçada.

Ele berrou de dor.

– Elas eram só crianças, seu filho da mãe.

E deu mais um murro nele.

– E esse foi pela Cerys.

O brilho de um lanterna a acertou. Um paramédico iluminou a sala.

– A polícia está a caminho – disse ele, sem avançar mais, obviamente sem saber o que havia acontecido.

– Graças a Deus por isso – disse ela, pegando seu distintivo.

Depois de vê-lo, o paramédico disse:

– Ok, que diabos...

Ela apontou para William, que gemia caído ao lado dela.

– Cuide dele antes. Deve ter ferimentos nos dois lados da cabeça.

– Você precisa...

– Estou bem. Cuide dele.

Victor se retorceu debaixo dela.

– Ah, fica quieto – falou ela, enfiando o joelho direito nas costelas dele. Um segundo paramédico irrompeu desembestado na sala.

– A polícia está vindo – avisou ele, olhando confuso para ela.

Por que os dois a classificavam tão depressa como o bandido?

– Ela é a polícia, Mick – disse o primeiro paramédico, com uma pontinha de descrença.

Mick deu de ombros e ajoelhou no chão em frente à cabeça de William. Kim reconheceu o segundo paramédico, era um dos que tinham atendido Lucy recentemente. Não conseguiu deixar de se perguntar quantas vezes já haviam sido chamados para atender a pobre criança.

– Lucy – William conseguiu pronunciar.

– Ela está bem. Conseguiu nos informar onde você estava – disse Mick.

Que garota, pensou Kim.

– Você… nunca… vai provar – Victor começou a balbuciar.

Kim ouviu mais sirenes ao longe. Moviam-se em velocidade.

As sirenes pararam e, em questão de segundos, o barulho de passos invadiu o corredor. Bryant e Dawson irromperam na sala. E pararam abruptamente.

Kim sorriu.

– Boa noite, meninos. Obrigada por terem vindo, mas 10 minutos antes teria sido melhor.

Bryant estendeu a mão para ajudá-la a se levantar e Dawson pôs os braços de Victor acima da cabeça.

Ela ignorou a mão estendida e deu um impulso para se levantar. Não conseguia identificar uma parte do corpo que não estivesse enviando mensagens de dor para o cérebro, mas a dor aguda nas costas possivelmente superava todas as outras. Fez uma careta ao endireitar o corpo.

– Como vocês descobriram? – perguntou ela.

– Stacey recebeu um e-mail de um pastor de Bristol. Eu te passo os detalhes mais tarde, mas, chefe, tem mais coisa. Enterrá-las não era o *modus operandi* normal desse sujeito. Antes disso, ele as queimava.

Kim não estava surpresa. Ela fechou os olhos e fez uma oração silenciosa por aquelas que jamais seriam encontradas.

Respirou fundo.

– Levante-o, Kevin.

Dawson e Bryant pegaram cada um em um braço e o puxaram.

A animosidade no olhar de Victor queimava a pele dela. Se achava que aquilo a amedrontaria, tinha que pensar de novo. Era óbvio que nunca tinha visto Woody de mau humor. Aquilo sim era extraordinário.

– Victor Wilks, você está preso pelo assassinato de Tracy Morgan e do filho dela em gestação, Melanie Harris e Louise Dunston. Você não precisa falar nada, mas tudo o que disser poderá ser usado contra você no tribunal, seu assassino diabólico filho da mãe.

Kim gostou de como ele a olhou, com ódio total nos olhos.

– Tire esse sujeito da minha vista, pessoal.

Bryant hesitou:

– Chefe...

Ela levantou a mão.

– Estou bem. Levem-no para a delegacia em segurança. Não demoro a chegar lá.

Ela viu a preocupação nos olhos do colega. Se o deixasse ali, Bryant a levaria à força para o hospital. Mas simplesmente não tinha tempo para isso.

Kim fez uma careta ao se abaixar ao lado de William.

O paramédico mais perto dela virou a cabeça.

– Senhorita, você precisa de cuidados...

Kim o ignorou, inclinou a cabeça na direção de William e perguntou:

– Como ele está?

– Traumatismo sério. Está vendo oito dedos na minha mão, precisa ir para o hospital.

– Lucy – William repetiu.

Kim encostou de leve na mão dele.

– Vou pessoalmente ver se ela está bem.

Kim agradeceu os paramédicos e saiu caminhando. Todos os ossos de seu corpo berravam. Saiu bem na hora em que o carro que estava levando Victor Wilks arrancava. Kim se perguntou quantas vidas ele havia tomado. Quantas outras meninas vulneráveis e desventuradas haviam sido abusadas por ele? E como eles poderiam descobrir?

– Mais nenhuma, Victor – disse ela quando o carro desapareceu. – Você não vai pegar mais nenhuma.

CAPÍTULO 73

KIM ATRAVESSOU A RUA APRESSADA e girou a maçaneta. A porta estava aberta.

Entrou na sala e fechou-a.

– Ai, meu Deus, não – exclamou Kim apressando-se na direção de Lucy.

Ela estava fora da cadeira de rodas, esparramada no chão com o rosto para baixo.

Kim se abaixou e uma dor rasgou sua lombar.

– Lucy, está tudo bem – disse ela, acariciando o cabelo da garota.

Levantou-se e avaliou apressada qual seria a maneira mais rápida de recolher a garota.

Kim ajoelhou-se de novo e virou Lucy com delicadeza, de modo que ela ficasse deitada de barriga para cima. Os jovens olhos estavam repletos de pânico.

– Está tudo bem, querida. Pode me mostrar qual é o sinal de sim?

Lucy piscou duas vezes.

– Vou te pegar por baixo dos braços e te levantar. Posso fazer isso?

Duas piscadas.

Kim se inclinou, pôs uma mão debaixo do pescoço de Lucy e suspendeu a metade superior do corpo dela, sentando-a. Ela sabia que os músculos de Lucy não suportavam o próprio peso, então puxou-a para mais perto de modo que o corpo de Lucy se inclinasse no seu, evitando que a garota caísse para trás.

Colocou as mãos debaixo das duas axilas de Lucy e a puxou, colocando-a de pé. O corpo estava bambo e não oferecia resistência. Embora não tivesse o peso de uma menina normal de 15 anos, Kim quase soltou um grito devido ao esforço que fez com as costas machucadas.

– Vamos combinar assim, esta dança eu conduzo – brincou Kim antes de virá-la e colocá-la suavemente na cadeira.

Kim ajeitou o banquinho para ficar sentada de frente para Lucy. Ela pegou a mão da garota e a segurou.

– Você está bem? Está machucada?

Ela não piscou nenhuma vez. Kim se deu conta na mesma hora de que tinha feito duas perguntas.

– Desculpa. Você está bem?

Duas piscadas.

– Estava tentando ir atrás do seu pai?

Duas piscadas.

Kim apertou um pouco mais a mão dela. Jesus, que coração tinha aquela menina.

– Ele vai ficar bem. Tomou uma pancada na cabeça e teve que ir ao hospital para dar uma olhada, mas vai ficar bem.

Os olhos da adolescente se encheram de alívio.

Em seguida, Lucy movimentou levemente a cabeça na direção de Kim.

– Lucy, sinto muito, não estou entendendo.

Kim percebeu a irritação no rosto da menina. Ela repetiu o movimento, porém mais enfaticamente.

– Eeeeeee – tentou ela.

Kim sentiu a frustração daquele momento para a pobre garota. Seu cérebro funcionava perfeitamente, mas a habilidade de comunicar os pensamentos era pior do que podia imaginar.

Ela repetiu o movimento e o som juntos e a intensidade em seus olhos deram a resposta a Kim.

A emoção lhe deu um nó na garganta.

– Você quer saber se eu estou bem?

Duas piscadas. Kim baixou os olhos para a frágil mão que estava segurando. Sua vista embaçou um pouco, mas ela deu uma tossida para se recompor.

– Eu estou bem, Lucy, e isso graças ao seu pai – Kim pensou naqueles poucos segundos que ele lhe havia proporcionado ao agarrar os tornozelos de Victor. – Ele basicamente salvou a minha vida.

O orgulho brilhou em seus olhos expressivos.

– Tem alguém que eu possa chamar para tomar conta de você?

Quando Lucy começou a piscar, a porta foi aberta. Uma voz feminina ressoou na entrada.

– Não sei que circo é aquele que estão aprontando ali, mas... – uma mulher rechonchuda beirando os 60 anos parou e cruzou os braços. – E você quem é?

– Detetive inspetora Stone.

– Hummm… que beleza.

Ela se posicionou na frente de Kim para dar uma boa olhada em Lucy.

– Você está bem, Lucy?

Lucy provavelmente sinalizou que sim, então a mulher afastou-se, mas sem tirar os olhos de Kim.

– Cadê o William?

– Ele teve que ir para o hospital – Kim não demorou a responder.

– Que diabos você fez com ele? – perguntou a senhora, muito séria. – Ele está bem?

– Ele está ótimo, mas deve ficar no hospital boa parte da noite.

– Nossa, que bom que resolvi dar uma passada aqui então, não é mesmo? Vou pegar a chaleira e depois vamos ligar para pedir comida, Lucy. Que tal sua pizza favorita?

A mulher foi à cozinha, mas ainda se ouvia a presença dela.

– Não sei o que diabo vocês acham que estão fazendo lá, tem polícia, ambulância, máquinas, tendas. Achei que já tivessem terminado, só que não, começaram tudo de novo hoje à noite...

Kim escondeu seu sorriso até olhar para Lucy, que revirou os olhos. Uma gargalhada explodiu de sua boca.

– Preciso ir, Lucy. Ok?

Duas piscadas.

– Precisa de alguma coisa?

Duas piscadas.

Kim analisou a situação. Elas continuavam a escutar a voz explosiva vindo da cozinha. Kim compreendeu e pôs uma mão na orelha direita da garota.

Duas piscadas.

Kim levantou e pegou o iPod no peitoril. Pôs os fones nas orelhas de Lucy e o aparelho no braço da cadeira, perto da mão direita de Lucy.

– Tudo certo?

Duas piscadas e uma olhadela atrevida. Kim não pôde deixar de soltar uma risadinha.

Ela apontou para a porta.

– Tenho que…

Duas piscadas.

Kim encostou de leve no braço dela e saiu na direção da porta.

A ambulância estava saindo e uma segunda viatura, estacionando.

Kim atravessou a rua ao sair da casa da garota. Havia um buraco grande na parte da cerca por onde os paramédicos tinham entrado à força, como uma boca em que faltava um dente.

– Gente, tem um armário perto da porta no escritório lá na ponta do corredor. Atrás dele tem uma dentadura. Coloquem-na em um saco plástico e mandem para o laboratório.

Eles entraram no prédio.

De repente, o local estava novamente em silêncio. Nada indicava o que havia acabado de acontecer. Nenhuma marca que expusesse o lugar como aquele em que ela tinha chegado muito perto de perder a vida.

E a razão para isso não ter acontecido foi um pingente com o alarme de emergência. O aparelho que ajudava a vida cotidiana de Lucy tinha sido o seu salvador.

Kim parou abruptamente ao se dar conta daquilo que ainda não tinha percebido. Foi tomada pela náusea quando a última peça do quebra-cabeça se encaixou.

– Meu Jesus... – ela sussurrou na escuridão.

– Pegamos a dentadura, senhora – informou um dos guardas após darem a volta pela lateral do prédio.

Ela se deu conta de que havia mais trabalho a ser feito e que somente uma pessoa poderia ajudar.

– Você pode fazer o favor de me emprestar o seu celular? – ela pediu ao policial.

CAPÍTULO 74

QUANDO A MOTO PAROU ronronando na área de cascalho, Kim estava se sentindo melhor. Tinha tomado banho, trocado de roupa e lustrado a Triumph, que se encontrava na garagem, brilhando como uma peça de museu.

Não havia razão para tentar fechar os olhos. Todas as células de seu ser desejavam a escuridão do céu, para que pudesse voltar ao local e finalizar o caso.

Ela viu Cerys no fundo do campo bem em frente à abertura que tinha sido feita pelos paramédicos algumas horas antes.

O sol ainda não tinha se levantado, mas estava a caminho.

– Então você não estava mentindo quando me ligou ontem à noite. Somos só nós duas mesmo? – disse Cerys.

– Só – respondeu Kim. Estava prestes a tomar uma medida que podia lhe custar muito caro. As palavras de Woody reverberavam em seus ouvidos. Se caísse, não levaria sua equipe junto.

– Encontrei com Daniel quando estava saindo do hotel. Ele mandou um relatório para você, mas confirmou que a dentadura com certeza pertencia à Louise Dunston.

Kim demonstrou ter compreendido com um gesto de cabeça.

Cerys começou a apertar botões no aparelho e a inserir números em um pequeno notebook.

– Ok, está pronto. Você tem certeza mesmo de que vamos encontrar alguma coisa?

Kim respirou fundo, fechou os olhos e analisou seu instinto.

– Mais certeza do que gostaria.

– Está ciente de que qualquer coisa que a gente achar não vai poder ser usada no tribunal, não está?

Kim fez que sim. Se estivesse certa, aquilo jamais chegaria ao tribunal.

Ela deu um passo à frente e estendeu as mãos.

– Me dê isso aqui e me fale o que fazer. Acho que já causei problema demais para você esta semana.

– Já sou bem grandinha e posso cuidar de mim mesma – advertiu Cerys. – E, sem ofensa, mas este equipamento é muito caro para eu confiá-lo a você.

Kim suspirou frustrada.

– Cerys, você pode...

– Fecha essa matraca, Kim. Me dá a mochila primeiro.

Kim pegou a mochila, a suspendeu e segurou para Cerys passar os braços pelas alças.

A arqueóloga fixou o monitor ao redor da cintura. Kim pegou a alça e pôs a haste de metal no ombro de Cerys.

Deu um passo para trás e comentou:

– Achava que você gostava mesmo era de usar Prada.

Cerys negou com a cabeça.

– Ok, dei uma olhada na área e tem um monte de porcaria no terreno. Tudo isso precisa ser retirado.

– Imagino que esse seja o meu serviço.

– Está vendo mais alguém aqui?

– Ok, onde?

– Vou inspecionar os fundos do prédio primeiro. A frente dele fica virada para a rua e as casas e, se estamos procurando o que você acha que estamos, aquela área seria muito exposta.

– Posso ajudar, detetive?

Kim se virou e viu que William Payne tinha dado a volta pela lateral da cerca. Estava com uma aparência pálida e cansada. A detetive se aproximou dele.

– Como está se sentindo?

Ele sorriu.

– Dolorido, mas sem lesão permanente. Me mandaram para casa algumas horas atrás.

– E a Lucy?

– Dá uma olhada lá.

Kim foi até a beirada da cerca. A cortina estava aberta e Lucy espiava pela janela.

Deu tchau e voltou sua atenção novamente para William.

– Não creio que esteja com saúde para...

– Detetive, não sei o que estão fazendo aqui hoje, mas sei que Lucy e eu de alguma maneira nos tornamos parte disso. Eu gostaria muito de ajudar.

Kim ficou comovida.

– Elas eram meninas, detetive. Meninas maltratadas, abandonadas, negligenciadas. O que fizeram com Lucy foi errado, eu sei disso e elas também sabiam. Todas as três me procuraram no dia seguinte voluntariamente para pedir desculpa pelo que tinham feito.

– E você aceitou?

Ele deu de ombros.

– Não interessa. Lucy aceitou.

Kim meneou a cabeça admirada.

– Você sabe que a sua filha é uma verdadeira inspiração.

– Ah, sei, sim – sorriu ele, orgulhoso. – Ela é o que me faz levantar da cama todo dia de manhã.

Kim inclinou a cabeça.

– E você também não é nada mal. Ontem à noite, se não tivesse afrouxado aquela corda nem agarrado o Victor…

– Não tinha nada de corajoso naquilo, detetive. Vi você entrar no prédio e vim ver se precisava de ajuda. Depois vi o Victor Wilks cavando um buraco…

Ele ficou vermelho e suas palavras desvaneceram. Kim percebeu que ele era um herói acidental, mas tinha salvado a vida dela do mesmo jeito.

– Mesmo assim...

– Já chega – disse William, levantando as mãos. – Agora, por favor, me diga o que posso fazer para ajudar.

Kim sorriu para si mesma. Estava diante de um homem que não queria, agradecimento, elogio nem compaixão.

– Ok, está vendo aquele latão perto da janela? Temos que catar tudo no chão que possa dar interferência no aparelho e colocar lá.

William começou pela esquerda e Kim, pela direita. Partiram do perímetro da cerca e foram se movendo para o meio, catando tudo que estava no caminho.

– Gente, o aparelho funciona muito melhor se tiver menos grama – informou Cerys perto da certa.

Kim deu uma olhada ao redor. Em alguns lugares o mato estava na altura do joelho.

Ela começou a arrancá-los quando de repente o aparelho fez um barulho. Kim endireitou o corpo e se concentrou em Cerys. Ela retrocedeu três metros e começou a se movimentar para a frente devagar. Novamente, o aparelho berrou.

Cerys olhou para Kim.

– Parece que o seu instinto acertou direitinho.

CAPÍTULO 75

CERYS OLHOU PARA WILLIAM depois para Kim de novo.

Kim percorreu o terreno entre eles e tirou o mato da mão de Payne.

– William, preciso que saia desta área agora.

Uma expressão de dor se apoderou de seu rosto ao pousar os olhos na parte do chão que chamou a atenção de Cerys.

– William, nada disso é culpa sua, você precisa saber disso – disse Kim depois de pegar a mão dele. – Aquele homem diabólico e malicioso armou para que fosse essa a impressão.

Entreolharam-se. Ele levaria tempo para acreditar nisso.

– Então eu já vou indo, detetive.

Ela apertou a mão de William.

– Meu nome é Kim e quero agradecê-lo por tudo que fez.

William sentiu-se constrangido e corou. Ela soltou sua mão.

– Agora volte para a sua filha maravilhosa.

Ele abriu um sorriso largo.

– Obrigado, dete... Kim. Vou fazer isso.

Kim aguardou William ir embora e foi até o local em que Cerys tinha soltado o aparelho.

A arqueóloga virou-se para ela.

– O que quer que esteja enterrado aqui não está muito fundo.

Kim engoliu em seco.

Cerys entregou as chaves da van para ela.

– Tem umas pás na parte de trás. Pegue-as que vou marcar isto aqui.

Kim correu até a van, pegou duas pás e desceu o morro correndo. O efeito dos analgésicos que tinha tomado mais cedo estava começando a passar. A dor esmurrava sua lombar.

Cerys tinha marcado a área. Kim viu imediatamente que era menor do que as outras.

A arqueóloga deu mais uma olhada nos dados lançados pelo magnetômetro e apontou.

– Você trabalha desse lado, mas não faz muita força.

Kim enfiou a pá na terra. Uma dor se espalhou por suas costas inteiras, mas a ignorou e se concentrou no que precisava fazer.

As duas trabalharam sem falar na meia hora seguinte.

– Ok, Kim, pare e saia – disse Cerys, de repente.

O buraco tinha aproximadamente um metro e meio de comprimento por um de largura e uma profundidade de não mais do que 30 centímetros. Animais de estimação eram enterrados mais fundo.

Cerys caminhou ao redor do buraco duas vezes antes de entrar. Usou as ferramentas de mão para remover pequenos torrões de terra e colocá-los ao lado do buraco.

Kim não falava. Seus olhos estavam em Cerys.

A arqueóloga continuava cavando. Os torrões ficaram menores. Ela usou a ponta da pequena colher de pedreiro para esfregar um local no meio do buraco.

Na terceira esfregada, partes brancas começaram a aparecer.

Cerys pegou um pequeno pincel e o passou pela superfície. Mais branco apareceu. O estômago de Kim revirou ao perceber, sem a menor sombra de dúvida, que estava olhando para um osso.

– Isto, Kim, com certeza é um braço.

Cerys continuou a cavar e passar o pincel até revelar o que parecia ser a junta do ombro. Kim observava a revelação de uma quantidade cada vez maior de osso.

– O que é isso? – perguntou Kim, olhando fixamente para algo saliente na junta do ombro.

Cerys passou o pincel nele mais uma vez e Kim viu que era tecido.

O coração da detetive começou a martelar no peito.

– Cerys, passa o pincel de novo.

Ela fez isso e Kim soltou um palavrão. A arqueóloga se virou e os olhos delas se encontraram.

– Era isso que estava procurando?

Kim confirmou com um gesto de cabeça, já movendo os pés lentamente na direção da moto.

– Cerys… tenho que…

– Vai – disse ela, pegando o celular. – Eu aviso as autoridades.

Kim percorreu a subida o mais rápido que suas pernas conseguiram.

CAPÍTULO 76

KIM BATEU NA PORTA e respirou fundo.

Abriram-na.

– Detetive, bom dia. Por favor, entre.

– Bom dia, Nicola – disse Kim, entrando no apartamento.

Nicola fechou a porta e ficou parada diante dela.

– Está sozinha hoje?

Kim fez que sim.

– Tive que dar uma folga para a minha equipe.

– E você não tirou folga?

– Em breve, Nicola. Muito em breve.

– Por favor, sente.

Foi o que Kim fez. Enquanto estava se abaixando, olhou para a ponta do sofá, e nesse momento sua mente compreendeu totalmente o significado daquilo que tinha visto na última vez que havia estado ali.

– Como posso ajudar? – perguntou Nicola.

Kim levou um segundo para analisar a expressão de Nicola. Era aberta e séria. Kim não detectou nenhuma falsidade. Que droga.

– Desenterramos outro corpo.

A mão de Nicola voou até a boca.

– Ai, meu Deus, não.

A surpresa era genuína.

– Nicola, você tem alguma ideia de quem pode ser a quarta vítima?

A garota se levantou e andou de um lado para o outro atrás do sofá.

– Não consigo nem imaginar quem...

– Nicola, havia uma quarta integrante naquele grupo?

Nicola franziu a testa. O movimento dos olhos indicava que estava buscando na memória.

– Não, detetive. Tenho certeza de que eram só três.

Kim suspirou e se levantou como se estivesse indo embora.

– Oh, quem sabe a Beth não se lembre de outra menina – disse Kim, esperançosa.

Nicola negou com a cabeça.

– A Beth saiu para fazer compras, mas quando ela voltar…

– Você tem certeza? – perguntou Kim.

– É claro que tenho certeza – respondeu Nicola, sorrindo.

Kim inclinou a cabeça para a ponta do sofá.

– Então por que ela não levou a bengala?

Nicola olhou para a bengala enganchada no encosto do sofá. A expressão dela era de verdadeira confusão.

Kim aproveitou o pique e atravessou a sala com passos largos. Foi até a primeira porta e desejou que fosse a certa.

– Talvez ela ainda não tenha saído. Talvez ela ainda…

– Detetive, não entre aí. A Beth não gosta…

Suas palavras desvaneceram quando Kim abriu a porta.

Nicola posicionou-se ao lado dela e as duas inspecionaram o quarto juntas. A cama box de mola era de solteiro. Estava sem lençol nem edredom. Havia um armário de duas gavetas ao lado da cama sem uso.

Kim foi ao guarda-roupa no canto e o abriu. Sete cabides pendurados encararam-na.

Olhou para Nicola, que estava à porta atrás dela, horrorizada.

Aguardou uma resposta, mas Nicola continuou a olhar fixamente para o quarto vazio.

Uma única lágrima rolou por sua bochecha.

– Foi embora de novo… ela nunca se despede.

Kim afastou Nicola da entrada do quarto e fechou a porta. Conduziu a garota até o sofá e sentou ao lado dela.

– Beth já fez isso? – perguntou gentilmente.

– Ela faz isso desde que saímos de Crestwood. – Uma nova onda de lágrimas rolou pela face de Nicola. A garota as enxugou com a manga da blusa. – Ela está sempre com tanta raiva de mim, mas não me conta por quê. É isso que ela faz. Volta e depois me abandona de novo. É tão injusto. Ela sabe que não tenho mais ninguém.

Kim foi à cozinha e pegou algumas toalhas de papel. Sentou e entregou o lenço a Nicola. As lágrimas ainda não tinham parado.

– Você lembra quando foi a última vez que ela voltou?

Nicola parou de chorar e pensou. Fungou e respondeu:

– Foi dois anos atrás, quando tive mononucleose e fui parar no hospital. Quando acordei, ela estava lá, ao lado da cama.

– E antes dessa vez?

– Sofri um pequeno acidente de carro, uma esbarradinha. Não me machuquei muito, mas fiquei bem assustada na época. Eu dirigia havia pouco tempo.

– Então ela entra e sai da sua vida desde que deixaram Crestwood. Você tem alguma ideia de por que ela pode ter raiva de você?

Nicola negou com um movimento firme de cabeça.

– Ela não me conta.

Kim ouviu a exasperação na voz de Nicola e se deu conta de que aquilo seria mais difícil do que tinha imaginado.

Kim pegou a mão de Nicola.

– Preciso que você pense no dia do incêndio. Acho que deve ter esquecido alguma coisa. Você acha que consegue fazer isso se eu estiver aqui com você?

– Não tem nada – disse ela, confusa.

Kim apertou a mão da garota.

– Está tudo bem, Nicola. Estou aqui. Me conte passo a passo o que lembra sobre aquele dia e vamos ver o que conseguimos reconstituir.

Nicola ficou olhando para a parede.

– Sei que estava frio e a Beth e eu tínhamos discutido por algum motivo. Ela estava me dando um gelo, por isso eu tinha ido para o salão.

– Quem estava no salão? – perguntou Kim, gentilmente.

Nicola balançou a cabeça e franziu a testa.

– Ninguém. Todo mundo estava do lado de fora fazendo um boneco de neve.

– E o que você fez?

Nicola inclinou a cabeça.

– Ouvi vozes, gritos. Vinham do escritório do sr. Croft.

– O que você ouviu, Nicola? – Kim estava segurando a mão da garota, com o polegar encostado em seu pulso magro. A pulsação tinha acelerado.

– Estavam falando do William, sobre encobrir alguma coisa. Que iam acabar se dando mal, que iam ser presos. Estavam falando sobre o que ia acontecer com a Lucy.

– Você se lembra de quem você ouviu lá?

– O sr. Croft e a srta. Wyatt estavam discutindo. O Pai Wilks falava baixo e ouvi Tom Curtis e Artur Connop no fundo.

Cinco pessoas do grupo, pensou Kim.

– E Mary Andrews?

– Ela estava gripada e não tinha ido trabalhar.

– O que aconteceu depois, Nicola?

– Pai Wilks abriu a porta e me viu. Parecia estar com raiva. Saí correndo.

Kim sentiu a palma da mão de Nicola ficar úmida e fria.

– Para onde você foi?

– Fui procurar a Beth. Ela estava no quarto. Não aguentava mais as pessoas sentindo raiva de mim.

– E o que fez? – a voz de Kim era quase um sussurro.

– Falei para ela… falei para ela…

Kim apertou a mão, mas Nicola já estava virando a cabeça de um lado para o outro. Os olhos movimentavam-se desgovernados em busca da própria memória, desejando reorganizar o passado.

– Não. Não. Não. Não. Não.

Kim tentou continuar segurando a mão dela, mas Nicola a soltou com facilidade. Começou a andar pela sala como um animal enjaulado procurando algum lugar para se esconder.

Sentia-se cada vez mais em pânico. Seus movimentos eram rápidos e frenéticos.

– Não, não pode ser… Eu não podia…

Nicola deu um murro na bancada de café da manhã. Ela se virou e começou a bater os punhos no móvel da parede, depois a socar a cabeça nele.

Kim correu e agarrou Nicola por trás, forçando-a a abaixar os braços.

– O que você falou para a Beth?

Nicola se debateu para se livrar de Kim, mas ela tinha entrelaçado os dedos e não iria soltá-la.

– Por favor, para, não consigo…

– Nicola, você tem que lembrar. O que você falou para a Beth? – disse Kim com a voz mais alta.

Nicola sacudia a cabeça de um lado para o outro. Kim esticou o pescoço para trás, evitando ser atingida.

– Me conta, Nicola. O que você falou para a sua irmã?

– Falei que ela podia ficar com a droga do cardigã se isso fosse deixá-la tão feliz – berrou Nicola.

O silêncio recaiu sobre elas. De repente o espírito de luta deixou o corpo de Nicola e ela caiu no chão, levando Kim.

A detetive se recusava a soltá-la. Sentou no chão e puxou Nicola para perto de si. Kim sabia que os acontecimentos de 10 anos atrás estavam finalmente voltando à cabeça da garota.

– Ela o pegou, não pegou?

Nicola fez que sim e Kim sentia as lágrimas pingarem em suas mãos.

– Por isso todo mundo achou que ela era você, não foi? Por causa do cardigã?

Nicola fez que sim novamente.

– Num minuto olhei lá para fora e ela estava brincando com as outras meninas, depois não consegui achá-la mais. Fiquei perguntando para as pessoas e elas me falavam que ela estava em outro lugar. Acabei indo para o meu quarto esperar a Beth, mas ela não voltou. – Mais tarde, um pouco antes do incêndio, os vi pela janela da cozinha. Estavam todos em pé ao redor de um buraco e eu soube. Não sabia o que fazer. Fiquei com medo de que voltassem para me pegar, então quando o incêndio começou eu fiquei feliz por que eles não podiam mais me pegar.

Kim sabia que Beth não conseguiria fugir correndo. O joelho dela não permitia isso naquele frio.

– Quando a Beth voltou, Nicola?

– Há umas duas semanas – respondeu ela com a voz rouca.

Quando fizeram o anúncio sobre a escavação, Nicola sentiu-se amedrontada novamente.

– Você sabe que foi você que a trouxe de volta, não sabe, Nicola?

– Nããããão...

Era o som da lamúria de um animal. Uma pobre alma que se retorcia de dor. Com firmeza, Kim segurou Nicola, que tentava fugir dos acontecimentos na própria cabeça.

O reconhecimento do que tinha feito com Beth não aconteceria nesse momento. Era uma conscientização que Nicola acabaria alcançando com os cuidados de um bom psiquiatra.

Ao se sentar e abraçar a jovem e perturbada garota que havia sido dominada pela culpa, Kim duvidou que Nicola conseguiria algum dia se recuperar a ponto de ir a julgamento pelos assassinatos de Teresa Wyatt, Tom Curtis e Arthur Connop.

Depois de alguns minutos, Kim recuou delicadamente.

Era hora de fazer a denúncia.

CAPÍTULO 77

WILLIAM ACRESCENTOU uma gota de leite frio ao mingau. Curvou o mindinho e o encostou na comida. Perfeito.

Ele sorriu. O favorito de Lucy.

Havia dado banho e vestido a roupa na filha, que aguardava o café da manhã. Em seguida, lavaria o banheiro e arrumaria as camas. Depois do almoço, o fogão seria submetido a uma bela faxina.

William sorriu novamente. Sabia que as pessoas sentiam pena dele e da vida que levava, mas essas pessoas não conheciam Lucy.

O espírito da filha o inspirava todos os dias. Era a pessoa mais corajosa e atenciosa que já tinha conhecido.

Compreendia que a maior frustração dela era a inabilidade de falar com clareza e que alguns dias o esforço para comunicar tudo o que ocorria em sua cabeça por meio do movimento dos olhos a cansava.

Porém eles tinham um pacto. Nos dias mais sombrios, perguntava se ela não estava mais aguentando. William tinha dito à filha 10 anos antes que sempre respeitaria seus desejos e que jamais prolongaria a vida dela por suas próprias necessidades egoístas.

Nesses dias, fazia a pergunta a ela e prendia a respiração enquanto esperava a resposta. As hesitações tinham ficado mais longas e o ar preso mais tempo no peito, contudo, até então só tinha recebido uma piscada como resposta.

Temia o dia em que aquilo tudo ficaria pesado demais para Lucy suportar e ele recebesse duas piscadas. Só desejava que tivesse força para cumprir sua promessa. Para o bem dela.

William arrancou esse pensamento da cabeça. O dia anterior tinha sido bom. Alguém tinha ido visitar Lucy.

William não a tinha reconhecido a princípio. A jovem se apresentou como Paula Andrews, e depois de analisá-la alguns segundos, lembrou que era a neta de Mary Andrews, que costumava visitá-los com a avó para brincar com Lucy. Havia ficado muito triste com o recente falecimento de Mary, uma grande amiga durante os anos em que trabalhou em Crestwood. O funeral tinha acontecido alguns dias antes e, embora não tivesse ido, havia acompanhado o cortejo fúnebre da janela do quarto.

Lucy tinha reconhecido Paula instantaneamente e ficado encantada com a visita. Em questão de minutos, haviam desenvolvido um método próprio de comunicação, do qual William tinha sido excluído. Ele jamais havia se sentido tão feliz.

Paula não tinha demonstrado reação alguma à mudança física de sua antiga amiga, o que somou pontos para ela.

Ele tinha saído de fininho para a cozinha algumas vezes, preocupado com o bem-estar da filha. Nunca impedia que as pessoas a visitassem, porém não podia fazer com que voltassem. Mas aceitava que não podia protegê-la de todos os desapontamentos da vida.

De alguma forma, as duas garotas haviam encontrado uma maneira de jogar um jogo de tabuleiro. Ele a tinha ouvido exclamar:

– Lucy Payne, você não mudou nadinha. Sempre foi uma trapaceira.

William ouviu Lucy gorgolejar, o que sabia que era uma gargalhada, e seu coração saltitou.

Ele se aventurou do lado de fora durante meia hora e arrancou alguns matos entre os blocos de concreto, confiante de que a filha estava bem. Aqueles poucos minutos no ar frio da manhã o tinham revitalizado para o restante do dia.

Duas horas depois, Paula tinha pedido permissão para visitá-la novamente.

William havia autorizado com prazer.

Ele atravessou a sala com o mingau e sentou-se no banquinho. A pele de Lucy estava rosada e brilhante, os olhos, alertas e concentrados. Aquele era um dia bom. A visita de Paula tinha feito bem aos dois.

– Você não enjoa de mingau?

Uma piscada.

Ele revirou os olhos. Ela o copiou. Ele deu uma gargalhada alta.

William levou uma colherada de aveia à boca da jovem. Ao comer, prazer ficou estampado em seu rosto. A segunda colherada estava a caminho quando a campainha tocou.

Pôs o prato no peitoril.

Abriu a porta e o pânico o invadiu imediatamente.

Diante dele encontravam-se um homem e uma mulher, ambos de terno preto. Ele segurava uma maleta e ela tinha uma bolsa pendurada ombro.

Na mesma hora, William pensou no serviço social, mas não havia visita agendada e eles sempre o avisavam com antecedência. No período logo após a partida da esposa, ele foi obrigado a lutar com as autoridades para ficar com a filha. Ele tinha pulado por argolas e se apresentado como um animal de circo para mostrar que era capaz. Percebendo sua determinação, o serviço social começou a trabalhar com ele para manter os dois juntos e o trabalho em Crestwood selou o acordo. Ainda assim, o medo de algum dia perdê-la morava dentro dele.

– Sr. Payne, sr. William Payne?

Ele fez que sim.

A mulher abriu um grande sorriso, tirou um cartão de visitas do bolso e o entregou.

– Meu nome é Hannah Evans, da Enterprise Electronics. Estamos aqui para ver Lucy.

– Mas… eu não… o quê?

Ela esfregou as mãos e soprou dentro delas.

– Sr. Payne, podemos entrar?

William deu um passo para o lado.

Hannah Evans entrou na sala e ficou em pé diante da filha dele. O homem sentou e abriu a maleta.

– Bom dia, Lucy. O meu nome é Hannah e é um grande prazer conhecer você.

Ela abriu um sorriso grande e cordial, o tom era amigável e calmo, diferente do tom condescendente usado pela maioria dos adultos.

– Você está bem hoje?

Lucy piscou.

– Isso significa sim – expressou William.

Hannah permaneceu onde estava e sorriu na direção dele.

– Sei disso, sr. Payne. Piscar é uma linguagem bem comum nas pessoas com limitação de comunicação.

Hannah Evans revirou os olhos para a filha dele, que respondeu com um gorgolejo.

– Hããa… com licença – disse William, confuso. – Não sei quem são vocês nem o que estão fazendo aqui.

– É muito simples, sr. Payne. Somos especializados nos mais avançados sistemas tecnológicos operados com o mínimo de atividade física. Nós, como empresa, existimos para tornar a vida bem mais empolgante e interessante para pessoas com restrições físicas.

William estava totalmente desnorteado.

– Não estou entendendo. Não falei com… Não tenho dinheiro…

– Pelo que sei, já resolveram a questão dos custos – falou ela erguendo as mãos. – Essa não é a minha área no negócio e estou seguindo as instruções que me foram passadas.

William sentiu como se tivesse sido transportado para um universo alternativo. A mente dele pelejava para tentar encontrar respostas, mas ele não achava nenhuma.

Hannah virou sua atenção de volta para a filha dele.

– Lucy, só tenho uma pergunta. Você tem controle de pelo menos um dedo?

Duas piscadas.

Hannah abriu um grande sorriso para William.

– Então eu acho que podemos fazer muita coisa.

CAPÍTULO 78

KIM OLHOU PARA A IMAGEM diante de si e chegou à conclusão que a Aunt Bessie, uma famosa marca britânica de comida industrializada, era uma bela de uma mentirosa.

Para comparar, colocou a caixa de ingredientes ao lado de sua própria obra, que tinha acabado de sair do forno. Não, nenhuma quantidade de glacê nem de enfeites brilhantes a salvaria.

Kim jogou a caixa na lixeira. Sentiu-se traída.

Voltou os olhos para o teto.

– Eu tento, Erica. Juro que tento.

Escutou alguém bater na porta.

– Está aberta – gritou.

Bryant entrou usando calça jeans e moletom e carregando uma caixa de pizza.

– Senti falta de você no trabalho hoje – comentou ele, colocando a caixa na bancada.

Ela revirou os olhos.

– Ordens do Woody e eu não me atrevi a ignorar mais porque esta gata aqui já está na última vida.

– Foi isso que ele falou?

Ela fez que sim e abaixou alguns dedos da mão.

– Parece que recebi duas reclamações formais sobre a minha atitude. Desobedeci ordens diretas em três ocasiões e não segui o protocolo correto… – disse, abaixando o restante dos dedos. – Bom, pelo menos essa quantidade de vidas eu já perdi.

Bryant apoiou a cabeça nas mãos abertas.

– Meu Deus, foi muito brutal?

Kim pensou um momento e respondeu:

– Foi, muito mesmo. Ele tinha muita coisa para falar.

– E o que você disse?

– Falei que no carrinho em miniatura dele estavam faltando as molas da suspensão do eixo traseiro.

Bryant rugiu uma gargalhada e ela o acompanhou. Olhando em retrospecto, achou aquilo meio engraçado.

Mas era o jeito dela agradecer. Não tinha a ilusão de que não pudesse perder o emprego. E Woody tinha deixado claro que foram os resultados que a salvaram.

Se pelo menos um dos palpites dela estivesse errado, o Aquário agora pertenceria a outra pessoa.

Aquele caso a tinha feito chegar perto de perder a coisa mais importante em sua vida, mesmo assim ele tinha valido a pena.

– Quanto tempo ele te deu para aquele outro negócio?

Kim resmungou, pegando duas canecas no armário.

– Um mês.

– Jesus, como você vai sair dessa?

Kim deu de ombros. Ela tinha quatro semanas para falar com um psicólogo ou seria suspensa.

– Você não acha que ele vai seguir em frente com isso, acha?

Antes de responder, Kim relembrou a expressão resoluta no rosto dele:

– Ah, vai, vai fazer isso, sim.

– Acho que você vai gostar de saber que o Richard Croft estava muito melhor hoje cedo.

– Estava?

– Bom, estava até eu ler os direitos dele.

Kim gostaria de estar lá para fazer isso.

– Ai, por favor me fala que a sra. Croft estava presente.

– Com certeza. Durante alguns segundos, ela ficou com uma cara de camelo constipado, mas se recuperou depressa o bastante para pegar o notebook e os documentos e sair dizendo que o advogado dela entraria em contato.

– Com a gente?

– Com o Richard. Sinto o cheiro de um divórcio saindo rapidinho em algum lugar do futuro.

– O que ele falou?

– Ah, ele confirmou que foi Victor que matou a Beth. O restante do pessoal ajudou a enterrar o corpo. Disse que tinha sido ideia de Teresa Wyatt causar o incêndio para gerar confusão nos registros das meninas fugitivas e das outras que já tinham sido realocadas.

– Você acredita nele?

– Sei lá. Na verdade, isso não importa. Ele vai conseguir um advogado decente, mas sem dúvida vai passar uma temporada na prisão. O mais importante é que a vida que ele tinha acabou. Perdeu a esposa, a casa, a carreira e provavelmente os filhos.

Kim ficou calada. Não havia o que dizer. Ela não sentia outra coisa a não ser repulsa por Richard Croft. Ele tinha escapado com vida.

Bryant estava pensativo.

– Você acha que Victor Wilks é totalmente mau? Sei o que ele fez, mas o sujeito trabalhava nos conjuntos habitacionais e tal, então talvez haja alguma bondade nele.

Às vezes Bryant parecia mais jovem do que a idade que tinha. Kim lamentava ser a pessoa a contar a ele que o Papai Noel não existia.

Ela negou com a cabeça e disse:

– Não, Bryant. Ele era atraído pelos lugares destituídos de esperança e cheios de desespero, onde podia se projetar como um farol de esperança em meio à miséria. Essa era sua verdadeira gratificação, sua verdadeira sensação de poder. Sexo com meninas amedrontadas e vulneráveis preenchia uma necessidade física dentro dele. Ele se colocava em ambientes onde acusações de estupro seriam muito mais difíceis de se provar e qualquer pessoa que se tornasse problemática era desovada. Ele as matava e gostava disso. Matava porque podia e porque achava justificável acabar com a vida de qualquer pessoa que o obstruísse. Vão aparecer vítimas de Wilks originárias de Hollytree e, por mais difícil que seja engolir, é provável que nunca descubramos todas elas.

O enorme conjunto habitacional tinha contabilizado 18 fugas desde o retorno de Victor dois anos antes. Acrescentando à contagem os desaparecimentos de meninas que não foram denunciados pelos membros da família, que não perceberam ou não se importavam, o número provavelmente dobrava.

– Filho da mãe – murmurou Bryant.

Kim concordava, mas se consolava com o pensamento de que Victor Wilks jamais ficaria em liberdade novamente.

– Você achou o carro? – perguntou ela.

– Achei, estava na garagem atrás dos apartamentos, registrado no nome da Nicola Adamson. Audi branco com o para-lama dianteiro amassado.

Kim balançou a cabeça. Por mais que tentasse, não conseguia sentir compaixão alguma por Teresa Wyatt, Tom Curtis, Richard Croft e Arthur Connop. Com Victor Wilks, eles tinham escondido a morte de três meninas e negado justiça a elas durante uma década, tudo para encobrir os próprios segredos sórdidos. Todos tinham encontrado uma maneira de abusar um pouco mais delas.

Pior ainda, tinham sido instrumento para a morte de outra inocente cujo único crime tinha sido querer vestir o cardigã rosa da irmã.

– Estou curioso para saber, Kim, o que foi que a fez achar que eram dois assassinos diferentes.

– A forma como morreram – respondeu ela. – Quando desenterramos as meninas, ficou óbvio que tinham sido mortas com uma força física muito grande e os assassinatos atuais não aconteceram assim. Não houve esforço algum para empurrar Teresa para debaixo d'água. A garganta de Tom foi cortada por trás, Arthur foi atropelado e Richard, esfaqueado pelas costas. Todos esses métodos apontavam para perspicácia, paciência e furtividade, não força física.

– E o incêndio na casa da Teresa? Qual foi o motivo daquilo?

– Havia uma camada muito fina de neve no chão, Bryant. Ela deixaria muitos vestígios, como as pegadas e as marcas de bengala, mas oito bombeiros, dois guardas e uma mangueira poderosa os destruiriam rápido.

– Inteligente.

– Exatamente, então tinha que ser uma mulher.

– É, mas ela foi capturada.

– Isso mesmo, por uma mulher.

Bryant revirou os olhos e gemeu ao mesmo tempo.

Em seguida perguntou com seriedade:

– Como acha que Nicola vai reagir quando se der conta da verdade?

Kim deu de ombros.

– Na verdade não foi Nicola que fez aquilo. Foi a Beth.

Bryant fez uma expressão duvidosa.

– Você acredita mesmo nisso?

Pobrezinho, era o tipo de pessoa que só enxergava o básico.

– Acredito, sim, Bryant, muito.

– É meio *Arquivo X* demais para mim.

Kim suspirou antes de falar:

– Beth só voltava nas épocas em que Nicola precisava, quando estava doente ou com medo. O subconsciente de Nicola a usava como uma medida de segurança para protegê-la da culpa. Agora, imagine que, como Beth, voltavam também as lembranças. Ela tinha acesso à conversa no escritório que escutou sem querer, tinha acesso ao que havia acontecido, então, apesar de Nicola não ter acesso às lembranças, seu *alter ego* tinha.

Kim acreditava totalmente que a consciência de Nicola não sabia do fato de que seu subconsciente tinha trazido Beth de volta. E, depois de ter conhecido "Beth", não lhe restava dúvida de que aquilo não era encenado.

Ela se virou para Bryant e explicou:

– Tente imaginar a psique de alguém dividida em duas. Nicola tinha o controle das atividades normais do dia a dia. Conseguia funcionar adequadamente, mas outra pessoa tinha o controle do subconsciente dela.

Ele meneou a cabeça e disse:

– Sei não, ainda não estou convencido... e acho que o júri também não vai se convencer.

Kim suspeitava que Bryant estava certo, mas duvidava que Nicola em algum momento seria declarada capaz de ir a julgamento. Para Kim, a luta interna entre Nicola e Beth tinha ficado evidente nas cenas de crime tanto de Teresa quanto de Tom. A chegada da polícia tinha acontecido logo em seguida nas duas ocasiões. Alguma parte da psique dividida queria que a impedissem.

Nicola não era uma pessoa má nem diabólica, e sua punição aconteceria à medida que fosse recuperando a memória.

Kim sabia em primeira mão que a culpa do sobrevivente tinha o poder de moldar uma mente – e era por isso que rezava para que suas caixas jamais fossem abertas.

– Como você acha que Wilks conseguiu ficar vivo?

– Mais sorte do que discernimento – respondeu Kim. – Ele teria sido o próximo e ela o teria pegado.

Bryant negou com a cabeça.

– Eu não entendo uma coisa, como passou despercebido que só havia uma gêmea?

– Os registros estavam uma bagunça, Bryant. Lembre-se, o lugar já estava sendo desocupado. Os registros das fugitivas não estavam atualizados e na noite do incêndio praticamente todo mundo estava fazendo listas. As ambulâncias levavam garotas ao hospital para serem examinadas. Estava um caos e a intenção era essa. Não havia duas listas sequer naquela noite que batiam.

– Mas por que Nicola não denunciou?

– A menina estava aterrorizada. Ela tinha certeza de que eles descobririam o equívoco com o cardigã e iriam atrás dela.

– E Mary Andrews? Você acha que foi Nicola, ou Beth, seja lá quem ela era?

– Não havia provas que sugerissem que ela morreu por algum outro motivo que não a doença. Mary era a única que não estava presente nem foi mencionada naquele dia, então Nicola não tinha motivo nenhum para ir atrás dela – Kim suspirou. – Acho que Mary Andrews era a única pessoa em quem todos eles podiam confiar. Com exceção de Williams, que trabalhava à noite, todos acharam um jeito de explorar ainda mais aquelas meninas. Não é de se admirar que nenhuma delas era escoteira, não é mesmo?

– É uma forma caridosa de se enxergar – expressou Bryant.

Ela abriu a boca para argumentar sobre aquela questão, mas voltou a fechá-la. Bryant acreditava que um código moral era incrustado na consciência no nascimento. Acreditava que isso era tão genético quanto cor dos olhos e altura. Kim sabia que não. A consciência, e seu uso, era um comportamento que se aprendia. Ele teve bons exemplos e modelos a seguir. A diferença inerente entre certo e errado é aperfeiçoada ao longo da vida e não pré-impressa no cérebro.

O background social de Tracy, Melanie e Louise ditava que aqueles códigos seriam para sempre deformados. Assim como crianças abusadas geralmente passam a cometer abusos.

Bryant jamais se convenceria, mas Kim sabia – pois tinha vivido aquilo. E um intervalo de três anos tinha salvado mais do que sua vida.

Bryant deu um gole de café.

– Mas então, o que estava rolando entre você e o doutor? Com certeza rolou um encontro de vontades.

– Bryant – advertiu ela.

– Ah, qual é, Kim. Se tivessem mais tempo ia sair faísca.

– E o que a faísca causa?

– Incêndio – disse ele arregalando bem os olhos.

– E você já ouviu falar de incêndio sem estrago?

Bryant abriu a boca, pensou um momento, mas a fechou de novo antes de dizer:

– Realmente não existe argumento contra isso.

– Exatamente.

– Provavelmente foi uma coisa boa – ponderou Bryant. – O doutor era muito parecido com você. – Sorriu com malícia. – Jesus, imagine os filhos que iam ter…

– Bryant, acho que você devia tomar conta da própria vida – ralhou ela. Às vezes ele a conhecia bem demais.

Além disso, caso se encontrasse com Daniel novamente, quem sabia o que podia acontecer?

– É, acho que devia mesmo, mas é pouco provável que eu faça isso.

Kim sorriu:

– Como está a vida no Abrigo para Cães Battersea?

– Os filhotinhos estão bem. Todos já têm dono. Minha sobrinha vai ficar com Pebbles. Bam Bam vai para o vizinho. Yogi está reservado para a melhor amiga da minha filha e Boo Boo vai para a irmã da Stacey.

– Os pobrezinhos não vão ficar com esses nomes o resto da vida, vão?

– Vão nada, foi só para a gente distinguir um do outro agora.

– E a mãe?

– Vai ficar comigo. Só tem quatro anos e o veterinário calculou que ela já teve três crias. Já trabalhou o suficiente nesta vida.

Durante um segundo, um fugaz segundo, Kim teve vontade de abraçar aquele homenzarrão desajeitado com todo o seu afeto. Era seu colega e único amigo verdadeiro.

Mas deixou o momento passar.

Ele desceu do banco.

– Então, agora vamos passar para o verdadeiro motivo da minha visita. Terminou, não terminou?

– Terminei, sim, Bryant.

– Posso, posso, posso? – perguntou ele esfregando as mãos?

Kim riu de seu entusiasmo infantil.

Ele disparou na direção da porta adjacente que levava à garagem. Kim pegou os bolos e os jogou na lixeira. Imergiu a bandeja em água com sabão.

Bryant voltou à porta.

– Hãã… Kim, não está lá.

– Nossa, é mesmo, que coisa, né?

Ele se apoiou no batente da porta com os braços cruzados.

– Você vendeu, não vendeu?

Kim permaneceu calada.

Bryant ficou desanimado e confuso.

– Mas você amava aquela moto como se fosse uma criança. Estava trabalhando naquela droga há meses para poder andar nela. Não entendo. Ela era tudo no mundo para você.

– Ah, Bryant, existem coisas que significam mais.

Ela enxugou a bandeja de bolo e a guardou. Bryant estava com uma expressão intrigada. Não entendia.

Mas Kim entendia – e era isso que importava.

AGRADECIMENTOS

Gritos no silêncio foi muitos livros durante o processo de escrita. A personagem Kim Stone veio a mim e se recusou a ir embora. Na minha cabeça e na página, ela cresceu e se tornou uma mulher forte e inteligente que não é sempre perfeita, mas é tão apaixonada e determinada que as pessoas gostariam de tê-la ao seu lado.

Eu gostaria de agradecer à equipe da Bookouture por compartilhar minha paixão por Kim Stone e suas histórias. O incentivo, entusiasmo e a crença têm sido estimulantes e arrebatadores. Minha gratidão a Oliver, Claire e Kim é eterna e me sinto orgulhosa e honrada por ser chamada de autora da Bookouture.

Em particular, preciso agradecer à minha formidável editora e fada madrinha, Keshini Naidoo, que tem me acompanhado nesta longuíssima jornada, me incentivando, me aconselhando e me fazendo acreditar, desde a nossa primeira conversa. Ela, com a equipe da Bookouture, transformou meu sonho em realidade.

Gostaria de agradecer a todos os autores da Bookouture por me receberem calorosamente na família. O apoio tem sido realmente maravilhoso. E, com Caroline Mitchell, o #bookouturecrimesquad (esquadrão do crime da Bookouture) está completo e muito bem.

Finalmente, gostaria de agradecer à minha família e aos meus amigos por terem fé e acreditarem na minha escrita e no meu sonho. Uma saudação especial para Amanda Nicol e Andrew Hyde pelo incessante apoio.

Um sincero muito obrigada a todos vocês.

MENSAGEM DA AUTORA

Em primeiro lugar, quero agradecer muito a você por escolher *Gritos no silêncio*. Espero que tenha gostado da primeira jornada de Kim e que se sinta da mesma maneira que eu. Embora nem sempre perfeita, ela seria alguém que você gostaria que lutasse ao seu lado.

Se tiver gostado, eu ficaria eternamente agradecida se escrevesse uma resenha. Adoraria saber o que você achou, e isso também pode ajudar outros leitores a descobrirem um dos meus livros. Ou você pode recomendá-lo para os seus amigos e familiares...

Uma história começa como uma semente de ideia e cresce com aquilo que observamos e escutamos ao nosso redor. Todo indivíduo é único e todos têm uma história. Quero capturar a maior parte delas que conseguir e espero que você se junte à Kim Stone e a mim em nossas jornadas – aonde quer que elas nos levem.

Nesse caso, adoraria que você entrasse em contato comigo – use as minhas páginas no Facebook ou Goodreads, o Twitter ou o meu site. Muito obrigada pelo seu apoio, ele é muitíssimo bem-vindo.

Angela Marsons

www.angelamarsons-books.com
www.facebook.com/angelamarsonsauthor
www.twitter.com/WriteAngie

Este livro foi composto com tipografia Electra LT e impresso
em papel Off-White 70 g/m² na gráfica Assahi.